李梅 著

故事与故事精神

——李梅文学批评

中国出版集团

世界图书出版公司

广州·上海·西安·北京

图书在版编目（CIP）数据

故事与故事精神：李梅文学批评 / 李梅著 . -- 广州 : 世界图书出版广东有限公司， 2025.1重印

ISBN 978-7-5100-9911-3

Ⅰ . ①故… Ⅱ . ①李… Ⅲ . ①报告文学评论－中国－当代 Ⅳ . ① I207.5

中国版本图书馆 CIP 数据核字 (2015) 第 158952 号

故事与故事精神——李梅文学批评

策划编辑	赵　泓
责任编辑	钟加萍
封面设计	梁嘉欣
出版发行	世界图书出版广东有限公司
地　　址	广州市新港西路大江冲 25 号
电　　话	020-84459702
印　　刷	悦读天下（山东）印务有限公司
规　　格	787mm×1092mm　　1/16
印　　张	12.5
字　　数	190 千
版　　次	2015 年 7 月第 1 版　2025 年 1 月第 2 次印刷
ＩＳＢＮ	978-7-5100-9911-3/I·0365
定　　价	58.00 元

目录

自序

文学：一个可安放我不安灵魂的所在

一本书要出版，大概都需要一个序，这个序大多被期望由某名人来写以示书中文字之重要，作为此书作者的我也一样。因为这是自己第一本关于当代作家的文本批评，就更为期待能得到名家的青睐。但没想到我为此愿先后诚请的两位名人皆婉拒了我。面对第一位名人精心打造的自谦，我除了如同10多年前一样在睥睨中理解、在理解后睥睨，至今已几乎不愿多语一字。而第二位名家则是真诚地认为自己为此书作序有"跨界"之嫌。

有"跨界"就得先有"界"。"界"和所谓"圈子""坛"等在中国知识分子尤其是人文学科的知识分子世界是一类使用频率很高的词汇。所谓一个知识分子的学术、声明以及利益都和你是否属于某个圈、界，是否在某个圈、界里混的江湖地位有很大关系，各种圈、界、坛其实也就是中国的学术托拉斯，因此能进入各种圈、界、坛也是诸多学子、学者们孜孜以求的目标。尽管对此有人早有微词，诸如"什么坛到最后也都是祭坛，什么圈到最后也都是花圈"，但坛依然是坛，圈子也依旧是圈子。

学了文学，毕业后又长期从业报纸传媒，之后又致力新闻传播之高等教育，我曾时常问自己应该朝哪个圈、界、坛努力，但至今迷糊，没有答案，于是也就索性不绞尽脑汁去追求靠近或进入哪个圈、界、坛了。萨特搞哲学研究，他一边思考存在的问题，一边上街游行反战或闹革命，他应该是属于啥圈子？萨义德一生的大部分精力都在参与中东政治问题的研究或活动，同时终生以音乐为伴，研究贝多芬，写有《论晚期风格》如此优秀的关于艺术家的论著，那么他应该属啥界的，政治家、社会学学者还是艺术家？福柯研究后现代哲学，同时由于其家族的医学背景，他又研究疾病对人的影响，研究疾病尤其是精神病、性学以及同性恋在现代世界的发生及对现代人生存状况的影响。有时，我还真怀疑法国人是否搞错了，这位被他们尊为"当代最伟大哲学家"的人是不是应该属于医学界？

有了这些胡思乱想，我为自己消极于圈、界、坛的追求似乎找到了逻辑支撑。我从大学本科到博士的全部学历教育都是文学。我之所以一直坚持读文学并不是中途没有一些时髦的专业选择，仅仅是因为我爱文学。我对于文学的敏感和喜欢并没有传说中常见的什么"诗书传家"、"家学渊源"或是什么自幼熟读《红楼梦》之类。我的父母都是农民。母亲读过刚解放时新中国政府为农村青年开班的"冬学"，也就是趁冬天农闲季节给农村青年进行文化扫盲。记得父亲曾不以为然地说：念了几天书也就是认得自己的名字！而母亲则大声反驳：我认得报纸上很多字！父亲之所以对母亲读过几天的"冬学"很不以为然，因为他是正儿八经读过小学的。对此，母亲亦有说法。她说：看着是和人家娃一样背着书包在该上学的时间去上学，在该放学的时间回来了，实际上连老师都没见过。为啥呢？根本就没进学校，去城外地里挖蔓菁去了么！对此，父亲总是笑而不语，半晌后才说：饿得没办法。

虽然饥饿和贫穷使得父亲没有机会接受更高一点的教育从而成为他所说的"国家干部"，但父亲写得一手极其漂亮的钢笔字，算盘打得又快又准，噼里啪啦，看得周围人眼花缭乱。他一生与土地为伴，在最艰难的年代为家庭儿女历尽一个父亲能承受的所有艰辛。其实就个人能力和人格品质，我们从来没有觉得他不够做一名国家干部。他不懂什么文学武学，但父亲有他自己对于文化人的判断标准，那就是读书人首先字要写得好。每每我们谈及故乡有出息的文化人，只有听到那些字写得好的，父亲才会出声：嗬！那人写得一手好字！这可能就是父亲对于"文"的唯一关系了。

我对于文学作为一种艺术之魅力的敏感或觉醒完全来自于语文课堂。16、7岁的年纪，正读乾县一中的高中。文理分科之后，我们文科重点班教室走进一位名叫何亚阁的中年男老师。何老师方脸大嘴，戴黄塑料框（后来大概换成金丝边了）的深度近视镜，进教室的时候有同学悄声说"这是语文王"。"语文王"何老师讲课的时候用普通话，骂懒惰学生的时候用我们陕西乾县话，无论是讲课还是骂人都唾沫星子飞溅，甚是过瘾。记得讲到《鸿门宴》"项庄拔剑起舞，项伯亦拔剑起舞，常以身翼蔽沛公，庄不得击"，何老师边读、边讲、边动作，他丰富的唾沫星子也就随之改变了以往比较固定的方向，几乎360度地挥洒，这就让平时因为座位角度不佳分享不到唾沫星子的同学，也额外得到这知识之雨露甘霖的滋润，从而也就对这堂课的印象极为深刻。何老师不单是课文讲得好，他还有个教学爱好，正是他这可爱又堪称伟大的教学爱好培养了我此生与文学的不舍之恋。

我想肯定是因为他自己喜欢看小说，何老师动不动在下午的时间给我们读小说。之所以说是"可爱"，试问现在有没有这样和学生一起，而且是老师给学生读小说，然后一起赏析，讲说其中故事的老师？没有吧！之所以说是"伟大"，现在全中国的高中生，从小升初开始，校内校外的时间大概都被无穷尽的模拟试题所占据吧？想想安徽毛坦厂中学墙上挂的标语：今日疯狂，明日辉煌。难道你不觉得在高考把中国高中生全部压迫进地狱般魔鬼式试题训练的青春时间段，能有一个老师引导你徜徉于种种人世故事，让本应如春天燕子一样轻舞飞扬的青春心灵得到片刻自由该是多么奇迹事情？1984年的高考已是我国高考制度经过几年恢复，越来越正规化的时段。那时招生人数远远少于现在，高考是真正的独木桥，而且社会的开放程度也远远低于现在。也就是说，高考能否成功，那才真正是能否够改变一个农村孩子命运的唯一时刻。但就在这样的高考面前，何老师照样在一周内的一两个下午给我们读小说，读到写得好、他喜欢的段落，照样唾沫星子全方位飞溅。但最后的高考事实是，我们全班都考上大学，近半进了全国重点大学，最差的就是一两个大专。就我而言，则是语文、历史及英语单科分数超高。有时想，现在的中国教育，高等院校集体升格，扩招后扩建，扩建后又扩招，大学真是越搞越大，而且整个社会开放程度大，包括互联网的发展也为年轻人提供更多自我发展的机遇。按理，学生应该拥有一个身心相对自由的青春时代。可是，到底是什么造就了类似安徽毛坦厂中学、河北衡水中学这样，在西方教育家及媒介看来，如同噩梦或地狱般的中学？造就了专门制造考试机器的高考工厂？是失之偏颇的教育理念还是中国家长根深蒂固的争做人上人的等级攀比观念？总之，如果现在某中学有个语文老师胆敢和面临高考的学生一起读小说，不要说学校如何看待，单是学生家长恐怕都要把这老师用食指戳死。从这个意义上，把"伟大"一词送给我高中的何老师不过分吧？

80年代初期，用洪子城先生的说法，那是一个中国文学从长期的文革模式中刚刚"解冻"的时期，出现了一批"对个人的命运、情感创伤的关注，和作家对于'主体意识'的寻找的自觉"的作品。正是在这一周内的一两个下午的时光里，我从和何老师一起的下午时光里知道了"当代文学"这个理论概念，知道了《十月》这个中国最重要的文学刊物之一，知道了刘心武、卢新华、王蒙、孔捷生等最初的一批作家，知道了伤痕、反思、寻根是什么意思，也是第一次觉得文学的世界离我的生活是如此接近。记得听到孔捷生《在小河那边》里写到的那个知青，在晚上的河边和那个叫穆兰的姑娘偶遇的场面，我激动地趴在桌上不能动，觉得何老师的唾沫星子都定格在空中一样。而在这之前，我记忆中唯一读过的小说是一本名叫《新来的小石柱》的书。关于这本出版于1975年的、我16、7岁之前读过的唯一小说，我写这个序的时候才专门在网上查阅了有关资料，得知作者名叫黄家佐。现在的网络是这样介绍此书的：

"小说由人民文学出版社出版，75年被改编成连环画，同时，全国各地的广播电台也都在播讲这部长篇小说……1974年，文化大革命还没有结束。那是一个8亿人口只有8个样板戏看的荒唐年代。文化沙漠中，一个青年作者写的一本小说——《新来的小石柱》成为当时缺乏精神食粮的中国青少年爱不释手的儿童文学作品。'小石柱'也成为他们心中的偶像和朋友。"

估计现在的80后90后们对这段介绍不会感兴趣，那么网上还有一段话：

"贯穿文革极左思想和'阶级斗争'教条的儿童小说《新来的小石柱》，1975年由人民文学出版社出版，后又改编为连环画。里面的主人公小名叫石柱，大名"石成钢"。该书作者黄家佐（笔名"童边"）的儿子在1977年出生，姓氏随其母亲芮淑敏，取名'芮成钢'……1977年，《新来的小石柱》被上海美术电影制片厂改编摄制成为66分钟的大型动画片《小石柱》，在全国公映。"

对了，那本曾为我作为小少女时代唯一精神食粮的儿童小说《新来的小石柱》就是那个曾经声称"我的朋友奥巴马"的芮成钢他爸年轻时写的。

等到琼瑶的《窗外》《在水一方》等言情小说占据80年代中后期大陆少女枕边读物的时候，我已经渐渐历练为具有批评眼光的专业读者而根本不屑于琼瑶阿姨的迷魂汤了。1984年的9月，我踏入陕西师范大学中文系。我原以为这会因和最初填报的志愿不符而失落，谁知一进到学校，内心竟然有一种莫名的归属和安适的感觉。永远记得第一次到图书馆晚自习的情景。我刚坐下打开书一会儿，就有一个头发竖着的高年级男生走过来，他大方地看着我甚至有些理直气壮地说：你是新来的吧？我瞪着眼睛不知如何反应，再瞪大点眼睛表示yes。然后，"啪"，他把一叠手稿甩在我面前，说："替我把这稿子誊写一遍，这是我刚刚完成的一个短篇。"啊！原来他是作家呀，原来作家就是这般模样的呀！我的激动难以表述，当我赶紧接过那叠手稿的时候，我觉得我离文学竟然是如此接近，近到甚至可以触摸了！

80年代中期文学的变化，因1985年这一年发生的许多事件，使这一年份成为一些批评家所认定的文学"转折"的"标志"。对"文革"和当代历史的书写仍为许多作家所直接或间接关注，但一批与"伤痕"、"反思"小说在思想艺术形态上不同的作品已经出现。在我所在的陕师大中文系，近半男生有诗人、作家的梦想，我们创作、传阅，然后争吵又和好。我们每周结伴去书店，用省吃俭用的钱奢侈地购买最新的文论西方译著，黑格尔、康德、尼采、萨特、博尔赫斯、伊格尔顿、卡希尔、房龙等等，我们把这些遥远又闪光的名字如同老人念叨半辈子的邻居一样整日挂在嘴边。我们用囫囵吞枣来的理论讨论马原的《冈底斯的诱惑》，张辛欣、桑晔的《北京人》，史铁生的《命若琴弦》、刘索拉的《你别无选择》、王安忆的《小鲍庄》、陈村的《少男少女，一共七个》、莫言的《透明的红萝卜》、韩少功的《爸爸爸》、残雪的《山上的小屋》以及扎西达娃的《系在皮绳扣上的魂》等等。我们不单是思考文学、讨论文学，刘索拉《你别无选择》里那一群看似荒诞怪异的音乐学院的学生，也无不让我们联想到自己的实际生活。比如我们有个整日蓬头垢面爬在桌子上写小说的女同学，在某个看似没有啥不正常的晚上，一个人躲在帐子里一口气把一罐麦乳精干挖着吃空。她写作的时候还有个习惯，就是不停地用左手指搅缠她左额头的那片刘海，不停，尤其写得不顺的时候，搅、揪、绞……一学期下来，她的作品俺们都没咋见过，只见她额头已经没啥刘海，都快秃得发亮了……我们这个同学简直就是刘索拉笔下的人物。而刘索拉小说里那个一天擦几十遍地板的小个子，那个永远身边带着一把铮亮的剪刀，遇到不高兴的事见啥就开剪的女作家也就正像生活在我们身边的人。

如此一切的一切，都让我感到自己生活得是如此文学。我们成群结队，有人身背吉他，有的手提啤酒，晃荡在午夜渺无一人的长安街上。有人喊：月光，另一个就接着喊：姑娘。一个喊：世界，我来了！另一个则叫：世界，你在阿达（西安方言，哪里）……然后，是谁，"啪"地一声，把啤酒瓶又高且远地甩出去。片刻寂静，过后就有人开始唱：深深的海洋……嗨，一个女文青的80年代啊！

陕师大中文系的4年，除了所谓夹杂着所有青春思考及荒诞的文学活动，真正造就我的应该是被我称之为"师大之魂"的图书馆。陕师大图书馆建于上世纪50年代，是建筑大师梁思成先生的优秀作品，典雅庄重、气势宏伟。无数个白天或夜晚，那深色的联排木桌椅，石青光洁的地板，嘶嘶作响的白炽灯光是母校留给我记忆中永远的青春怀思。此次回来听说师大大搞装修，为了防风吹雨淋把图书馆原来大红的橡檬木窗和青瓦都换成同色调铝合金的了，我心里突起一阵隐约疼痛。是的，我的心确实感到了疼痛。因为似乎只有那镶满巨大木质红窗的青砖墙才是我能触摸到的有质感的精神基石。她那因阳光和风霜而褪色的木质是坚密而温暖的，那一块块错开而连接的大青砖粗粝却平整。我甚至觉得原来质地的图书馆是一座会呼吸的建筑，她如同学子的灵魂，应该是自然之神的造物。而铝合金，和日月风霜是如此隔异，要么滚烫要么冰凉，而且永不掉色不变形，除了坚硬光滑还是光滑坚硬，这难道就是现代人要的吗？

在那青砖红窗会呼吸的巨大建筑中，我每每缩在一个固定的角落位置，如饥似渴地读小说，借了还，还了借，抄抄写写做笔记，往往因到了闭馆时间被管理员赶出二楼自习室为止。等回到宿舍，要么是因没赶上饭点胡乱吃点，要么就是没有灌上暖水壶，那可是在北方冬天没有暖气的学生宿舍里我们唯一的温暖来源。但旋转在头脑里的那些故事和人物足以让我忽视床铺的冰冷，他们在我眼前微笑、哭泣、愤怒或诉说，他们和我一起度过一个又一个学生宿舍的夜晚。这 4 年我所读过的外国小说从俄罗斯到欧美，远远超过现在一个外国文学教授给他的研究生开列的 50-80 本书单，中国古典小说包括《红楼梦》和《金瓶梅》的第一次阅读也是在这里开始。而且由此形成的阅读习惯已成为我生命惯性的一部分，至今无法改变，几日不读书真有蓬头垢面之感。

几十年弹指而过，祖国南北，太平洋两岸，在我所有人生奔波的时空变化中，4 年师大图书馆时期留下的近 10 本读书笔记是我始终不舍丢弃的行程。其实有的甚至仅仅是对书中某个段落的摘抄，但无论什么时候，每当我翻开，每当我看到笔记本的款式、纸质，那特殊的气味以及 20 岁时的笔迹，当时摘抄这个段落时的阅读喜悦，也就是纳博科夫说的真正的艺术给人们带来的"审美狂喜"，就会悠然掠过我的心头。沧桑人世，大多数事情我们都只愿意经历仅仅一次就足够，这种能反复、一再给人带来喜悦的感觉的美好人或事能有多少呢？

师大中文系的 4 年奠定了我阅读和知识结构的塔底，我的知识结构塔由下到上应该是古今中外文学名著（包括传记和非虚构作品），西方及俄罗斯哲学及文论，新闻与传播学理论，此外就是大量的随机阅读的社会学及历史的杂书等。大概从暨南大学跟随饶芃子先生读博开始，我彻底从一个文学的专业读者变成批评者。也许因为看过太多的作品，也许因为成为文学博士，总之这时就陡然觉得自己有了对作品指手画脚的底气。写作文学批评最初的几年，我一边忙于报纸的采编出版一边开车去暨大上课见导师，巨大的工作量，家里家外满负荷的运转以及不分昼夜、常年在105国道广佛路段的奔波，这些迎面而来而我却觉得乐在其中的生活重负练就了我的好身体、好车技。我不是超人，能举重若轻地承担一切都是因为能再次和我的文学不曾远离，因为文学的世界是一个能让我在现实世界的浮躁势力、杂乱荒诞以及无限的无奈面前抚慰和安放心灵的所在。而且，至今我仍然坚持文学是人们认识世界和人生的最佳路径之一，学会投资、理财、股票或养生是幸福人生的保障，但艺术及审美的快乐带给人们的心满意足和心灵升华是物质无法代替的。

作为文学这门艺术最重要形式之一的小说无非是讲故事。所谓故事最基本的因素一定是谁、什么时间、在哪儿、做什么。从这个叙事元素的角度看，小说和新闻没有什么区别。区别在于新闻叙事必须是现实生活中真实发生的事情，西方新闻界尤其推崇新闻的绝对真实，稍有臆想都是违背原则。而小说是完全出于作家的想象。举个例子：

"他的帽子像是一盘大杂烩，看不出到底是皮帽、军帽、圆顶帽、尖嘴帽还是睡帽，反正是便宜货，说不出的难看，好像哑巴吃了黄连后的苦脸。帽子是鸡蛋形的，里面用铁丝支撑着，帽口有三道滚边；往上是交错的菱形丝绒和兔皮，中间有条红线隔开；再往上是口袋似的帽筒；帽顶是多边的硬壳纸，纸上蒙着复杂的彩绣，还有一根细长的饰带，末端吊着一个金线结成的小十字架作为坠子。

帽子是新的，帽檐还闪光呢。"

这是法国小说家福楼拜的《包法利夫人》开头一段对包法利先生少年时代上学进教室时所戴帽子的描写。但纵然你见多识广，你见过或你能想象这是一顶怎样的帽子吗？不能吧？不能。因为这个要讲故事的福楼拜打算连同他的包法利夫人都是想象的，帽子肯定是你没见过的，但它确实是包法利先生少年时戴过的帽子哦。而且一旦读者看完小说，你就会觉得可怜的包法利先生似乎就应该戴这样面目模糊的帽子。这就是小说作为想象叙事的魅力所在。

叙事（Narrative）也就是讲故事。叙事在人类的经验和存在中无处不在，正如故事有许多不同的形式和功能。美国神学家斯坦尼·哈弗罗斯认为生活中的叙事才是德性、伦理建设的基本途径。他引用另一位神学家米科的话说：
"使一个故事得以进行并让我们追随的特征是一些线索，历史理解的本质的
线索。一种历史性的叙事并不表明事件的必然性，而是通过展示使得其意义
相关的故事，让这些事件变得可以理解。"这就是说叙事和故事都是远远不
够的，最重要的是使其"意义相关"。所以，但凡有优秀的故事必定有一个
使"意义相关"的"精神"或者亦称成就故事精神的"德性"。

小说家首先要会给读者讲一个好听的故事，但仅仅会讲故事的作者是称
不上"伟大"的。这本文学批评论文集正是以"故事精神"为关键词，从如
何让叙事成为有"德性"的角度，对张爱玲、白先勇、严歌苓、施淑清、王
安忆、苏童及王蒙等现当代著名作家的作品进行专题论述或文本批评。因为
这些作家的共同特点是以会讲故事为长，包括诗人于坚，也是以日常化的诗
歌意象、诗歌语言为长，尤其长于日常叙事，所以，了解本书的另外一些关
键词也许应该还有叙事、日常叙事、身体叙事、现代性等。书中文章大多曾
发表于国内重要文学批评期刊，部分如关于洛丽塔的论文则从没发表过。

伟大的维特根斯坦说："在艺术中很难做到的是：有所言说，又等于什
么都不说。"我想说的是，这里的"有所言说"就是谁、什么时间、在哪儿、
做什么这些故事的基本元素。而所谓"什么都不说"就是我所说的、你所体
会到的"故事精神"。它如同深秋的早晨那沉甸甸的果实表面上的一层薄霜，
如同宝石那可见却不可触摸到的光芒，如同足以让你忽略或素或艳外表的花
朵的香气，如同灰烬上空萦绕盘旋的热，从不具象，却永留你心。

看着利来利往的熙攘天下，也许有人会觉得沉迷艺术和文学是奢侈或矫情
的。但我从不觉得。博尔赫斯曾说他所想象的天堂就是图书馆的样子。对我而言，
我觉得我的天堂是这样的：一个漫长到无限的下午，窗外或雨或晴都无关紧要，
只要室内有我随手可及的我的几架几千册书，一个最好是芝华士的可打开放脚
的软皮沙发，边上有足够光亮的落地灯，然后呢，一杯不加糖的柠檬红茶，几
片抹了黄油烤过又凉了的面包片……我和我的书就这样随着黄昏的到来、黑夜
的到来沉下去、沉下去。为什么不去社交呢，喝茶、吃饭、聚会，各种眉来眼
去的周旋，或者为什么不去旅游呢，购物、炫富、异国风光发微信，我真是想，

如果可以，任天地混沌都可与我无关，遑论这为发微信而存在的生活。

一个人住在瓦尔登湖畔的梭罗认为寂寞是有益于人身体健康的。他说：

"人们常常对我说，'我想你在那儿住着，一定很寂寞，总是想要跟人们接近一下的吧，特别在下雨下雪的日子和夜晚。'我喉咙痒痒的直想这样回答，——我们居住的整个地球，在宇宙之中不过是一个小点。那边一颗星星，我们的天文仪器还无法测量出它有多么大呢，你想想它上面的两个相距最远的居民又能有多远的距离呢？我怎会觉得寂寞？我们的地球难道不在银河之中？在我看来，你提出的似乎是最不重要的问题。怎样一种空间才能把人和人群隔开而使人感到寂寞呢？我已经发现了，无论两条腿怎样努力也不能使两颗心灵更接近。"

频发微信可以让你和朋友天涯若比邻，但我从不认为它能使两颗心灵更接近。而有了文学艺术，我可以在清醒的状态下，欢喜若狂。而且，我明明看到虚荣却幼稚的包法利夫人为还高利贷，慌乱地奔走于几个旧情人之间来回借钱却根本借不到；我还看到安娜卧轨的时候，托尔斯泰让其出现3次的安娜手挽的那个小皮包，真想问问老托尔斯泰安娜的包包到底是红色的还是碎花的，因为诸多汉译本说法不一。我想给安娜说，她说的对，她的死不是威胁他，因为她爱他，也不是威胁自己，而是威胁那个迫使她受苦的人。其实那个让她受苦的也不是什么具体的人，而是她心中永远炽烈的爱情。我还看到天生就具有完美女主人气质的达洛维夫人如何在一个衣着光鲜、高朋满座、觥筹交错的夜晚站在窗边突然之间看到自己人生的空虚和虚伪……这无数的人物在我眼前走动着，他们如同大学时代那些从图书馆晚归的夜晚一样，在我眼前微笑、哭泣、愤怒或诉说，使我的房间热闹拥挤不堪，我忙于照顾和安慰他们都来不及，怎么会有寂寞之感呢？

是为序。

张爱玲的小说传统与文学中的日常叙事

在 20 世纪的中国文学史上，诞生了许多重要而复杂的作家。有些作家，似乎专门为文学史而存在；而有些作家，他们自身的存在，就足以构成一部简易的文学史——张爱玲就是其中的一个。

接受史

按照美籍华人学者夏志清先生的论定，"张爱玲该是今日中国最优秀最重要的作家"[1]，但这样一位重要作家在中国却被遗忘却在中国被遗忘了许多年。其中原因，牵涉到张爱玲所走过的生命历程，也关系到张爱玲作品在国内的接受史和传播史。

---

(1) 夏志清：《中国现代小说史》，中文大学出版社（香港），2001 年版，刘绍铭等译，第 335 页。

　　有研究者说，1944 和 1945 年的上海，可说是张爱玲的上海。1944 年 9 月，张爱玲的小说集《传奇》由《杂志》出版，4 天后再版。1944 年底到 1945 年初，改编成舞台剧的《倾城之恋》在上海卡尔登大剧院隆重上演，演出场场爆满。1944 年 5 月月 1 日，著名学者傅雷以"迅雨"为笔名在《万象》杂志上发表《论张爱玲的小说》[1]。文中激赏张爱玲的小说是"收得住，泼得出的文章！"论文还总结性地发现了张爱玲小说一个鲜明的美学风格，那就是"新旧文字的揉合，新旧意境的交错"。但随着抗战结束和解放战争的开始，如昙花一现的张爱玲陡然失色，直至新中国成立后的 1952 年，张爱玲以继续学业的名义离沪赴港，后赴美国。从此，上世纪 40 年代这个在上世纪 40 年代上海文坛如星光般灿烂的女作家，在中国大陆读者的阅读视野和文学史里陡然消失了。

　　与此消失相对立的则是台港文艺界对张爱玲的认可与肯定。张爱玲在创作领域得到偶像般的推崇。1957 年，台湾学者夏志安在台北《文学杂志》刊发了其弟夏志清的《张爱玲论》，该文是继上世纪 40 年代傅雷和胡兰成对张爱玲的评论之后，再次从专业阅读的角度肯定了张爱玲在中国小说发展史上的地位。1961 年，夏志清在《中国现代小说史》中，以该论文为基础，专章论述了张爱玲的创作。该书不仅充分肯定了张爱玲的文学成就，还对沈从文、吴组缃、钱钟书、师陀等一批长期被国内学界忽略、被国内多种版本的现代文学史所尘封的现代作家们，给予了高度肯定。

　　此后，在台港两地，尤其是台湾，对张爱玲的学术研究从未中断。这些研究大致可以归纳为这样几个方向。首先，夏志清采取中西比较的方法，给张爱玲以正面的评价。其次，是以台湾旅美学者李欧梵和王德威为代表。他们共同的特点是从西方现代性的角度去考察中国现代文学，通过分析现代性在中国现代文学发展中的种种不同表现，从而归纳出一直处于被遮蔽状态的中国现代文学的另一条叙事线索：日常生活的叙事美学。本文的一些论述也正是沿着李、王二人这个思路的"再言说"。第三个方向是台港学者如水晶、陈炳良及后来的周芬伶、苏伟贞等人采取的细读文本的方法，对张爱玲作品

_____

(1)　该文见钱理群等主编：《二十世纪中国小说理论资料》第四卷（1937-1949 年），北京大学出版社，1997 年第一版，第 249 页。

做的具体研究。此后还有以林幸谦为代表的学者，运用西方女性主义批评的方法对张爱玲进行的研究。

在台港，张爱玲成了经典文学的代表，得到的是近乎神祇般的崇敬，并出现了一批追随学习张爱玲叙事方式的小说家。成就最高的有白先勇、施淑青，还有备受胡兰成赞赏的朱天心、朱天文姐妹等。

大陆学界对张爱玲等现代作家的关注出现在上世纪 70 年代末和 80 年代初。"1981 年 11 月，张葆莘在《文汇月刊》发表《张爱玲传奇》，这是大陆改革开放以来最早论及张爱玲的一篇文章。"上世纪 80 年代是张爱玲研究的一个重要时期。1984 年，作家柯灵在《读书》第 4 期发表《遥寄张爱玲》一文，1985 年第三期《收获》杂志也刊载此文。同一期，《收获》还重刊了《倾城之恋》，这是"文革"以后张爱玲作品首次在大陆面世。这篇文章和张爱玲的小说在大陆读者中产生了广泛影响。至此，张爱玲算是重返故乡。正如深得张爱玲衣钵的王安忆所说，张爱玲的回来是"为文学史准备的，她的回来是对文学的负责"。这时期的学者们以有别于以前的新鲜方法从意象、象征、心理分析等方面选取切入张爱玲小说的研究角度。代表论文有胡凌芝的《论张爱玲的小说世界》、(1) 饶芃子的《张爱玲和张爱玲的"冷"》(2)、饶芃子和黄仲文的《张爱玲小说艺术论》(3) 等。同时，如宋家宏的《一级一级的走向没有光的所在》和《张爱玲的失落者心态及其创作》(4)，还有张国桢的《张爱玲启悟小说的人性深层隐秘与人生关照》(5) 等论文，都开始触及张爱玲小说较深层的人性内涵，注意到张爱玲小说里的现代性特征。

极为诡谲的是，正当新编文学史吞吞吐吐、遮遮掩掩地接纳张爱玲时，从校园开始的大众阅读几乎以不可思议的速度接受了张爱玲。接着，随着消费主义热潮的兴起和商业话语对文学越来越深的渗透，张爱玲也由此成了都

---

(1) 《抗战文艺研究》1987 年第一期。

(2) （香港）《星岛日报》。

(3) 《暨南学报》，1987 年第四期。

(4) 《中国现代文学研究丛刊》1987 年第 2 期。

(5) 《文学评论》1988 年第一期。

市消费文化的经典符号。一个完整、全面、丰富的张爱玲，往往被拆解成了利于商业运作的碎片。……到今天，张爱玲在各种传媒形式中得到极其广泛的传播。专业阅读和专业研究再次兴盛兴旺起来。1992年以后，出版界大量出版各种版本的张爱玲作品，单是关于张爱玲的生平传记就有8部之多。与此同时，自上世纪90年代以来，中国当代文学中的部分作品（比如王安忆、苏童、叶兆言等人的作品）越来越多地呈现出张爱玲式的韵味和叙事方式，张爱玲还被片面地定义为所谓"海派文学"的鼻祖。

综观现代文学史，没有哪一个作家如张爱玲一样承受过冷热差异如此巨大的待遇。为什么张爱玲有如此传奇般的接受与流传过程？自上世纪80年代张爱玲重归文学史后，为什么会得到大众读书界和专业学界两方面相辅相成、相互促进的接受局面？面对当前充满个人话语狂欢之势的文学局面，张爱玲的文学能给我们带来怎样的思考？张爱玲的创作到底蕴涵着怎样的文学特质，承接和发展了怎样一种文学传统？在主流文学的背后和崇尚消费的时代浮沫下面，张爱玲的创作对文学的意义到底在哪里？

张爱玲的"中国韵味"

张爱玲一生创作的小说数量并不算多，代表她高峰艺术水准的作品大多发表在1943到1945这两三年间。有论者对把张爱玲小说的艺术特色，用一个中国古典文学中的词"艳异"来概括。这指的是她的小说内容与形式呈现出来的那种古今结合、中西交错的参差对照之美。台湾学者周芬伶是这样解释"艳异"一词的："反高潮是对戏剧性情节的倒写，亦是传奇的改装，'艳异'此一语词带有压抑的、歧异的、衍异的意涵。'艳'可说是华丽与苍凉的综合写照，亦是一种参差对照产生的美之极致。'艳'从对人之'容色丰美'演化为对情事的'风流得意慷慨深情'，亦形成作者生命景象之一'淹然百媚'"。[1] 本文对要论述的文学中的日常生活的叙事，正是实现这个"淹然百

---

(1) 周芬伶：《艳异》，中国华侨出版社，2003年5月第一版，第4页。

媚"之美的恰当途径。

使小说肌理扎根于日常生活之中，由此形成的以日常叙事为底色的美学风格，这是张爱玲对中国小说的重要贡献之一。说到张爱玲小说中的日常生活叙事，它主要呈现出以下四个特征：一是以自己熟悉的日常生活原貌，作为文学想象的基本故事架构。二是小说人物之间没有激烈的、正面的外在冲突，作者把笔力集中在人物之间心理和精神的对抗和冲突。她善于把一个好故事所要求的所有"曲折"通过小说的细节和人物内心来完成；三是小说中有大量出色的细节描写。出色的细节描写是日常生活叙事美学的"肌体"，它使故事丰满、充实、回味无穷；四是她"清坚决绝"的写作态度。这种写作态度给她的小说带来了特殊的文人气质和"荒凉"的历史感。张爱玲是不相信社会进化论和线性历史观的，她认为时代变化给个人生活带来的只是破坏和"惘惘的威胁"，人能抓住的只是眼前的一点人和事。

张爱玲的文学方式是独特的。她用古典的文字韵味和形式，描写城市化的生活方式；在遗老遗少的人物身上，描画的是时代颠覆中古典与现代交错复杂的内心。"艳异"之美的下面是深厚的传统文学底蕴。傅雷一眼看透了张爱玲小说所透露出来的传统气息。他说张爱玲对"文学遗产记忆过于清楚，是作者另一危机。"[1] 张爱玲对传统是否有过分沉溺暂且不论，她的小说具有的艺术魅力首先是因为她继承了中国文学传统的精华。对张爱玲创作影响最大的是《红楼梦》《海上花》《金瓶梅》《歇浦潮》等旧小说，其中以《红楼梦》影响最明显。这些旧小说最大的艺术特点就是通过日常生活的叙事描写"人情"和"世态"。这个特点不仅仅是这几本小说才有的，而是中国文学中渊源久远的美学传统。

中华民族是个以农耕文明为底色的古老人群。超稳定的农耕社会在物质生产上依赖自然，在社会结构上依赖家族制度，在精神建构上依赖天人合一。中国古典文学正是在农耕文明中孕育发展起来的。在这样的文学传统中，我们看不到西方海洋文明背景下，文学所描写的冲突、激烈和冒险精神。我们

---

(1) 该文见钱理群等主编：《二十世纪中国小说理论资料》第四卷（1937-1949年），北京大学出版社，1997年第一版，第249页。

看到的更多的是追求和谐永恒的仁义道德、天道人世和礼乐文章。由此发源的中国文学也呈现出注重现世社会、重视人情世态和日常生活感受的叙事特点，成为有别于西方文学传统的"人世"和"人情"文学，"过日子"文学。人情之喜，人情之忧，人情之希望和绝望，人情之无奈和庸常，这从来都是中国文学的主流。

上古典籍《易经》对中华文明影响深远。《易经》里有一个反复出现的词："息"。"息"的原始意思是指呼吸时进出的气。根据该词反复出现的语句环境，我们可以归纳出"息"至少有吞吐、吸纳、交融、停止、开始、滋生、成长、繁衍等呈相对性出现的意思。如果把我们所赖以生存的世界比作一个生命体，那么昼夜交替、循环往复就是它的"息"，正如《诗经》里写的"卿云烂兮，缦缦兮。日月光华，旦复旦兮"。而人世的风景即是生在这"息"里。所以，胡兰成在《礼乐文章》一文中写到："人世亦是有意志与息。有意志是有向上的自觉，凡物之生都是善的。有息则是有灵气。"相对于社会的"实"，"息"里的人世风景是"空"的，是"灵气"，这些"空"就是长幼之亲，是男女之爱，是一事一情的委屈，是一草一花的喜悦，是曲径通幽的徘徊多致，是所谓绊绊磕磕的"亲亲之怨"，是"日月光华，旦复旦兮"，所以"息"也就是生生不息的日常生活。中华民族是个充满人情味的民族，中国文学自古就是人世的文学，是"日月光华，旦复旦兮"的日常生活文学，是"息"的文学，是以日常生活表面之现实，表现人世之"虚"的文学。社会是实的而人世是虚的——《红楼梦》就写透了人世之"虚"。

张爱玲继承旧小说的正是这种通过日常生活之"实"写透人世之"虚"的思想。从创作实践来说，从我国最早的诗歌总集《诗经》开始，经过汉乐府诗，再到唐宋诗词，中国诗歌就以描写各阶层人民的日常生活为主，以歌唱大自然和人世间的人情百态为主。到了宋元以后，随着小说戏曲的兴起和繁荣，这种文学精神又在小说中得到继承光大。近代以后，这种具有浓厚中国韵味的人情小说在通俗小说（尤其鸳鸯蝴蝶派小说）中得到了继承。

从《诗经》开始，这种日常化的人情世态的文学传统就一直是边缘的，不入正统的。汉乐府相对汉大赋是边缘，宋儒们认为杜甫的诗是"闲言语"。

小说自产生开始就是文学中的下里巴人……《红楼梦》最初也是以手抄本流传的闺房消遣读物。鸳鸯蝴蝶派文学是五四新文学的重点批判对象。如果不是在当时处于租界地的"孤岛"上海，张爱玲的创作亦然是边缘的、寂寂无名的。但是，不容置疑的事实是，经过千百年来的岁月流转，这种世情文学的精神顽强地承传下来，且有日趋繁荣之趋势，而且正在成为文学园地里最动人和灿烂的部分。今天，我之所以从日常生活叙事这个角度研究张爱玲，不仅仅是因为张爱玲或张派传人的创作继承了这一传统，而是我深为这一珍贵的文学传统在当代逐渐走向变味而感到忧虑。我们有必要对中国文学这一伟大的传统进行追溯并重新认识其价值，绝不应该将它曲解为某种粗糙的市场化文字的借口——相反，它应该成为新世纪中国文学重要的精神资源。

今天看来，张爱玲不仅在沦陷区的上海"孤岛"名藻一时，她的文字经过半个多世纪时光之流的冲刷，业已成为一个介于俗与雅、古与今之间的坚硬存在。她的创作既不是"文以载道"的革命文学，也不是纯粹的"言志派"。她所建立起来的文学传统，可以上溯到诗经、汉乐府和唐诗宋词的文学精神，上溯到以《金瓶梅》和《红楼梦》为代表的中国小说传统，最终成为新文学中深具"中国气派"和"中国魅力"的重要传统——以日常生活为基础的叙事传统。

张爱玲以"苍凉"为底色的"日常现代性"

无论张爱玲在人们的视野中是怎样的一个"异数"，她都是属于中国现代文学中一个值得研究的现象。傅雷说张爱玲的小说是"旧文字的揉合，新旧意境的交错"；有学者说有是"艳异"之美，这都意味着张爱玲的小说有着传统韵味之外更复杂的魅力。这就是张爱玲小说现代性的问题。

"现代性"是一个涵义非常复杂的概念。"现代"一词诞生于1800年前后，是资本主义兴起后的产物。根据韦伯的理论，现代性的概念起源于基督教的末世教义世界观。黑格尔最先提出明晰的现代性概念。在黑格尔看来，"现代"首先是一个决心与传统断裂的概念：它告别中世纪愚昧，面向理性之光。

"现代"又是一个充满运动变化的概念，它串联起一组新话语，如革命、解放、进步与发展。尼采却看到了黑格尔理论的矛盾。矛盾就在"自我意识"和"理性"的冲突。面对矛盾，狂放不羁的尼采，干脆采取了即告别启蒙，背弃理性，而转向与之对立的神话。尼采崇拜酒神狄俄尼索斯，因为他是一个能为百姓（个人）带来无尽欢乐的未来神。

自尼采以降，现代性不断遭受批驳，渐至整体裂解。直到以萨特为代表的存在主义的出现。克尔恺郭尔主张以"人的存在"作为哲学研究的基础；海德格尔提出著名的"本体论"，主张人类有自我选择的自由。这几位哲学巨人的思想，都是萨特存在主义理论的主要思想资源。显然，这几位哲学家的思想体系中有一个核心的词语，那就是"人"。

中国社会的现代性萌芽应产生于明末。随着生产力的发达和社会财富的增长，以市民为代表的个体意识逐渐觉醒，这从明末小说戏剧等丰富的文艺作品中能得到很好表现。然而20世纪的百年中国却是一个风云激荡，充满民族屈辱与抗争的世纪。当"五四"新文化运动把中国带进现代社会，古老的中国开始较全面遭遇现代性的问题，也带给文学不同的发展命运。与衰朽不堪、只求苟安的统治者相对照的是以忧国忧民为己任的知识分子。但知识分子革命却是连连遭到挫折和失败。中国现代文学就诞生在这样一个特殊的文化语境里。张爱玲的创作也正是诞生在这样的文化语境里。

毋庸置疑，在这样的时代里，民族危机和民族救亡成为压倒一切的社会主旋律。文学的命运理应或注定要承担起"感时忧国"、救国救民之重任。于是，有关民族、国家、解放、救亡、英雄等主题的文学成为中国现代文学的主流。这种文学，我们不妨就套用法国学者让—弗朗索瓦·利奥塔的定义，把它称为"伟大正统式叙事（Grand narratives）"[1]文学。以叛逆、摧毁、自由、创造和个性解放为精神本质的"五四"运动，崇尚西方的民主、科学和进步观。

---

(1) 让—弗朗索瓦·利奥塔 [法]：《后现代状况——关于知识的报告》，湖南美术出版社，岛子翻译，1996 年 6 月第一版。（本书原著为法语版，1979 年出版。1984 年美国发行英语版。所引著作是根据 1984 年英语版翻译。）"宏大叙事"的英译是 Grand narrative，"小型叙事"的英译是 Minor arrative。

在这个意义上，当现代性成为当时社会一种显意识的时候，它是呈现为黑格尔所谓现代性"革命、解放、进步与发展"意义的。

俄国十月革命的胜利和不久后中共的诞生，使越来越多的中国知识分子认定社会主义可以救中国，文艺界开始了"文学革命"向"革命文学"的转变。1927年"四一二"政变后，中国知识分子队伍开始出现明显左、中、右的政治分裂。同时，五四精神中自由与个性解放的声音被迫微弱了。

按照利奥塔的分析，所谓后现代就是对"宏伟叙事"的质疑和否定。具体说就是，文化人不再相信英雄壮举，也不再妄想进入理性天堂。他们热衷搜索边缘话语，提倡小型叙事（Minor narrative），发展局部知识。正如现代性本身所蕴涵的矛盾性一样，"五四"精神本身也蕴含着两个矛盾性的因素。一方面是"感时忧国"、叛逆、决裂、救国救民，企图凭着科学和民主两根巨柱在一瞬间建立起一个强大的新中国；另一方面则是个体生命的彷徨苦闷，追求个人自由和人性的全面解放。可以说，在新文学队伍发生分化的当时，中国文学就已经孕育了"小型叙事"对"大型叙事"，也就是说后现代对现代的反叛。

但新文学从其诞生之日起，就负载着救国救民的巨大使命，载道的"革命文学"成为大部分具有民族国家意识的中国文人的选择。由于国家与民族所走过的特殊道路，"革命文学"成为贯穿中国近一个世纪的文学主流。尤其是1942年毛泽东发表著名的《在延安文艺座谈会上的讲话》后，在主流文学创作中，知识分子个人的声音基本消失了。"宏伟叙事"具体化为以时代为大主题的命题文学。一直到上世纪80年代中后期先锋小说之前的中国当代文学，无不或浓或淡地抹上这种"宏伟叙事"的印记。类似张爱玲这样充满独特的个人艺术感觉的"小型叙事"或日常生活叙事文学自然就成为了被历史尘封的记忆。

从在一个大的背景来看，中国现代文学中以张爱玲为代表的日常生活叙事就是那个时代的"小型叙事"。具体对于张爱玲本人来说，她不相信进化论的历史观。对于英雄壮举和理性天堂也说不上理解和相信，她看重的是一个平常人的人世生活，看重的是金粉金沙的个人世界，是"岁月静好，现世安稳"。张爱玲的这种"小型叙事"，在当时是文学的异端，是不关心时局的文学反面教材。但时事变迁之后，我们再来看她的叙事成就，不由得要惊觉：也许，在那些琐碎、具体、细节的日常生活里，才真正蕴藏着文学的永恒光辉。

张爱玲的文学实践，在当时绝对是一种极大的反叛。1902 年 11 月，梁启超在《新小说》创刊号上，发表《论小说与群治之关系》一文。此文把小说从"小道"提升为大道，并赋予它兴国兴民新国新民的崇高任务，将小说看成改良社会、改造国民性的万能工具，夸大了文学的实用价值。很显然，这个观点也可视为是中国新文学建立"宏伟叙事"的一个起点。

张爱玲等作家的创作是现代性的体现，也是现代性内生的矛盾对自身的反叛。他们的艺术视角远离了宏大的革命历史故事，而把叙事之根深密地扎在人的日常生活的大海里。在这里，人生呈现出被宏大叙事所忽略或被鄙视的面目。有人发现诙谐，有人发现幽默，也有人哪怕战火纷飞也要人生的雅致，而惟有张爱玲在永恒的日常生活中看到的是人生的无限苍凉。对她来说，人生不过是一袭外表华美内藏虱子的袍子，人生不过是一个苍凉的手势。所以，张爱玲小说的现代性就是"苍凉"。

日常生活叙事的重新崛起

以夏志清、李欧梵和王德威等人为代表的海外研究学者的成果，形成了新时期以来中国文学史接受张爱玲的最重要的外部推动力量。今天我们可以说，张爱玲等人的创作其实是和左翼文学进行了一场潜在对话。

早在上世纪二三十年代，以卢卡奇和葛兰西为代表的所谓"非正统"的西方马克思主义就以自己的理论和实践预示了马克思主义一个新的可能的发展方向，即从对社会的政治经济结构及其变革的优先性的关注，转向对社会历史进程的总体性的强调。"总体性"当然包括"个人"在社会历史进程中的真实状态。西方马克思主义研究者将马克思主义与日常生活研究接轨，让马克思主义回归到了人的存在本身和人性的层面。直到 60 年代，西马哲学大师卢卡奇的学生，也是"布达佩斯"学派的主要代表人物阿格妮丝·赫勒把日常生活的研究推向一个高度。他认为真正的马克思主义并非只一味追求宏大历史，而是关注民众与当下生活。

当时代走进 21 世纪，尤其是从上世纪 90 年代开始，中国开始走上社会主义市场经济的道路。经济的迅猛发展，在短短的 20 年内给人们带来了物质生活的实惠和富庶，一个城市化和都市化的中国开始成了大家共同的追求。同时，整个社会的审美取向和价值观念也发生了深刻的变化，"世俗化"和"市民化"的价值体系得到民众的广泛认可。一个迅速市民化的社会让人们普遍接受了重实际、重实惠、重经验、重当下、重公平交易的价值观。稳定、殷实的生活使人开始追求更精致的物质形态，并让人们更为关注个人的日常生存现状。可以说，相比于以往几十年，中国人的个人生存状况、个人趣味、价值取向，从未像今天这样得到如此多的关注和尊重。当个人感觉越来越受到重视的时候，对日常生活的表达和审视也随之成了现代生活的主流形态之一。这种深刻的变化也生动地表现在文学领域。人们开始对缺乏个人体验的"宏伟叙事"产生怀疑，尤其对那些主题先行的假大空文学进行了反思。文学经过了上世纪 80 年代中期狂飙突进的形式主义探索之后，进入 90 年代，就更多地回到了一个市民化的生活表达之中，回到了日常的、细节的、现实的根部，回到人类生存中最为普遍、但也最为基本、永恒的事物——日常生活的基本经验——之中。显然，张爱玲的叙事风格契合了这一美学诉求，所以，到了 20 世纪 90 年代，张爱玲在中国大陆广受欢迎，并非出自偶然。

尽管这时的张爱玲已经沉寂了近半个世纪，但张爱玲的小说品质，尤其是她对世俗经验的独特处理，对日常生活的经典叙事，在一种新的文化语境中，开始受到重视，并成了新一代作家书写城市经验、表达日常生活的重要参照。可以说，这是中国当代文学的一个巨大的转型：它让许多作家意识到，"小事"和"个人经验"同样也是文学书写的重要内容——在宏伟叙事之外，小叙事，个人叙事，同样也能抵达心灵的核心。我们虽然不能说是张爱玲开创了文学叙事的"小事"时代，但她的重新出现，极大地扩大了当代作家的叙事资源，却是不争的事实。张爱玲笔下的个人命运，那些具体而琐细的日常细节，那些微小但苍凉的生活喟叹，原先是很难见容于正统文学秩序的。如今，随着文学观念的多元化，大家蓦然发觉，个人的经验同样具有永恒的价值，个人经验所构成的叙事传统，也是历史叙事中不可分割的部分。

张爱玲的写作所代表的日常生活叙事传统既延续了中国几千年来关心此世生活的文学传统，又建立起了属于她自己的叙事风范。因此，当许多应景的时世文学很快就被人们所遗忘的时候，张爱玲所守护的日常生活，多年之后却再放光芒。这不能不说，永恒的文学法则又一次起作用了。其实，自古以来，文学的核心主题母题之一便是如何保存社会的"肉身状态"——日常生活，从而使作家与他的生活处境之间建立起艺术的通道，它看起来是微不足道的，却是文学的基本使命之一。

今天我们研究张爱玲才发现，这里面潜藏着中国文学的一个重要维度。正是在这个意义上，和鲁迅等人相比较，张爱玲的写作代表了中国现当代文学中的另一个高度——她创造了 20 世纪日常生活叙事的文学经典。

张爱玲与无产阶级文学

经过 20 多年的阅读研究，张爱玲作为一个自由主义作家应是无须争议的。她的文字，扎根于传统文学精神的沃土，又散发着现代意识和光芒，是 20 世纪中国文学现代性最重要的表征之一。

中国现代文学的现代性面目始终是两个维度的交织呈现。一是至少可追溯到明末、以李贽等为代表的反程朱理学思想。文学方面以《牡丹亭》《金瓶梅》和《红楼梦》等作品为标志。这些作品具有浓厚的个性解放和生命主体意识觉醒的现代性色彩。这种觉醒和中国传统的悲情意识相结合，形成中国文学自身的现代性趋向。五四运动所提倡的个性解放、人道主义正是这一精神的继承和延续。另一则是以 1898 年严复译作《天演论》出版为标志，物竞天择和适者生存的线性进化观进入了中国思想传统。它让人们相信，世界肯定有一个闪闪发光的未来，通向这个科学与民主未来的通径就是斗争和革命。这一理论，虽和中华传统文明中以"易"为核心的圆形哲学、和谐哲学有本质不同，但它更多地切合和近现代代中国多灾多难的社会现实。

在文学领域，从五四的"文学革命"到30年代左翼文联提倡的"革命文学"、"无产阶级文学"，再到1942年整风运动毛泽东关于文艺的《讲话》，正体现了以进化论为基础的社会政治现代性对文学自身的改变。造成中国现当代文学这一主流精神特质的根本，就在于人们以政治的现代性取代了文学（艺术）的现代性。人们普遍认为："现代性只能是与现代化进程保持一致的同步观念，"认为"文学的现代性只是以文学的手腕和形象来'配合'现代化要求的话语[1]"。

面对紧迫的民族灾难和救国救民的强势时代主题，当时带有自由主义色彩的作家群，很少有人不对自己的文学主张进行审视和质疑。尽管今天的张爱玲是以一个典型的自由主义作家被人们接受，但在其创作过程中，也曾和主流的无产阶级文学有过一个认可与被认可，接受与被接受，接近却难以接近最终远离的艰难过程。

自信"不同"

贵族之后的张爱玲，饱受以《红楼梦》为代表的传统文化之浸淫，她既有西方文学的深厚造诣，又有香港求学、上海生活的现代都市体验，其作品以极其精致的文字，机警智慧的零度语言，冷眼看人生、说故事，一派苍凉的挽歌情调。由于出身、生活经历、个人学养、艺术趣味等多方面的原因，张爱玲的艺术追求显然属于坚持个人世界的"小型叙事"和"小真理"。总之，她对那些革命的、宏大的、英雄气的、庙堂气的、沉重、隆重的东西一概不喜欢，而看重和喜欢日常的、人情味和生活味浓厚的东西。显然，张爱玲的文学所呈现出来的日常现代性，是五四提倡的"人的文学"的延续和发展。

在创作高峰期的时候，张爱玲对所谓无产阶级文学很不以为然。她在《流

(1) 雷达、赵学勇、程金城主编，兰州：甘肃人民出版社，2006年8月第1版，第7页

言·写什么》一文里写到:"有个朋友问我:'无产阶级的故事你会写么?'我想了一想,说:'不会。要末只有阿妈他们的事,我稍微知道一点。'后来从别处打听到,原来阿妈不能算无产阶级。幸而我并没有改变作风的计划,否则要大为失望了。"[1] 这段颇为自得的话,从几个方面表达了张爱玲对于无产阶级文学的态度:一、坦然承认自己一定不会写无产阶级的故事,一点都不掩饰自己并无兴趣取悦主流;二、即使"阿妈不能算无产阶级",她也没有改变文风的计划,对自己的创作态度甚为自信。实质上,张爱玲写作特色的形成主要是她对真正无产阶级的生活不了解,家庭出身,生活经历,教育决定了她的艺术风格。但她并不公开反对阶级的文学或者描写时代大主题的宏大叙事,甚至后来迫于生计,她还以《秧歌》《赤地之恋》尝试过对于宏大主题的把握,显然不如她对日常生活叙事那样拿手和成功。

另外,从张爱玲所褒贬的同时代作家中也可看出她对无产阶级文学的态度。在中国现代灿若群星的作家群中,林语堂、周作人等首先是张崇拜的前辈。早在 4 岁时,张爱玲就说长大了要和林语堂一样有名,后来还时常阅读他们的作品。林语堂和周作人在精神气质上都和胡适相近,是自由主义知识分子。不同在于他们没有胡适那样浓厚的政治热情。在阶级和党派斗争十分激烈的时代,他们都试图通过文学的途径达到身心的平衡。当时,林语堂提出"性灵文学"和"幽默"文学。"性灵文学"的观点与周作人所提倡的"言志"文学观不谋而合。这是带有浓厚传统文学色彩的现代性。而新文学旗手鲁迅素来认为杂文"必须是匕首,是投枪,能和读者一同杀出一条生存的血路",[2] 是典型的崇尚"力"的革命现代性。

对于中国新文学第一人鲁迅,张爱玲还是很敬佩很尊重的,而且她对鲁迅的看法很准确。水晶先生写到:"谈到鲁迅,她觉得他很能暴露中国人性格中的阴暗面和劣根性。这一种传统等到鲁迅一死,突告中断,很是可惜。因为后来的中国作家,在提高民族自信心的旗帜下,走的都是文过饰非的路子,

---

(1) 张爱玲:《流言》,广州:花城出版社,1997 年 3 月第 1 版,第 178 页

(2) 鲁迅:《鲁迅杂文全集》,郑州:河南人民出版社,1994 年 12 月第 1 版,第 500 页

只说好的，不说坏的，实在可惜。"⁽¹⁾显然，张爱玲是很准确地从"人性"这个角度看重鲁迅的意义的。她只是不太认同后来有工具论和服务论意义的"革命文学"以及左翼文学。

张爱玲的文字提到的人还有胡适、老舍、沈从文、曹禺、冰心、白薇、苏青等。她没有提起过茅盾，曾用略带嘲讽的语气说到曹禺。而对老舍的小说比如《二马》等却很喜欢。她赞扬沈从文，说"非常喜欢阅读沈从文的作品，这样好的一个文体家"。⁽²⁾

胡适是另一个深得张爱玲偶像般崇拜与敬意的文坛宿将。她极重视和在意胡适对自己作品的评价。张爱玲自己回忆她在美国最后一次见到胡适的情形，说："他围巾裹得严严的，脖子缩在半旧的黑大衣里，厚实的肩背，头脸相当大，整个凝成一座古铜半身像。我忽然一阵凛然，想着：原来是真像人家说的那样。而我向来相信凡是偶像都有'粘土脚'，否则就站不住，不可信。"⁽³⁾可见，她确实对胡适怀有神一般的敬意。1953 年，还在香港的张爱玲就给在美国的胡适寄去了《秧歌》一书。胡适的回信中说："你这本《秧歌》，我仔细看了两遍，我很高兴能看见这本很有文学价值的作品。你自己说的'有一点接近平淡而近自然的境界'，我认为你在这个方面已做到了很成功的地步！"⁽⁴⁾他们对小说的认识都共同推崇所谓"平淡而近自然"的风格，其实就是指文学作品应着力"日常性描写"，在小说创作中，日常叙事是作品达到"平淡而近自然"艺术风格的重要手段。胡适的回信中还击节赞叹了《秧歌》一书中的几个细节。他们都给予《海上花》极高的评价。

显然，得到张爱玲看重的基本都属于与左翼思想有距离的所谓自由主义知识分子。其实，张爱玲和胡适只是文艺趣味的接近，人生态度并不见得相同，对政治的看法就更不同了。张爱玲及其欣赏的作家正是代表了日常现代性的

---

(1) 水晶：《张爱玲的小说艺术》，台湾：大地出版社，第 27 页

(2) 水晶：《张爱玲的小说艺术》，台湾：大地出版社，第 29 页

(3) 张爱玲：《张爱玲典藏全集 6》[散文卷四]1952 年以后的作品。哈尔滨：哈尔滨出版社，2003 年 10 月第 1 版，第 55 页

(4) 《张爱玲典藏全集 6》[散文卷四]1952 年以后的作品。哈尔滨出版社，2003 年 10 月第 1 版，第 46 页

作家。这实质上是五四精神继承晚明现代性以来的另一个维度。只是在张爱玲这里，这个"日常现代性"不是台湾学者李欧梵所命名的"颓废"而是"苍凉"。

"惘惘威胁"中努力靠"左"

随着时代的变化，在强大的主流意识形态影响下，张爱玲其实也不时在思考着自己与主流文学的关系。事实上，直至 70 年代初水晶先生在美国访问张爱玲时，她都一直对自己在主流文学史中的地位忐忑不安。

从无产阶级和劳苦大众的角度，1949 年新中国成立是全国人民终得解放、翻身做主人、欢天喜地的大喜时刻。但是对于有着满清贵族血统的自由主义知识分子张爱玲来说，这不过又是一个蕴含着"惘惘的威胁"和"大破坏"或"更大破坏"的乱世而已。面对这个翻天覆地的新时代，张爱玲理性上也觉得自己无论是生活还是创作都是一定要做出改变的。但她又明白受个人背景的限制，一个作家能写好什么实质上是很难改变的。张爱玲是个敬重文学的作家。她说自己初学写文章的时候，"我自以为历史小说也会写，普洛文学，新感觉派，以至于较通俗的'家庭伦理'，社会武侠，言情艳情，海阔天空，要怎样就怎样。"[1] 但事实上是"越到后来越觉得拘束"。对于即使手头有材料的小说，她都提倡熟悉了故事背景才能写，而这"熟悉"靠采访、采风式的去走马观花是根本不够的。她把文人比作文苑里的一棵树，"天生在那里，根深蒂固，越往上长，眼界越宽，看得更远，要往别处去发展，也未尝不可以，风吹了种子，播送到远方，另生出一棵树，可是那到底是艰难的事。"[2] 所以她断定自己是写不了"无产阶级的故事"的。她欣赏小说也不是从社会和阶级的角度去看的。比如当时有人从官商勾结的角度评价《金瓶梅》，张爱玲就很不以为然。"就像有人赞美狄更斯暴露英国产业革命时代的惨酷。其实

(1) 张爱玲：《流言》，张爱玲著，花城出版社，1997 年 3 月第 1 版，第 178 页
(2) 张爱玲：《流言》，张爱玲著，花城出版社，1997 年 3 月第 1 版，第 178 页

尽有比狄更斯写得更惨的，狄更斯的好处不在揭发当时社会的黑暗面。"[1]

但是，因对新社会的不了解而带来的内心恐惧，还有时代主流意识形态的压力，以及对自己未来生存景况的担忧，这些都使张爱玲很愿意尝试开拓一个新的、更迎合时代的写作领域。客观说，无论是张爱玲还是"时代"，双方都本着彼此接纳的目的，做过很实际的努力。1949年5月27日上海解放，夏衍主管当时上海文化工作。他决定整顿旧时上海小报，7月《亦报》创刊。1950、1951两年，张爱玲应该报之约，以笔名梁京在《亦报》分别连载《十八春》和《小艾》两小说。和《金锁记》《倾城之恋》相比，这两部小说只能说是张爱玲的二流作品。从两部小说明显安上去的"光明尾巴"看，这显然是张爱玲的迎合时代之作。《十八春》写的是同在一间工厂做事的小知识分子沈世钧和顾曼桢之间悲欢离合的爱情故事。故事发生在上海和南京之间，时间则从解放前十八年写起，结尾已是解放初期，背景也移到了沈阳。几位青年男女经过重重感情波折，最后都投身到"革命的熔炉"去寻找个人理想。《小艾》里的小艾是个大家庭里的小丫鬟，受尽主人折磨，终于遇到从农村来到城市的标准"工人阶级"金槐，两人在解放后才过上幸福生活。显然，张爱玲开始让她笔下人物努力向"劳动人民"靠近。但仔细阅读这两小说，张爱玲写得最生动、体贴、传神的，还是那个与她自己生活经历、见识最接近的部分。比如，在《十八春》里，曼桢那做交际花的姐姐曼璐就给读者留下深刻印象。小说把一个旧时舞女即有对家庭的长女责任感、又自私乱伦，又沾染了欢场流氓习气的女人刻画得很生动。相比顾曼璐的性格塑造和稍有变态的女性心理描写，沈世钧和顾曼桢的爱情故事反而显得冗长拖沓，缺少明显个性冲突。

而《小艾》里也只有在写旧世界旧生活的前半部里，读者能感受到张爱玲的才华光芒。本是主角的"小艾"到书的第六页才提到，第十页读者才见到面，而且还是侧写。确切说，《小艾》的主角，也是张爱玲写得最拿手的人物，应该是那个愚蠢又麻木、凶狠又乐天的五太太。五太太是旧贵族遗老大家庭席家五少爷的填房太太。小说描写小艾后来和一个叫金槐的印刷工人自由恋

---

(1) 《续集》，张爱玲著，花城出版社，1997年3月第1版第10页

爱。两人相好后金槐时常给小艾讲些"种田人怎样被剥削"、"解放"、"现在是我们的"等大道理。解放后，他们都进了印刷厂当工人，有了自己的孩子，像许多童话故事的结尾一样"过着幸福的生活"。很显然，金槐的出现以及小艾和金槐的相识、相恋都有很强的编排痕迹，金槐这个人物的概念化成分就更浓重。另外，类似"那是蒋匪帮在上海的最后一个春天，五月里就解放了……"这样的句子显然都是"造"出来的，听起来怎么都不像从才华灼灼的张爱玲心里流淌出来的。本应作为主角的小艾形象比起她对五太太的描写也差远了。

这两本小说，尤其是《小艾》，对于研究张爱玲是很重要的。这是张爱玲政治立场和思想倾向彷徨时期的作品，是她不知应该如何看待自己早期文学才能及成就的表现。1944年是张爱玲创作的全盛时期，在当年12月《自己的文章》一文中，张爱玲曾很自信说："我用的是参差对照的写法，不喜欢采取善与恶，灵与肉的斩钉截铁的冲突那种古典的写法。"她喜欢的是"葱绿配桃红"，所以，她的人物（除了《金锁记》，但曹七巧的"坏"也是很有一个丰盈的情感底子的）大都是些小奸小坏、小善小恶的"凡人"和"真人"。可是，写作《小艾》，她为了迎合时代，不得不放弃这种审美立场，而采取了原来自己反对的善恶对立、善恶冲突的写法。新中国的锣鼓响遍上海的大街小巷，自然对张爱玲敏感的内心产生巨大冲击。在不可阻挡的时代潮流面前，她想改变自己以迎合新政权的文艺要求也是不难理解的。在《小艾》里，张爱玲苦心经营。她不仅选择这么一个原来从没有进入过她文学世界的小丫鬟做主角（以前张爱玲关注的多是所谓先生小姐，老爷太太），而且别有用心地把"小艾"的命运放在新旧政权、新旧社会交替之际的特殊时代里，进而证明：多亏新社会来临，可怜的小艾才过上了幸福日子。显然，从两部小说的艺术水准来说，张爱玲力图适应主流的努力是很牵强的。写得动人的细节和人物依然是那些她熟悉的，与她个人生活、思想有着千丝万缕牵扯的旧事物。写这样的故事确是勉为其难。1966年，去美国后的张爱玲就把《十八春》改写成《半生缘》。比较两个故事，"光明尾巴"被改写掉了，张爱玲又回到她的写作本色。

生活所迫，无奈靠"右"

如果说《小艾》是张爱玲政治立场和思想倾向彷徨期间，想靠近左翼文学的一个努力，那么她自 1952 年离开大陆到香港以后写的《秧歌》和《赤地之恋》就出现了个大转弯，成了有明显右翼倾向，甚至是有意暴露革命阴暗面的反共作品。

这两部小说都是以解放前后的农村和城市为背景，写到一批共产党干部，写到交公粮和土地改革，是政治性极强的小说。1952 年，张爱玲以继续读书的名义，用张煐的本名出走香港，一是对时代大变的恐惧，二也是为了摆脱新中国成立后与自己个人风格格格不入的文艺创作气氛。具有讽刺意味的是，迫于生活压力，《秧歌》却正是张爱玲在"美新处"工作时的受命之作，政治倾向明显是反共的。可以说是从迎合大陆主流意识形态的《小艾》，一下走向迎合美国人反共主流意识形态的创作。艺术风格依然延续了她擅长日常叙事的特点，但成就却逊色于她在上海沦陷时的创作。显示出她对自己并不熟悉的宏大叙事力不从心的把握状态。但从各方面分析，这两个作品确实应是张爱玲的不得已之作。抗战胜利后的 1947 年，张爱玲曾写过一篇名《有几句话同读者说》的文章，说："我写文章从来没有涉及政治，也没有拿过任何津贴。"事实上，除了世态人生，张爱玲一向对政治是没兴趣的。但是她在香港写的这两篇个小说，不仅涉及了政治还拿了美金，主要是因为她去香港后面临的生活困境使然。据宋淇夫妇等朋友回忆，香港期间的张爱玲长时间患眼疾，当她准备去美国寻找新的人生前途时，穷到甚至连一件像样的大衣都买不起。

1955 年 1 月 5 日，胡适读到这本小说。他曾写到："此书从头到尾，写的是'饥饿'——书名大可题作'饿'字——写得真细致，忠厚，可以说是写到了'平淡而近自然'的境界。近年来我读的中国文艺作品，此书当然是最好的了。"⁽¹⁾ 显然，胡适对当时新中国的文艺成就并不了解，而对张此书的评价也有"过誉"之嫌。但他倒是从这样一本并算不得张爱玲小说艺术之代表作的小说里看出了"张式叙事"的特点，那就是"日常化"。正因为她杰出的日常化叙事特点，才成就了此书"平淡而近自然"的艺术境界。

《秧歌》故事发生在解放初上海附近的农村。谭金根和月香是村里一对穷夫妻。土改开始后，月香带着几年在上海做佣人几年的微薄积蓄回到家乡。她万没想到家乡人的日子竟然苦焦到三餐喝稀粥煮野菜梗的地步，因为收成的八担谷子全都交了公粮。故事最后金根被逼投河身亡，月香深夜一把火烧了村公粮仓，自己也从容投身火海……。大年初五，被迫重新置办了年货的村民用红艳的胭脂抹搽着因饥饿而呈苍黄的脸，扭着秧歌敲锣打鼓地为军属送去了猪肉年糕等慰问品……显然，小说写的金根一家是被共产党的政策逼死的。

《赤地之恋》写一个从土改到抗美援朝期间的恋爱故事。其中大量篇幅描写了解放初期农村土改中极左路线带来的残酷局面，以及后来主要在城市广泛展开的三反斗争。书中的描写那是一个干部人人自危，夫妻、朋友相互反目的恐怖年代。故事是围绕着从土改开始热情参加革命的知识分子刘荃为主人公来展开的。

由于受个人经历限制，这两部涉及时代宏大主题的小说并没有全面客观地反映当时的社会面貌，对人物塑造有概念化的倾向。比如《赤地之恋》赵楚和崔平本是生死之交的战斗英雄，进城做了共产党的干部就变成没一点人性的尔虞我诈的政治流氓。而只要一到写有点旧的人物，张爱玲就如笔下有神，比如对戈珊这个人物的描写。小说的艺术水平也不可与张沦陷时的作品相媲美，但一样传承了揭露人性弱点，剖析人性之自私及丑恶残忍之本性的"张式"冷眼与笔法。两者相比，《秧歌》要比《赤地之恋》写得好。因为张爱玲也说"《赤地之恋》是在'授权'（Commissioned）的情形下写成的，所以非常不满意，

---

(1) 李梅：《张爱玲日常叙事的现代性》，世界图书出版公司 2014 年版，第 122 页。

因为故事大纲已经固定了，还有什么地方可供作者发挥的呢？" [1] 两个故事写得精彩的，也就是张爱玲所谓的"戏肉"部分，依然是那些显示人性面目的地方。

比如《秧歌》中月香与金花的两场心理斗争。第一次是小姑子向阿嫂借钱而不得，第二次是阿嫂求救而小姑子惟恐躲之不及。《赤地之恋》中干部崔平和赵楚本是生死之交的亲密战友，而面对强大的政治风暴，什么友情、忠诚、信任甚至对方的生命都可一夜抛出，来换取自身的平安与升迁。另外，《赤地之恋》中戈珊也描写得极其出彩。戈珊天生丽质，早年也和现在的刘荃一样，是凭着一腔热血，带着青年学子的天真与纯洁投奔延安参加革命的。但革命并没给她多么美好的前途，艰苦的革命生活反而毁了她的身体。当她作为胜利者的一分子回到上海的时候，她已成了身患严重肺病的半老徐娘。这时带有英雄和胜利者光环回到上海的革命干部，尤其是领导干部多是以找女学生或者类似黄娟那样的年轻女干部为时髦。作为女革命者的戈珊虽依然风风火火地干着她的革命工作，但作为女人戈珊的幸福却放荡于一个又一个从她床上走马灯变换的男人身上。而且，她不再把后半生的幸福寄托于彼此真诚相爱的精神关系而是寄托于激烈的肉体快乐。所以，即便是出于相互利用，她讨厌上海男人（比如对陆志豪）式的"婆婆妈妈的温情"，"她需要的是一种能够毁灭她的蚀骨的欢情，赶在死亡面前毁灭她。"从这里我们看到所谓"革命"不仅毁了她的身体，更可悲的是摧毁了她的心灵世界。面对人人必须过关的"三反"运动，戈珊明里痛哭流涕地在大会上"表演"着，背地里却一手设计圈套把黄娟送到老革命面前。一方面写出了戈珊对付情敌的心狠手辣，另一方面则表现出作为一个所谓"老革命"的她，对"革命"内部某种丑恶的游戏规则的熟知与无奈。戈珊不断发展变化、复杂多面的精神世界对比出黄娟性格的幼稚、单纯与苍白。

---

(1) 水晶：《张爱玲的小说艺术》，大地出版社（台湾）1980年版，第29页

普遍存在的创作困扰

面对天翻地覆的新时代，不只是张爱玲，众多作家都不得不重新审视自己的文学观念，而且出现某种普遍的创作困惑和迷茫。以朱光潜为例。1948年8月6日，他在《周论》第2卷第4期上发表《自由主义与文艺》一文，论述"自由是文艺的本性"，论述"问题并不在文艺应该不应该自由，而在我们是否真正要文艺。"[1]可是，到了1956年6月，同是朱光潜，在《文艺报》第12期，发表题为《我的文艺思想的反动性》的长文，对自己自由主义文艺观进行深刻批判。他批判自己解放前的文艺思想存在必须彻底清除掉的"陈年病菌"；说"我的'文艺心理学'、'谈美'、'诗论'之类的书籍本是一盘唯心思想的杂货摊"；还说自己以前认为自由是文艺的本性等，都是因为受了帝国主义教育的结果。[2]

1949年9月5日，文艺报社邀请平津地区写长篇连载小说的作者开了一个"争取小市民层的读者——记旧的连载、章回小说作者座谈会"，到会者热烈真诚地发言，"有些人认为对现在的政策一点不了解，自己的一点生活内容很单调，想写工农兵吧，思想感情又不对头。他们说：'实在不敢再写了。'"[3]张爱玲解放后基本是以一个报纸连载小说家被人知道的。虽然她在上海，无缘参加此次会议，但这些发言代表了当时此类作家普遍的心态。

在那个时代，到底应该写什么、怎么写的问题不只是困扰张爱玲的问题。他们都在努力思考自己、揣摩时代，但终究还是认为不是想写什么就能写好什么的。就连曾经身为左翼作家的张天翼也说："时代究竟是太有力量了，太有力量了，使我不敢写东西。要是叫我写醇酒妇人，或者叫我赞美颓废，

---

(1) 《中国当代文学史·史料选：1945——1999》（上），洪子诚 主编，长江文艺出版社，2002年7月第1版，第114页

(2) 《中国当代文学史·史料选：1945——1999》（上），洪子诚 主编，长江文艺出版社，2002年7月第1版，第285页

(3) 《二十世纪中国小说理论资料》（第五卷）1949-1979，洪子诚 主编，北京大学出版社，1997年2月第1版，第11页

或者叫我写我现在这种不三不四的生活，我都可以把它写得很好很迷惑读者，但是时代不允许，时代叫我们写新的东西。而我呢真是糟透，我的生活，我的意识，我所受的教育，总而言之，我所有的一切，都还是旧的。"（1）——写不好宏大叙事，但又都感受到觉得时代主流意识形态的压力，这可以说是那个时代许多对文学还心存敬重的文人的普遍感受。

那么，这些始终难以接受无产阶级文学的作家们到底对无产阶级文学是怎样看的？以及论述张爱玲创作和左翼文学的关系，我们都不得不论及胡兰成这个人。胡兰成在《张爱玲与左派》（2）一文中专门论述了文学与革命题材的关系。他首先认为革命的首要目的无非是要让各个阶级的人最终都过上人的生活。所以，革命的人一定要知道什么是美的，否则他们就"没有生命的青春，所以没有柔和，崇拜硬性"。他认为马克思主义者只是发现了艺术的背景，不懂得艺术本身。而艺术是人生和时代的升华，是人世事物的升华。所以他不赞成写阶级斗争和政治关系大过写人的关系，因为那样看不到人的面目了，因为"人与人的关系应当是人的展开，而现在却是人与人的关系淹没了人。"。所以，革命文学也是要首先发现"人"，刷新人和人的关系后才能安得上所谓"个人主义""集体主义"的名词。

也就是说，左派文学要求描写群众或英雄，都应该首先懂得他们也是平常人，是"他们的日常的生活感情使他们面对毁灭而能够活下去。"胡兰成把左派文艺比做陈涉起义中的"狐鸣"，用类似"大楚兴，陈涉王！"那样的话语吓唬老百姓。说"他们用俄国的神话、美国的电影故事、山东人走江湖的切口，构成他们的作品的风格。如马克思主义者自己说的：每一种风格都是阶级性的狭隘，再狭隘些，风格就固定为习气。"他认为左派所提倡的文学不过是一种"习气"很深的文学。作为一个中国现代社会的知识分子，胡的政治失节和个人品行操守确实为世人所不齿。但正如学者江弱水说胡兰成是"其人废，其文不可废"。诸如他对于阶级文学的看法，不但有代表性，

（1）　《张天翼文集》第 1 卷，第 55-73 页

（2）　《中国文学史话》，胡兰成著，上海社会科学院出版社 2004 年 1 月第 1 版，第 191 页

亦可谓深刻。

胡兰成所有文字没有说到过张爱玲作品的一点不足，这固然有个人偏爱的因素。他对张爱玲涉及到社会大主题的小说一样认为是最好的。他说"真真天才的作品虽然不到思想，它亦是革命的，像张爱玲的《赤地之恋》与《年轻的时候》，像朱天文的《青青子衿》与朱天心的《击壤歌》，甚至看起来似乎与革命无关。因为文学是只要写了革命的感，不必写革命的思想，亦可以是完全的。"[1]事实上，由于生活经历和圈子以及个人艺术趣味等多方面的限制，对于涉及宏大主题的小说，张爱玲写得确实没有像其他家庭男女感情题材的小说那么好。若论"无产阶级故事"，写得最好的应是《桂花蒸——阿小悲秋》，就是张爱玲所说的"阿妈"的故事。阿小是从乡下来上海在洋人家做工的保姆。她勤劳，谨慎，本分，洁身自好，再苦再累对命运无一声抱怨。小说几乎没有什么故事情节，只是写了阿小伺候洋主人一天的生活琐事。小说最后对阿小性格的描写最是有神来之笔："地下一地的菱角花生壳，柿子核与皮。一张小报，风卷到阴沟边，在水门汀栏杆上吸得牢牢的。阿小向楼下只一瞥，漠然想道：天下就有这么些人会作脏！好在不是在她的范围内。"[2]看到风起后肮脏的地面，阿小不是悲叹命运而是庆幸好在弄脏的地方不是她的负责范围。只有最尽职本分的保姆才会这么想。按左翼文学的要求，这个小说也许应当写到阿小对自己阶级地位逐步觉醒的过程。可惜张爱玲写到的阿小只是一个本分勤劳自尊的保姆而已。但从一个普通人的角度来说，阿小的这分自尊才是一个劳动者真正的尊严。如此，还是呼应了胡兰成首先写好了阿小作为一个"人"的观点。

事实上，自己的写作与主流意识形态的关系一直是困扰张爱玲多年的问题。到美国后的许多年，她都不能肯定自己在文学史上到底处什么位置。台湾的水晶先生在《蝉——夜访张爱玲》一文中写到："谈到她自己的作品的流传问题，她说她感到非常的 uncertain（不确定），因为似乎从五四一开始，

(1)　《中国文学史话》，胡兰成著，上海社会科学院出版社 2004 年 1 月第 1 版，第 127 页
(2)　《倾城之恋》，张爱玲著，花城出版社，1997 年 3 月第 1 版，第 148 页

就让几个作家决定了一切，后来的人根本就不被重视。她开始写作的时候，便感到这层困惑，现在困恼是越来越深了。使我听了，不胜黯然。"[1] 水晶先生拜访张爱玲是在 70 年代初，那时夏志清已经在文章中对张爱玲推崇备至，港台张爱玲热也不断升温，更不用说胡适对她一直都有好评。显然，这些都不能打消张爱玲的顾虑。但即便为自己在文学史上的地位焦虑如此，张爱玲还是不认可左翼文学的写法，"她形容三十年代的小说，老喜欢'拖一条光明的尾巴。'"（《蝉——夜访张爱玲》）这"光明的尾巴"其实正是左翼文学所要求的小说要为光明的未来。她还在提及鲁迅时说"因为后来的中国作家，在提高民族自信心的旗帜下，走的都是'文过饰非'的路子，只说好的，不说坏的，实在可怕。"显然，张爱玲对新中国后大陆文学的发展并不是不了解。

五、终难"同和"，悄然去国

　　张爱玲对她作品的担心并不是没有道理。1949 年 7 月 7 日，中华全国文学艺术工作者第一次代表大会在北平（北京）召开。会上成立了中国文学艺术工作者联合全国委员会，郭沫若为主席，茅盾、周扬为副主席。茅盾在大会上做了《在反动派压迫下斗争和发展的革命文艺——十年来国统区革命文艺运动报告提纲》[2] 的长篇重要讲话。这个讲话有几点值得注意。第一，茅盾只用很少的篇幅提及沦陷区文艺，而且也只说到沦陷区的进步文艺工作者。对当时在上海文坛及市民读者中红极一时的张爱玲、苏青等作家根本没提到。第二，在"创作方面的各种倾向"一节中，茅盾列举了 7 种创作倾向。前四种分别一是"起了一些启导求进步的作用，但同时又无形中给读者低回感伤的情绪。"二是不能反映社会中主要矛盾和主要斗争，"终究在字里行间流露出一些黯淡无力的思想情绪"的作品；三是主观性太强以至于脱离社会主要矛盾和主要斗争的作品；四是人道主义代替社会矛盾与斗争的作品。茅盾

---

(1)　《张爱玲的小说艺术》，水晶著，大地出版社（台湾），第 29 页

(2)　《茅盾文艺杂论集》下集，上海文艺出版社，1981 年 6 月第 1 版，第 1240 页

指出这4种倾向是直接可以从进步的、革命的作家作品中发现的。但"此外还有一些更有害的倾向潜生在进步的文艺阵营内部,成为腐蚀我们的斗争的毒素。"那么这些潜生在进步文艺阵营里的有害毒素是什么呢?有三种。第一种就是"完全按照个人的趣味而采集些都市生活的小镜头,编成故事,既无主题的积极意义,亦无明确的内容。这种纯粹以趣味为中心的作品,显然是对小市民趣味的投降,而失去了以革命的精神去教育群众的基本立场。"这明显指的就是沦陷时期的张爱玲、苏青之流,但实际上张爱玲和苏青是有很大不同的。显然,从茅盾的这个讲话看出,左翼文艺并不是不了解张爱玲等沦陷时期的市民作家们的创作成就,而是把他们划在圈外了。他们认为文学应表现重大斗争,表现历史"本质",批评过分关注琐屑日常生活和市民趣味。如此,张爱玲等人就不仅根本不属于进步的革命作家,而且是腐蚀我们的斗争精神的有害毒素。直至80年代,这几乎成定论的说法一直使沦陷时期这些带有自由主义知识分子的创作处于无名状态。

新中国成立后,上海文艺界对张爱玲还是很重视的。在时任中共上海市委常委、宣传部长夏衍的亲自提名下,1950年7月,张爱玲应邀参加了上海市第一次文代会。上海电影剧本创作所成立后,夏衍和柯灵甚至还准备邀请张爱玲担任编剧。但是经过彼此艰难的适应尝试,尽管张爱玲也能写出类似《小艾》那样'拖一条光明的尾巴'的故事,但张爱玲终究对左翼文艺不能从思想深处认可。这个在文代会一片列宁装的知识女性中,唯一穿蓝色旗袍白外套的女作家,去意已定。张子静回忆1951年的张爱玲时说,他问她对未来有什么打算,"她的眼睛望望我,又望望白色的墙壁。她的眼光不是淡漠,而是深沉的。我觉得她似乎看一个很遥远的地方,那地方是神秘而且秘密的,她只能以默然良久作为回答。"[1] 几个月后,张爱玲以继续学业的名义从罗湖去了香港,再没回头。从此,这个在40年代后期上海文坛,若众目所望的星辰一样灿烂耀眼的女作家,在中国大陆读者和文学史的视野里消失了。

---

(1)　《我的姊姊张爱玲》,张子静、季季著,文汇出版社,2003年9月第1版,第190页　　　*27*

我们的身体就是社会的肉身

——论"身体叙事"的文学含义

我有身体，我又是身体

"吾所以有大患者，为吾有身。"老子在论人的宠辱问题时写下此句话。而庄子在《逍遥游》则说："大块载我以形，劳我以生。"至此，"身体"就已作为一个重要元素进入到古人的思想维度。在老子的论述中，"吾有身"是吾有大患的根本原因；而对于庄子来说，"大块"（身体）给了为人的形状，却让我因"为人"而辛劳终生。在这里，无论是"患"还是"劳"都是指身体给人带来了有关精神和心灵的问题。王国维在他具有划时代意义的《<红楼梦>评论》中，引用此两句话为开篇之语，并由此展开他的悲剧理论。他认为，人的一生"忧患劳苦"，而人去之后无所永恒。所以，这就迫使我们不得不对"生活之本质熟思而审考之也"。而他就此得出的结论是:"生活之本质何?欲而已矣。"(这里"欲"并不单指"性"。)这说明,老庄之后的千百年,我们的"身体"再一次成为我们进入精神和心灵世界的敏锐切口。

1984年,以英国社会学家布莱恩·特纳《身体与社会》一书的初版为标志,西方社会学以及哲学研究开始出现"身体"这个话题。十年后,有关身体社会学和身体文化学的论著大量出版,"身体"似乎已经成为理论不能回避的问题。

人既有身体,人又是身体。这一身体悖论是贯穿于特纳身体社会学研究中一个基本主题。即是说:人有身体,这意味着人具有和其它灵长类动物的一切生物特点;"从这个意义上说,我的身体是我施以控制的一种自然环境。就像环境中的其它现象一样,我可以触、摸、闻、看到我的身体。然而,我必须有我的身体,才能触、摸、闻、听……我拥有我的身体,但同时也意味着身体拥有我,因为我的身体的退出也就是我的退出"[1]。因为我的本体论必然是社会性的,这种身体的体现从根本上讲也是社会性的。

在这本书中,特纳对新出现的与当代社会理论中的身体相关的社会变化进行了分析,提出了"肉体社会"的思想。在这样的社会里,重要的政治问题和个人问题,既表现为身体问题,也通过身体得到表达。他说:"人在肉体表现方面,在某种意义上,没有超越社会,也不是处在社会之外。"特纳的这一观点,和约翰·奥尼尔提出的"我们的身体就是社会的肉身"论点,很有英雄所见略同的意味。社会性的身体构成了一个可感触到的肉体社会,正是无数个我们的社会性身体构成了社会的肉身。持类似观点的还有波德里亚。他指出,身体的地位是一种文化事实,在当今世界的各种文化系统中,身体关系的组织模式都反映了事物关系的组织模式及社会关系的组织模式。

我和我的身体不可分离。社会学家约翰·奥尼尔把身体分为五种:世界身体、社会身体、政治身体、消费身体和医学身体。除了医学身体外,可以说,社会性的身体包含世界的、政治的、文化的等等含义,也就是人的身体一定

---

(1) [英]家布莱恩·特纳著,马海良、赵国新译:《身体与社会》,春风文艺出版社2000年版,第327页、第320页

是有关精神的，有关心灵的身体。

马克思在《1844年经济学哲学手稿》说过这样一段话："吃喝和生殖肯定是人的真正功能，然而，把他们从人类活动的其他领域抽象和分离出来，使之成为最终和惟一的目的，它们就成了动物的功能。"[1] 这些人类活动的其它领域无非包括政治、经济、宗教、文化和艺术等领域，而这些正构成了人的精神生活和心灵世界。这也说明我的身体和精神是不可分离的，是合二为一的，也就是特纳说的"我有身体，我又是身体"，是老子说的我有患是因为我有身。

无论是特纳、奥尼尔还是波德利亚，或者其它身体社会学的研究者，其论点大致都是沿着马克思的社会学思路，是六七十年代——卢卡奇和葛兰西等人为代表的西方马克思主义研究者的继续。

我们感受身体是为了倾听心灵。而文学的目的、价值和意义正在于后者。

"身体叙事"是有关"社会肉身"的叙事

1930年代初，马克思的《1844年经济学哲学手稿》的正式发表引起西方马克思主义研究者的极大重视。他们由此发现了把马克思思想与当代历史进程相结合的契机。二战后，他们愈加认为这一论著代表了马克思思想的核心，并不断在文化、意识以及日常生活等各方面拓展研究范畴。1960年代，卢卡奇、列菲伏尔等人就日常生活出版了一系列的研究成果。

何谓日常生活？卢卡奇的学生与助手阿格妮丝·赫勒将其定义为："如果个体要再生产出社会，他们就必须再生产出作为个体的自身。我们可以把'日常生活'界定为那些同时使社会再生产成为可能的个体再生产要素的集合"[2]。日常生活是"个体再生产要素的集合"，即是说，个体的再生产一方面不断

---

(1) [英] 家布莱恩·特纳著，马海良、赵国新译：《身体与社会》，春风文艺出版社2000年版，第327页、第320页

(2) [匈] 阿格妮丝·赫勒著，衣俊卿译：《论日常生活》，重庆出版社1990年版，第3页

再生产出个人自身，另一方面构成社会再生产的基础。个人以此为基础而塑造出他的世界。而"他的世界"正是我们每个人眼前看到的这个世界。

毋庸置疑，"身体"是以"再生产出个人自身"为目的的日常生活围绕的中心。正如特纳说的，人既有身体，人又是身体。赫勒认为"个体再生产"有"自在存在"和"自为存在"两种境界。而人之所以为人的努力，无非就是要把个体再生产从"自在"提升到"自为"。"自在存在"的，是人所拥有的生物意义上的身体。而"自为存在"的，是"我与我身"合而为一的身体。在这个艰难的过程中，人需要面对的日常空间、日常时间、日常知识、日常思维、日常满足以及日常生活的冲突……无数个"个体再生产"构成了整个社会的再生产。无数人为"个体再生产"而进行的活动构成社会的肉身。日常空间、日常时间、日常知识、日常思维、日常满足以及日常生活的冲突等等，这些似乎和"身体"没有直接关系，但这些因素却构成社会巨人的肉身脉络和肌理。

所以，"身体叙事"并不是狭隘的、仅仅以描写身体生物性体验为内容的叙事。所有艺术形式（包括文学）中的"身体叙事"，应该是通过个人的日常生活，表现个人心灵状态的"日常生活叙事"，是表现社会巨人精神状态的"社会肉身"叙事，也就是利奥塔所说的"小型叙事"。它是社会的、文化的，是"个体再生产"从"自在存在"到"自为存在"的艰难跋涉。

日常生活叙事实为中华民族由来已久的、优秀的文学传统。建立在农耕文明基础上的中国社会，在物质生产上依赖自然，在社会结构上依赖家族制度，在精神建构上依赖天人合一，是个超稳定的社会。在此文明孕育的文学传统中，我们看不到西方海洋文明背景下，其文学所表现的冲突、激烈和冒险精神。我们看到更多的是追求和谐永恒的仁义道德、天道人世和礼乐文章。《诗经》或更早期的歌谣，多以生动、平和、朴实的语言，从生存（劳动）和生活（人情）的角度描写人与人，人与自然间或和谐或复杂的关系。以此为源头的中国文学，总体呈现着注重现世社会、重视人情世态和日常生活感受的叙事特点，是有别于西方文学传统的"人世"和"人情"文学，是"日常生活"的文学。从这个意义来说，中国的文学历来就是最"身体的"。

《红楼梦》可谓是一部关于中国封建贵族日常生活的百科全书。以前八十回为例，小说每一章的故事皆围绕着贾家宁荣两府人物的吃、穿、用、度展开，"身体"及"身影"无处不在。就在这些无处不在的"身体"故事中，赫勒所谓的日常空间、日常时间、日常知识、日常思维，日常满足以及日常生活的冲突，还有更重要的日常政治，皆成为曹雪芹讲述故事、塑造人物的利器。小说第四十六回"尴尬人难免尴尬事，鸳鸯女誓绝鸳鸯偶"就是一出关于日常生活叙事的好戏。贾府奴仆亦分三六九等，从丫鬟到收房姑娘，再到姨奶奶，是大多丫鬟所向往的改变命运、往上爬的路子。对于一个女奴来说，为奴为姜，虽说都是服侍主人，但身份地位却有意义上的重大区别。不料在贾府世代为奴"家生女儿"（即祖辈就在贾府为奴）鸳鸯，就是不给老爷贾赦这个脸。面对这个老朽主子，她说："就是太太这会子死了，他三媒六聘的娶我去作大老婆，我也不能去。"她还当着众人铰头发以示自己的决心。在后续故事中，鸳鸯以死殉主。一个出身卑贱的弱女子，就是如此用自己的身体故事（日常生活故事），保存了自己身心的高洁。因为她早已看透了这种大家庭中姨奶奶的悲惨境遇，而自由爱情对于她这样的奴才又是何其艰难。曹雪芹正是通过日常生活编织的故事，将皇权政治，主奴之间的尊卑、贵贱，夫妻政治，爱情与欲望，身体与心灵的人性、人情演绎得淋漓尽致。在这些百读不厌的精彩故事中，人们看到的是一个个姿态各异的人物身体，触摸到的却是传统中国的社会肉身。

《红楼梦》之后，中国传统文学的"身体精神"，在以林语堂、周作人、张爱玲以及钱钟书等优秀现代作家的小说创作中得到延续和继承。张爱玲的《金锁记》实质上是一个金钱与身体的故事。曹七巧用自己亲手打制的黄金枷，锁死了自己以及一对儿女曾有着鲜活生命的身体，最终使他们的身心沉沦到腐朽、绝望的生活里。而在小说《围城》里，失恋、国外荒唐的留学经历，以及战时奔波的执教生涯，都尚未给方鸿渐带来太大的精神损伤，他依然是轻松愉快甚至不失幽默的。他的落魄恰恰是在回到上海，和孙小姐结婚并过起舒适的市民生活以后。以其姑妈为代表的市民政治，让他日常生活中的自尊、自主和个性受到深度干扰。这时，他踩着落叶，忍着寒冷和饥饿游荡在深夜的马路上，身体和精神一样落魄了。

文学中"肉身社会"的牺牲和复活

特纳认为，在身体社会化了的社会里，重要的政治问题和个人问题，既表现为身体问题，也通过身体得到表达。在中国的近、现代，以及当代的1980年代以前，中国和世界其它国家一样遭遇了现代性。中国的现代性在政治、经济、文化等诸多领域皆表现为中国特色。这个特色就是革命性。这一革命性无论是"表现为身体问题"还是"通过身体得到表达"，它的具体表现都是忽略甚至牺牲身体，最终导致一个社会肉身状态的僵死和落后。

一个忽略或牺牲了身体的人是一个概念化了的人，一个消灭了肉身社会的社会是一个意识形态至上的社会。印象最深的是，小时候随着母亲一起去看露天电影《龙江颂》。整个电影中，支部书记江水英总是红光满面，肩搭一条白毛巾，站在高处指挥群众。看完电影回来的路上，母亲拉着我的手，似自语又似问我道："那个江水英不知有没有男人，有没有孩子呀"。母亲没有从电影中受到阶级斗争的教育，母亲最关心的是这样的身体问题。

"在现代启蒙之后的意识形态下，个体肉身要么血肉模糊，要么随意含糊。"[1]在脸谱化了的革命文学中，浓眉大眼的"高大全"和贼眉鼠眼的坏分子，都是被忽略了身体的概念。但这是一个别有意义的"忽略"。这里，个体，连同"个体再生产"有关的一切事物，皆成为一场盛大祭祀中献给美好未来的牺牲品。在革命的意识形态和革命文学叙事中，人的存在，没有赫勒所说的"自在存在"和"自为存在"的状态，也就不存在从"自在存在"向"自为存在"艰难跋涉。那时，每个人都有一个光环中的"大我"，时刻嘲笑或取代那"襟袍下的小我"。光闪闪的未来，让眼下一切奋斗或虚妄、勇敢或

---

(1) 刘晓枫：《沉重的肉身》，华夏出版社 2004 年版，第 89 页、第 98 页、第 98 页

卑怯、赤诚或龌龊都显得意义伟大。所以，今天，正如母亲当初对江水英有没有男人和孩子的琢磨，除了宏大光亮的词语，我们触摸不到那个时代的"肉身"。我们不知道江水英是如何过日子的。今天，当"身体"成为我们生活中2个显在的、不可回避的思考主题，我们更想知道，那个时代"个体的再生产过程"是如何被忽略和牺牲的。我想，一个拥有上十亿之众的人群，被消解的"个体再生产"过程该是如何的惊心动魄。文学的使命和责任，难道不正在于唤醒人们那些即将丢失的记忆吗？尤其是当这记忆对我们的思考有借鉴的时候。

别有意味的是，当前的文学叙事中，曾在革命文学中断了的日常生活叙事传统在明显回归，有关革命时代"肉身社会"的形象在逐渐苏醒并隐约闪现。这是我们一个悠久文学传统，正常和健康回归的开始。比如韩东的《扎根》、贾平凹的《秦腔》、莫言的《生死疲劳》以及毕飞宇的《平原》等作品，都在力图恢复革命时代一个肉身社会。《平原》写的是上世纪70年代的农村故事。书中塑造了一个叫吴蔓玲的角色。知青吴蔓玲一来到王家庄，就喊出了两句口号："两要两不要"。要做乡下人不要做城里人，要做男人不要做女人。很快，吴蔓玲连吃饭的口味和姿势都和王家庄的人一模一样了。比如端一大碗面条到大队部的门前树荫下去吃，饭碗里离不开猪油等。冬天挑大粪本来是乡下男人的活路，乡下女人都不干的。但吴蔓玲偏偏不信这个邪，她坚持说："男同志能做到的，我们女同志也一定能够做到。"

吴蔓玲真的去了，就一个女将，夹在男人堆里，在臭气熏天的道路上健步如飞。当然，事情也是不凑巧，也许是用力过猛，也许是吴蔓玲自己也没当回事，她的身上提前了，来了。吴蔓玲浑然不觉，还在和男将们竞赛呢。还是一个小男孩发现了吴蔓玲的不对，他叫住了吴蔓玲，说："姐，你的脚破了，淌血呢。"吴蔓玲放下粪桶，回过头去，看到大地上血色的脚印。大伙儿都围过来了，吴蔓玲脱下鞋，看了半天的脚，没有发现不妥当。队长这才注意到血是从吴蔓玲的裤管里流下来的。队长是个已婚的男人，猜出了八九分，却又不好挑明了，只能含含糊糊地关照吴蔓玲，让她先回去。吴蔓玲的小脸羞得通红，可是，听听人家是怎么说的。吴蔓玲说："'轻伤不下火线。走，把这一趟挑完了再说。'队长后来逢人就念叨吴蔓玲的好，说小吴'这丫头是个泼皮'！"[1]

吴蔓玲本就是个长着一张小脸的姑娘家，有着地道姑娘家的身和心。但革命的吴蔓玲认为，为了她的口号、她的革命前途，身体应该被忽略甚至牺牲。在这里，身体不在场恰恰暗示着身体对于人的重要性。后面的故事中，作者果然就安排了这个女人对支部书记的人狗恋。

这些小说家，通过对革命时代英雄人物、准英雄人物或时代主角日常生活的再现，也就是通过他们的"身体故事"，说明当一个社会的人难以"再生产出个人自身"的时候，这个社会该是一个何等荒谬的社会。

社会进步的标志是"社会肉身"的健康、和谐。一个社会，若没有健康和谐的"肉身"，无论是堂皇的政治口号还是发达的科学技术，带来的不过是对人性的扭曲甚至扼杀。

身体因心灵而沉重，因轻飘而迷失

如何通过日常生活叙事反映"社会肉身"的精神风貌？在这其中，个人的身体又该处于何种姿态？王安忆、苏童、迟子建、毕飞宇、铁凝等小说家都有了很好的艺术实践。但同时，我们也看到一些作品。它们以身体，尤其是女性身体描写为中心，向读者不断展示出一个又一个散乱的故事，暧昧的面孔，暗淡甚至麻木的心灵。这些深深卷入市场及消费洪流，又无不带有后现代色彩的小说，以所谓"身体叙事"的名义，把"我们的身体"迷失到肉欲消费和娱乐的泥潭里。在这里，丰富绵密的"社会的肉身"简化成了女性隐秘和欲望的肉身。个体肉身的欲望描写，代替了博大深厚的日常生活叙事，文学精神也因此走向片面和逼仄的境地。当代文学对身体的如此重视、偏爱甚至着迷，其实和革命文学对身体的彻底鄙视有着本质的相似。即两者皆忽视了人的身体是灵肉合一的身体。而失去心灵看护的身体必然会变得越来越

---

(1) 毕飞宇：《平原》，江苏文艺出版社 2005 年版，第 66 页

轻飘，直至身心的迷失和沦落。

《生命不能承受之轻》是一本关于灵肉关系的哲理小说。昆德拉以他的故事一再告诉读者，人的身体是有灵魂和精神的身体。外科医生托马斯和两百女人有过性关系，他把不断更换性对象看作是对世界的征服方式。其中摄影师特丽莎和画家萨宾娜代表了他的两个世界。在萨宾娜看来，只发生过一次的事情等于没发生过。所以，人的生命只有一次，所以对待生命过程没必要认真，身体是轻飘随意的。而特丽莎却恰恰相反。她认为，只发生一次的才是永恒的。所以，她相信爱情和命运等等这些灵魂的东西。"与特丽莎相逢，托马斯恢复了自己身上的灵魂感觉。特丽莎和萨宾娜的身体差异使托马斯惊悚地看到自己身体的偶在性，即被社会道德的意识形态、也被人议论的自由伦理隐瞒起来的属己的个体命运……"[1]他最终选择了特丽莎沉重的身体，因为"特丽莎身体的沉重让托马斯懂得，在'命运'这个词的含义中，不是'沉重、必然、价值'的交织，而是令人惶然的'幸福'与'不幸'这两个全然相悖的可能性的交织"[2]。

特丽莎的肉体之所以是沉重的，因为她的灵魂和肉身在此世相互寻找，这寻找使生命沉重无比。如果它们不再相互寻找，肉身就轻飘了，快乐了，最后也必然不知该朝哪里走了。这个寻找过程，其实正是特纳所说的人的个体再生产从"自在存在"到"自为存在"的努力过程。而在当前的一些所谓"身体小说"中，我们看到的，无非是轻飘的身体在快乐中呻吟，或者快乐之后精神的"伪深沉"或"伪痛苦"。《上海宝贝》是所谓身体写作的标志性文本。小说写了倪可虽然深爱着性无能的天天，却和一个叫马克的德国人疯狂性交，并不时在快乐之外来一点因人格分裂而带来的"伪痛苦"。《红楼梦》里写薛宝钗长着雪白丰满的臂膀，贾宝玉看到了，心想：这臂膀若是长在林妹妹身上我倒是可以摸一下的。只因为这雪白的臂膀和爱情无关，宝玉摸都不肯摸一下。而在倪可看来，洋人强壮的性功能就是她背叛爱情的有力理由。

---

(1) 刘晓枫：《沉重的肉身》，华夏出版社 2004 年版，第 89 页、第 98 页。

(2) 同上。

在这里，挣脱了灵魂束缚的肉体是自在的、轻快的，是"越疲倦越美丽，越堕落越欢乐"。

在这些文本中，日常生活故事被作者赋予承载心灵的意义。这里有一个有趣的比较。比如流血是女性日常生活里较普通出现的生理现象，但不同的文本却显示出不同的意义。《平原》里的吴蔓玲，踩着自己经血的脚印继续担粪，其话语是政治口号"轻伤不下火线"；《废都》里的唐婉儿喷溅着经血和庄之蝶做爱，其话语是爱情宣言："你只要高兴，我给你流水儿，给你流血"[1]；而《上海宝贝》写道："他那仿佛是用橡胶做成的玩艺儿始终都在勃起的状态，永不言败，从无颓相，直到我的下面流出了血，我猜想我的子宫的某处细胞已经坏死脱落了"[2]。这里有三种关于女性日常生活与血的叙事方式。其一是宏大的革命理想消解她作为女人的身体。这里，身体因为被"随意含糊"而显得沉重；其二是奴性而腐朽的爱情献身，与精神迷茫与颓废的水乳交融；其三是与爱无关的性欲，是回避心灵追问的、无语的身体行为。

在这些不再寻找灵魂，不再追求"自为存在"的个体再生产过程的描写中，还出现诸多对女性身体自恋性的文字。这类身体叙事无非有两个意义：一是自娱自乐的身体，二是满足异性窥视心理的、示看的身体。这样的身体是没有灵魂的死肉，在这里，真正的人的身体是不在场的。在这些无"格"的文字中，我们无法发现文学的"思想深度"。如果身体自慰都是所谓"带着镣铐的肉体之舞"，那么描写被强奸的文字或被性虐待的文字更有思想深度或是更动人的肉体之舞呢？

有灵的、沉重的身体，要求性不仅是有思想的性，还是有风情的性。何谓风情？宝玉送黛玉两块旧帕子（曹雪芹《红楼梦》），唐婉儿当着庄之蝶的面吸鳖头（贾平凹《废都》），王娇蕊洗头时溅在佟振保手上的肥皂泡（张爱玲《红玫瑰与白玫瑰》）等等，这些都是风情。风情就是有情人之间的日常生活，是情人间的"息"。性有限而风情无限。而在今天的身体故事中，

---

(1) 贾平凹：《废都》，北京出版社 1993 年版，第 259 页。

(2) 卫慧：《上海宝贝》，http://www.oklinknet/00/0323/27.htm

我们看得见情人看不到风情，看得到性而摸不着爱。美丽的身体迷失在消费和娱乐的泥潭中，而这都是和文学的本意相去甚远的。

以日常生活为本意的身体叙事实为文学的一个永恒主题。维特根斯坦说：人的身体是人的灵魂最好的图画。[1]人的身体是灵肉合一的身体。以描摹心灵为根本的文学，应该把人在日常生活中如何从"自在存在"到"自为存在"的艰难努力当作自己永恒的书写使命。以下半身取代身体，以性欲取代欲望，在这样的身体文字中，身体如断了灵魂之线的风筝，轻飘如纸，难免污脏，难免滑向消费和娱乐的深渊。有着以《红楼梦》为代表的优秀叙事传统的文学，走向逼仄、狭隘、散乱、无意义的下半身叙事，这也许是时代给中国当代文学带来的无奈和悲哀。但凡有文学理想的人都无不为此而忧虑。

我们期待着优秀的小说家们，能用他们的"个体再生产"故事，写出我们的人情、人性，为这个伟大时代的社会肉身画像，为时代精神的复杂与广阔留下记忆。

---

(1) ［奥地利］维特根斯坦著，涂纪亮译：《维特根斯坦全集》第 8 卷，河北教育出版社 2003 年版，第 176—178 页

故事与故事精神

——海外华文文学三小说论

历史的脸躲藏在时间的迷雾里，时而清晰时而朦胧。

当一个富有创造力的小说家，把这张神秘多幻的历史面孔放在自己身后，当作想象出场的妖娆布景，并在这样一个布景上充分展开自己想象力的翅膀，任其跳跃、舞蹈、展翅翱翔的时候，小说家们充满想象才情的艺术灵魂就开始自如地出入历史与现实之间了。历史和现实便在文学艺术无限广阔的空间里幻化出了绚丽无比的多彩画面。而由此衍生出的故事自然也是跌宕起伏，令人唏嘘感慨，欲罢不能。阅读近年来海外华文三小说，即严歌苓（美）的《扶桑》、虹影（英）的《K》和张翎（加）的《交错的彼岸》（下文称《彼岸》），我总体就有这样的印象。

一直以来，和许多对海外华人文学创作怀有轻视之心的研究者一样，我也曾认为他们的作品，除了身处异域的"他者"视角和不乏呻吟矫情的"漂泊感"

之外，其文学创作所取得的艺术成就始终是有限的。但读了这三位女作家的作品，我的看法有所改变。我被这些徘徊在历史和现实之间的艺术灵魂所触动。正是她们的海外身份给了她们回望祖国和历史的独特视角，也给了他们用小说这种文学形式切入历史的力量。所以她们的故事是精彩的，她们的艺术追求是有特色的，她们的探索是有意义的。

给你讲个好听的故事

中国小说起源于街头坊间的说唱艺术，所以小说的姿态一开始就是谦逊的。小说家卖力走近读者，文本和读者亲密合作，小说家甚至使出全身解数讨好读者。由于这三部小说皆取材历史，所以三个故事在极力符合当今读者的阅读趣味外，还多了一层历史的朦胧感，让读者享受看故事看热闹的阅读快感之余，还多了一个巨大、深邃的历史想象空间，有回味无穷的意蕴。

《K》讲述的是一场充满东方式神秘的中西间的男欢女爱；《扶桑》说的是一个百多年前远涉重洋的绝世妓女；而《彼岸》则是"一个发生在大洋两岸的故事"。这些题材对大众化的小说读者来说无不充满阅读诱惑。三位女作家也都是很本分的小说家。因为她们都相信对于小说来说，第一重要的就是要把一个故事讲得耐看，好看。比如严歌苓在《扶桑》序言的开头第一句话就说"我总想给读者讲一个好听的故事。"虹影也在她名为《我为爱写作》的文章中说到："关于小说创作，我以为只有一条规则：好故事，讲得妙。"

除精彩的题材之外，小说出色的叙述方式、情节安排以及各具特色的时空结构也是成就三个好故事的基本元素。《扶桑》的作者把自己想象成这个百年前妓女的朋友，用一种直抵人物心灵深处的"另一个自己"的口吻和她说话。叙述中，作者还毫不隐藏自己现在就正是一个美国白人妻子的身份，并把自己与代表西方文化的丈夫之间最终隔膜的异国生活经验、感受对像朋友一样的扶桑讲述出来，使得整部小说夹叙夹议，叙事充满诗意般的抒情性。比如小说开头的文字就充满对人物的亲密之情：

"这就是你。"

这个款款从呢喃的竹床上站起，穿猩红大缎的就是你了。缎袄上有 10 斤的重绣，绣得最密的部位坚硬冰冷，如铮铮盔甲。……再抬高一点，把你的嘴唇带到这点有限的光线里。好了，这就很好。"

这些描述就像电影的镜头一样，从远到近把美丽、悲惨却坚韧、乐观的扶桑拉到读者面前。充满诗意的叙述方式给故事情节的发展带来巨大的跳跃性空间，比如扶桑和白人少年克里斯的感情发展就并没有详细的描述，而只是通过一个个相遇的场面让读者想象那背后让人痛的爱情故事。对于一个时间跨度长达一生的爱情故事来说，这种"空白带来的是节省，使总体的时间长度得到了缩短，使小说的篇幅控制在一定的理想的规模成为可能。同时也带来节奏上的不匀称，使阅读出现了激活阅读兴趣的弹性。"（曹文轩《小说门》）。K 的叙述虽然是采取的是冷静的第三人称叙述，但这种冷静只是一种"看似"的冷静，大凡认真阅读该文本的人都可从中读出这样的感觉：林就是 K，林就是作者想象中的自己，林的神就是作者的"神"。比如对东方性神秘的向往等。在讲故事的过程中，不仅带有明显的爱、憎、赏、恶等主观情绪倾向，而且直接把作者自己的感受融入故事和人物，在这一点上，K 和《扶桑》具有同样的叙述特点。相对来说，《彼岸》的叙述是一种冷静的、不明显表露个人色彩的叙述。三部小说在故事情节方面或简洁明朗，或是复杂多头，但其一个共同的特点就是以男女主角的感情发展为主要线索。比如《K》是以林和朱利安由猎奇、吸引到爱情的情感发展为主线索，而带动起整部小说的情节推进；在《扶桑》看似纷繁复杂的故事人物背后隐而不断的，则是扶桑和克里斯之间神秘纯洁的感情线索，故事情节的推进也是围绕着两人之间遥不可及却又终生难忘的心灵呼唤；《彼岸》的故事情节虽然相当复杂，但还有一个贯穿全故事的主线索，那就是黄家姐妹的感情发展线索。用这个线索串起飞云家的过去和现在，国内和国外，4 个家庭 20 多个人物的悲欢、恩怨。

时间和空间是人类存在的永恒方式。大凡小说都是关于人在一定的时间和空间里所发生的悲欢离合的故事，所以如何把握时空就成为一部小说成功与否的关键。我认为，作为 3 个好看的故事，这三位作家对这种时间跨度上穿越整百年时光隧道,空间上跨越东西两大半球的故事叙述得非常精彩。

小说最迷人的地方莫过于对不可逆转的时间顺序的颠覆,在一片纸、几段文字中给人营造出恍若隔世的感觉。这种我们称之为倒叙的手法可以说是小说最常见的叙事手法。而这一手法在这3部小说中运用得特别突出。比如《扶桑》的开头就是这样,用电影镜头把今天的读者拉回到一百多年前;而《K》的开头也是从朱利安受伤的战场开始叙事,再回过头来讲他是如何踏上中国的土地。《彼岸》的开始也是从黄蕙宁的突然失踪再追叙她背后的故事,在后来的叙事中,大倒叙又套着小倒叙,故事就在这多层的倒叙中一点点展开。而"空间"在小说中的表现无非就是"场面"或"场景",这一点也如电影或话剧的表现形式一样。关于小说里的场景,巴赫金有一段很有意思的话,他把小说中的场所归为四大空间意象:道路/城堡/沙龙/门坎。巴赫金解释说:"'道路'是那些邂逅的主要场所……在这里相遇的人们,可能是在精神道德上被社会等级的空间距离分开的。在这里可能会发生任何对比,各种命运可能在此相碰和交织。"在这里,"道路"有着丰富的隐喻,比如它也可以是"生活之路"、"历史的道路"等等。扶桑和克里斯相遇的中国妓院,林和朱利安的武汉大学或者北京四合院,黄蕙宁的大学以及外婆阿九的庭院等等,都是这样有着特殊意味的"道路"和场所。当然,小说中的空间意象并不仅仅限于这4种,但无论是壮阔的战争场面还是绿荫深密的大家庭院,无论是所谓的康庄大道还是博尔赫斯的迷径花园,小说总是发生在场景之中。如何经营场景是一个小说家美学趣味的重要体现。

故事之外的精神

小说家首先要给读者讲一个好听的故事,但要说她们没有故事之外的野心那也是不恰当的。正如严歌苓在《扶桑》序言第二段开头说的:"我又总是瞧不起仅仅讲好听故事的作者。"纯粹地想给读者讲一个好听故事只配是文学的初级阶段,它完成的只是给人们暂时追求浅表愉悦的消费功能,不具有长久的艺术魅力和思考回味的余地和空间。纯粹的故事不能担负起体现作者美学理想的重任,无法将其作品推向它应有的美学境界,这样的作品最终会因其想象力的有限，或者切入生活的无力笨拙，从而导致在艺术感染力上的极其有限甚至失败。一个没有体现故事精神的小说其生命力自然也是有限的。

文学批评家谢有顺曾说"我并非提倡写作要以故事为目的，只不过想，故事也是有力量的，而且是一种与形式完全不同的力量。故事可能是一种精神，故事也可能是一种方法；我所强调的是精神，而不是方法。许多作家具有讲故事的才华，但他没有完成故事精神的能力，而这，正是一个通俗小说家和真正的大师之间的区别所在：前者注重故事的趣味，后者完成故事的精神。而一个能完成故事的时代精神的作家，就一定能够把他笔下的故事从美学推向存在，直至把小说推向它所能抵达的真正的深渊，我觉得，像陀思妥耶夫斯基笔下的故事就达到了这个效果，我视它为小说的最高典范。"

总体来说，这3本小说在故事精神上体现了东西方彼此之间的文化想象，以及东方以自己的方式对西方的征服过程。并在这征服过程中展示挖掘人性深处难以想象的真实，最终让读者去想象历史、审视现实，从而完成对自身存在的美学意义上的关照。英国贵族后裔的朱利安，"亚麻色的头发，健康，高大，英俊，"在高谈阔论的精英文化圈子长大，在充满激情、创造与诗意的"布鲁姆斯勃里"成长成为一名才华洋溢的年轻诗人，然后他怀抱崇高的革命理想来到中国。在满眼东方风情的武汉，在风景宜人的武汉大学珞珈山，年轻气盛的朱利安则一步步掉进院长夫人林的魅力磁场里。从文字表面上来看，整部书都是描写K和朱利安之间的情感及身体缠绵，但文字背后涌动的其实是两种力量和文化之间的争斗，是神秘的东方和现代化的西方的较量。当然，这种较量是没有胜负的，最终K失去了朱利安，但朱利安的生命却结束在以K为象征的东方的温暖怀抱里。这是一个别有意味的结束，它预示着人类现代化进程的最终点。

从这一点上来说，《扶桑》和《K》是异曲同工的。严歌苓说她写扶桑是为了挖掘历史的悲愤，因此她把扶桑这个典型本分的妓女，描写、升华成从充满血污的床榻上涅槃出来的凤凰。通过扶桑在旧金山的人生际遇，再现了海外华人百年血泪史。在挖掘人性的真实、复杂和深度方面，可以说《扶桑》是三小说中最成功的一个。这个原本健康、快乐甚至有点憨傻的乡间女子，为寻找从未见过面的丈夫而被人贩子骗到大洋彼岸。在非人的环境里，她不仅活过了 20 岁，而且学会了从"血浸"的瓜子、垃圾般的鱼头、死人的剩饭中吸取营养，然后用她成熟饱满的身体"款待天下"。她真心实意地善待每一个嫖客，她让每一个走近她的男人都得到一样真实的温柔和快乐，可以说她是个天底下最本分尽职的妓女。于是，当这个红遍金山的名妓最终要被拍卖为人妻的时候，一个又一个仰慕她的男人走马灯一样从她的面纱前走过，扶桑最终没有能认出一个人，没能叫得出一个名字。作者给我们呈现这个深刻的细节并不是为了验证那句"婊子无情"的俗语，她只想给读者揭示人性真实的一种面目，作为一个本分尽职的妓女，可怜的扶桑确实是不记得那么多对她的身体难以忘怀的男人。这个未免有点黑色幽默感的细节蕴藏的是作者极大的同情和深刻的悲伤，也是人性真实的残忍。而在 K 里，虹影更是把"林"塑造成了一个东方幽灵般的人物，神秘的美神和爱神，她用自己如水如火的生命销蚀了朱利安"性就是快乐"的西方观念，并让他最终拜倒在林这个东方爱神的脚下。但是，这个高傲西方的传人当然不甘于自己对林——这个东方魅力的折服。于是他毅然决然地抛下热恋中的林，骑着毛驴去寻找革命。然而，当革命"荒诞、残酷"的真实面目呈现在他眼前的时候，这个年轻的革命者才最终认识到："只有情欲满溢的爱情才是生命的最高意义。"在这里，作者就是林，林就是 K，K 就是神秘的东方。她们想通过故事来表现的精神从表面看是历史的悲愤，但这悲愤是通过缠绵哀伤的爱情故事表达出来的。无论是最终离开了林再次去西班牙投身革命的朱利安，还是一生远离扶桑的克里斯，他们的爱情最终都因为灵魂深处的隔膜而成为生命里永远的遗憾。所以故事要说的实际上还是东西间难以逾越的文化鸿沟，以及由此而引致的人类两性情感中爱而不能的永恒悲剧，比如朱利安和林，比如扶桑和克里斯。

相比而言，《彼岸》要表达的故事精神要丰富得多，正如著名作家莫言在该小说的序言中所说："简单地说《交错的彼岸》是一个身在加拿大的温州女子写的两个温州女子在加拿大的故事，复杂地说就很复杂了。首先可以说这是一部侦探小说……也可以说这是一部家族小说……当然也可以说这是一部地道的情爱小说……说这是一部寻根小说也没有错……毫无疑问这也是一部留学生小说……"只要读完莫言的全文，我们都为莫言的巧言中透露的幽默所折服。关于《彼岸》的丰富性，我会在下面的文字中详细表达我的看法。

故事怎样走向故事精神

讲故事是容易的，而完成故事精神却是难的。能否讲一个完美体现故事精神的故事，是小说匠人和小说艺术大师的根本区别所在。那么，怎样的故事才是能体现故事精神的故事呢？是否一定要写成波澜壮阔的民族史诗画卷？那么，对故事简陋的卡夫卡应怎样理解？是否一定要塑造一群非凡的时代人物？那么对博尔赫斯笔下那些从来没有时代感的人物又做何理解？我认为，以讲故事为本分的小说，人物始终是小说的灵魂，而故事揭示人性的深度、人存在的极至状态则是一部好小说所要达到的最终目的。

那么我们首先来看人物。《K》和《扶桑》在人性的塑造上各有其可圈可点之处。虹影是个以性爱为信仰的小说家，她在时代新女性林身上集中塑造了这样的精神特征。在一次回答记者的采访中，虹影曾这样说："真的，写此书时，我想象自己是 K 的灵魂，在回忆这早已消失的岁月，听自己疯狂又痴迷的声音，一次又一次地说：直到老，我们睡。"正是由于这种高度的精神投入，她把林塑造成了"一个能左右生命的符号，一个神州古国的代表，一种他（男人世界，东西方的男人世界）注定跨越不了的美"。虹影用她的人物把她的故事最终推向"只有情欲满溢的爱情才是人生的最高境界"这样一种故事精神。当然，至于文化想象和东西方的较量则是读者读出来的。《扶桑》中除了成功地塑造了扶桑这个浓缩了百年前海外华人悲惨命运的人物外，大勇也是个性格非常鲜明的人物。这个乱世枭雄，是外国人心目中神秘华人世界的力量象征，一个集正义、邪恶与传奇于一身的人物。正是在他与扶桑神秘的关系中，百多年前海外华人世界的一幕幕才被电影镜头般展现。

那么，《彼岸》的"故事之外"又如何？我在前文中说到《彼岸》是一本非常丰富的小说。该书中总共涉及到20多个有名有姓的人物，而且几乎每一个人物之间都有着错综复杂的情感关系。如果如莫言所说，这是一本这样又那样的小说，那么，它到底是怎样的一部小说呢？这里，我想说的是，一部好小说的丰富并不等于"多解",而且"多解"也不等于"无解"。1927年鲁迅先生在一个题为《降洞花主》小引里的文章中说过中国人看《红楼梦》是"经学家看见《易》,道学家看见淫,才子看见缠绵,革命家看见排满,流言家看见宫闱秘事……"这段话也是在说一部类似《红楼梦》这样的好小说所包含的丰富性。但总的来说《红楼梦》还是一部以宝黛爱情为主线的爱情悲剧小说。遗憾的是,阅读《彼岸》这部小说我抓不住一个主线索。说它是侦探小说,似乎只有一个侦探小说的开头(这一点我在后边还会谈到);说它是家族小说,中国南方的金氏家族和美国加州的酿酒业大亨汉福雷家族并没有直接的恩爱情仇;说它是爱情小说,作为主笔叙述的黄氏姐妹那里并看不到令人心灵颤抖的缠绵悱恻的爱情;反而是作者并没有当作主笔来写的阿九与老爷之间的爱情还有点旧画的味道,汉福雷家的女主人和安德鲁牧师间的感情也还是让人倍感伤感的。但显然这些动人的配角又不是作者想表现的。总之,《彼岸》里的故事没能成功抵达一个优秀小说应有的那种故事精神。一切都是温吞吞的,触及皮毛的,浅尝即止的。

我认为,造成这一场面的原因就是一个小说如何用力的问题。《彼岸》最大的遗憾就是作者用力分散。无论是描写爱情还是海外华人的生存奋斗,或者是家族之间的恩怨纠纷,《彼岸》给读者的感觉都是什么都想表达,但什么都没有表达到深处。人物、故事线索以及时空跨度的复杂使读者一点点失去了阅读兴趣。一个好小说的丰富性并不是说写的人物越多越好,线索越多越乱越好,时空跨度越大越好。我认为,好小说的丰富性最终要体现在人物人性的丰富上,而人性的深度是一个好小说最终要抵达的深度。《洛丽塔》只有两个主要角色,其他的人物都淡化处理。但这却是两个尖锐到让读者心痛的角色,凡翻开书的人都合不上,凡看完书的人都忘不掉。有人说它是淫乱的乱伦的故事,有人说它是现代派在告别它最后的情人,有人说它是欧洲的最后的挽歌。这才是一部好小说的丰富性所在。好小说的人物之所以能在人性上描写上抵达它的丰富,还有个重要的原因就是小说家对人物有着一种深刻的理解和爱,当然这种理解和爱并不是直白地表现在小说中,而是"含而不露"的,是体现在人物本身的动作、说话、打扮、相貌以及眼神等等细节上的。是让人物自己表现的。《彼岸》之所以没有能触动人心的人物就在于作者似乎对她笔下的任何一个人物都缺少更深刻的理解和爱，从黄惠宁到黄萱宁，从黄尔顾到龙泉，从大金到海鲤子，从谢克顿到陈约翰等等（阿九是一个比较好的例外）。所以我会觉得作者其实是一个缺少热情和激情的人。

丰富并不等于复杂。情节，人物和时空复杂的小说并不一定是涵义丰富的小说，多解也并不是没得解，多解也并不等于怎么说都行。凡是优秀的小说，无论其人物、线索、时空跨度有多复杂，它都有一个表达故事精神的故事"内核"。比如《红楼梦》中的宝黛之恋就是这部小说的故事"内核"，也就是其故事精神的所在。

再说在技术处理上的遗憾。《彼岸》一开始就这样写："此刻我正坐在我的办公室里想你。……你失踪了。"接着就以多伦多电视台的失踪新闻、记者、警察等的介入来给读者挑起这个悬念。然后作者又开始用一章来写与女主角的失踪没有直接关系的汉福雷家族，直到第二章才又扯起警察局的有关记录文字。

这里，我想再说说对"悬念"这个叙述技巧的理解。我认为，纯文学艺术小说中的悬念和侦探小说中的悬念有根本的不同。我在上文中谈到了"人性的深度是一部好小说最终所要抵达的深度"，所以要成就一个优秀小说最终要在人性描写上取得震撼性突破。而为了这个目标的实现，所有技巧也都应体现出挖掘人性深度的特点。

这里，我还要提《洛丽塔》这部优秀的小说，我认为它代表着一个好小说的真正的自由状态。这部几十万字的小说本身就是一个大悬念：一个充满情欲的中年男人拐带着一个未成年少女满世界跑。自青春时代起就对"小仙女"怀有痴恋情结的亨伯特，遇到正如他梦想中一样的洛丽塔，他到底会怎样做？读者不由被他狂热的欲望和激情所牵引，时刻为他提心吊胆，处于"不知这家伙下一步还会做出点什么"这样的悬念之中。再比如，《安娜·卡列尼娜》。美丽、善良、多情的贵妇安娜深深爱上了潇洒倜傥的青年军官渥伦斯基，但她已身为人妇人母，那么，这样一种非正常的恋情会把人物推向一个什么样的境地？在这样的大悬念之下，人物性格和心理变化的复杂程度就无时不让读者有"放心不下"的感觉，于是各种细节也就变成充满小悬念的叙述。终于"情变"来了，面对情人的冷淡，痴情的安娜会怎么样？夹在情人、丈夫和儿子之间，精神几近崩溃的安娜会怎么样？伟大的托尔斯泰就是这样把人物性格和处境的悬念丝丝入扣地置进读者的心里，一步步把故事推向他能抵达的"故事精神"。所以，当读者看到安娜卧轨，看到列车呼啸而过后，那只孤零零的被主人轻抛在冰凉铁轨边的花手袋，你的心想不颤抖、眼想不流泪都是难的。类似的例子还有陀思妥耶夫斯基，他是 20 世纪最伟大的小说家之一。其作品多数情节发展曲折离奇，故事进展随着人物非凡的心路历程而显得跌宕起伏，出人意料，因而也是充满悬念。比如《罪与罚》中的拉斯柯尼科夫，杀人前后充满悬念的心理描写。而现代小说也不例外，卡夫卡把人想象成虫子又何尝不是悬念，贝克多让几个二傻子在路边没完没了地等那个永远不会出现的戈多又何尝不是悬念？我以为这些杰出的小说可谓是小说作为一种叙述艺术的典范。

所以小说的悬念应该是人物复杂的心理悬念，是多重的性格悬念，是非凡的想象悬念，而不仅仅是为文本设置一个貌似侦探小说的悬念开头。由于人物性格模糊，《彼岸》这个小说读着读着就在不知不觉中不再关心这个黄温妮到底失踪到哪里了。我想这样一个面目模糊的人她能到哪里去呢？侦探小说讲究的是逻辑推理，是如何让读者得到逻辑之外的思维惊喜。所以侦探小说只关心结果，是"人是谁杀的"这样的结果，而不在于在推理中在悬念中塑造人物和挖掘人性。所以它的悬念只是逻辑的悬念，推理的悬念，情节的悬念，案情的悬念，是"凶手是谁"的悬念，是和纯文学小说中的悬念完全不同的悬念。

无论是简洁还是丰富，作为承担着一定审美追求的小说创作，应该像上帝造人一样力求完美。好看的故事就像是他的肉体，而故事精神就是他的生命和灵魂。当然，这"生命"和"灵魂"的获得不是靠上帝吹的一口气，而是靠作者对故事情节、场面和时空的把握，还有对最重要的故事角色——人物的塑造，以及对人物身上人性本质的挖掘程度。

参考资料：
米·巴赫金《时间的形式和长篇小说中的时空关系：结论》
鲁迅《鲁迅杂文 集外集拾遗补编》

因过分"世俗性"而损伤了"英雄气"的小人物

——评王安忆的《长恨歌》

所谓20世纪50—70年代的"当代文学",其实就是中国"左翼文学"或"革命文学"的一种"当代形态"。但是革命文学后来走到八大样板戏那个样子和水平后就几乎无法再往前发展了。"文革"后,当代文学出现必然的转折。所谓"转折"其实包含两个方面的意思,"一是'革命文学'本身经过调整,重新赋予某种活力,尽管这种活力是有相当限度的。第二,另外的非革命文学的文学形态,获得生存、发展的合法地位。"[1] 这里的"非革命文学"我理解就是指那些在革命文学不断经典化过程中压抑和排斥掉的文学成分,比如现代派文学、通俗化的市民小说、立足于中国日常生活的传统小说等。其中

---

(1)　洪子诚:《问题与方法》,三联书店2002年版,第259页。

关注日常生活和"和谐美学"的自由主义文学逐渐受到重视。进入 80 年代后，随着文艺界意识形态管理的放松，中国文学传统强大持久的影响力很快就显现出来。最早有明显的传统日常叙事痕迹的当数王安忆。此外，以叶兆言、苏童、储福金等为代表的江苏作家群大致都呈现出中国传统小说的叙事特点。贾平凹的《废都》也有对传统的明显继承。20 世纪 90 年代后，曾经受西方文学影响，以先锋和前卫的叙事形式给中国当代文学带来强大冲击的先锋文学，此时也呈现出对经典和传统的回归趋向。先锋文学的代表人物如余华、格非、苏童等人无不在强大的传统中重新寻找自己的文学资源和力量。比如，格非出版于 2004 年的新作《人面桃花》，叙事优雅、精致，着力抒写以往岁月里的世俗情怀和充满古典精神的人情之美，呈现出对传统无比谦逊的姿态。

王安忆是新时期以来少有的保持持久创作力和创新精神的作家。20 多年来，从《小鲍庄》、"三恋"、《叔叔的故事》《纪实与虚构》到《长恨歌》、《我爱比尔》《富萍》《上种红菱下种藕》……貌似拒绝时尚和喧嚣，王安忆实际上处处走在文学潮流的前沿。正如陈思和教授所说："寻根文学兴盛，她写出了《小鲍庄》，后叙事小说露头，她有了《叔叔的故事》，当人们追求繁华上海旧梦，她以《长恨歌》尽领风骚。她每一部这样的作品，总是把该流派发挥得恰到好处，很少有人超过她。"即使最为敏锐的评论家也很难把她归为某类或某派。其实，自从最初的《雨，沙沙沙》开始，王安忆的小说和其母亲一样，表现出对日常生活叙事的极大迷恋。随着张爱玲热的一再兴起，人们在王安忆关于上海的小说中，也越来越明显看到张爱玲的痕迹。作为一个极力想保持艺术个性的小说家，王安忆时刻处于影响的焦虑之中。她在多个场合强调她不像张爱玲，甚至很坚决地拒绝把她和张爱玲相比，而且她还对评论界对张爱玲的高度推崇表示很怀疑。但事实上，她的上海想象完全可以看作是对张爱玲的上海的延续。张爱玲笔下的人物若活到今天，很有可能就是《长恨歌》或《桃之夭夭》等小说里的人物。那么王安忆到底和张爱玲有何异同呢？下面本文以王安忆获第五届茅盾文学奖的长篇小说《长恨歌》为例来分析。

寻找时代大舞台暗处的小人物，关注那些闪光的时代外衣褶皱里的小人物，并写出那些卑微生命的丰满状态是张爱玲和王安忆的共同点。她们都善于从平凡的生活中发掘其底蕴，抉微勾沉，纤毫毕现。这也正是王安忆承认的，她们的小说都表现出"对世俗生活的热爱"。从阅读趣味来说，王安忆表现得甚至比张爱玲还"会"编故事和讲故事。长篇小说《长恨歌》有很强的故事性。它是作者非常用力写成的一个故事。小说写一个貌似非凡其实普通的上海女人王琦瑶几十年的生活故事。在上个世纪40年代名曰"上海小姐"的选美比赛中，18岁的王琦瑶跻身第三名。出名后被"大人物"李主任看中并在爱丽丝公寓包养起来。时代巨变，昔日的"上海小姐"、要人情妇转眼成为以给人打针维持生计的普通女人。然而成为普通女人的王琦瑶旧梦难忘。她在自己的陋室，拉拢一样怀恋旧时代遗少，组织不合时宜的小沙龙，耍弄爱丽丝公寓生活的妩媚风情，终为自己惹来杀身之祸而丧命黄泉。读《长恨歌》，你不用担心会沉闷得读不下去。王安忆是个讲故事的高手，她以女性作家特有的敏感、细腻、缜密以及对欲望的私密观察，把那些层层叠叠、杂乱无章的琐碎生活说得淋漓尽致。两个女人、一个男人，各怀心思，看似轻松却各有用力，一股股暗流在平静中涌动。作者以穿透人性的生花妙笔，把成年男女之间、女人与女人之间、母女之间情感的暧昧状态如：欲道还休，欲送还留，欲留却送，明争与暗斗，等待与宿命，权衡与掂量，挣扎与苟且，努力与放弃，虚伪与真诚……一一写尽。许多地方，都让人不由自主地想起张爱玲笔下的曹七巧、梁太太、葛薇龙、白流苏等人物。

但王安忆并不这么认为。她说："我和她有许多不一样，事实上我和她世界观不一样。张爱玲是非常虚无的人，所以她必须抓住生活当中的细节，老房子、亲人、日常生活的触动。她知道只有抓住这些才不会使自己坠入虚无，才不会孤独。在生活和虚无中她找到了一个相对平衡的方式。我不一样，我还是往前走，即使前面是虚无，我也要走过去看一看。"可以说，王安忆的感觉是很准确的。张爱玲的故事最后是"生命自顾自走过去了"（《等》），是苍凉无尽的胡琴声（《倾城之恋》），是相爱又千疮百孔的爱情（《留情》），是"改过自新，又变成了个好人"（《红玫瑰与白玫瑰》）。而不"虚无"的王安忆说她不一样，"我还是往前走，即使前面是虚无，我也要走过去看一看。"那么她看到的是什么呢?

我们还是回到文本上来。新中国到来后,王琦瑶从外婆的邬桥躲避一时又重回上海。她学习了注射技术,蜗居平安里一隅,开始了自食其力的劳动者生活。凡花都想攀高枝。入选了"上海小姐"的王琦瑶一边拽扯着程先生做她的"万事之底",一边等待更好的人生机会,这本也是人之常情。但三年之后的今天,爱丽丝公寓的"金丝雀"流落成平安里屋檐下的"灰麻雀"。这一切本来就是很隐忍的,内里含着人生难以言说的悲怆。如果小说从这里走下去,讲述"灰麻雀"王琦瑶如何在新时代努力寻找自己一份安稳的人生之爱,那王琦瑶的形象也许就有了点明亮的光芒,说明她承担了自己 18 岁时的人生选择,承担了自己的命运,无怨无悔。这样就可能让她有了点"英雄气",成了"小人物"里的英雄。然而,成为"灰麻雀"的王琦瑶依然沉浸在"金丝雀"的梦想里。她还想攀高枝。于是在一个生性懦弱却做人八面玲珑的遗少康明逊身上找到了她的人生之爱。经过彼此长久的揣摩、思忖、掂量、试探和调情,他们既不能彼此承担又不想就此罢手,最终只能是"走到哪算哪"的苟且偷欢。这是王琦瑶第一次向自己的"格"妥协。但无论如何,因为彼此都有真情实爱做底子,王琦瑶的妥协不仅可以理解,甚至还让人心生怜悯,毕竟是一个女人为了自己那份不甘的心哪!王琦瑶有了康明逊的孩子。为了让王琦瑶这件麻烦事有可靠的依赖,作者安排王琦瑶勾引有中共背景的混血孤儿萨沙,然后玩弄一场移花接木的诡计。小说中写道:"那头一回搂着萨沙睡时,她抚摸着萨沙,那皮肤几乎薄得透明,肋骨是细软的,不由心想:他还是个孩子呢!"这不仅是王琦瑶这个人物的最大败笔,也是整部小说的最大败笔。其实,王琦瑶的麻烦以朋友的身份求萨沙未必不成,但王琦瑶要的是套牢他。她也问过自己这样做是否太缺德,但这警醒的念头只是一晃而过。更为拙劣的是,小说写王琦瑶还在萨沙那里体验了从未有过的性快乐。这显然不过是想为王琦瑶的做法找一个厚道的理由和说法。这似乎是告诉读者:一个因为穷去偷去抢的人,偷来抢来的东西正是他所需要的。这个情节,最终让我们失去了对这位代表着上海精神的"上海小姐"最后的一点敬意和怜悯之心,从而也使小说失去了一个本应可以达到的精神高度。

日常生活叙事的最大特点就是故事呈现出和实际日常生活极大的表面相似性。王安忆也说，"我个人写作的特点是比较含蓄，倾向于先使生活表面相似性"。但作者却万不可因此而过分迷恋于停留于"表面相似"的日常叙事。"过分迷恋"只会让故事陷入庸俗的日常泥沼而难以自拔，它极大地削弱了故事本应蕴藉着的故事精神，也打断了故事企图飞升到某个精神高度的有力翅膀。其实，对于一切真正优秀的日常生活叙事小说，和日常生活的"表面相似"不过是故事想要的一个伪装。最终能经得起审美考验的，还是看你所描写的日常生活的后面说了什么，故事最终又想说什么。王安忆对张爱玲的《金锁记》很是推崇。她曾把此剧改编为话剧。她对采访记者说："《金锁记》吸引我的也是世俗性，……张爱玲小说中我以为最有劲道的东西就是世俗——人间烟火气，这使得她的小说从晦暗中明朗起来。我以为世俗性其实也是人性，不是知识分子的人性，是大众的人性。"无论是在旧时代还是新时代，曹七巧都是姜家里的一个"小"人物，但张爱玲通过若干日常生活中的琐细事情写出了她身上的"人性"：黄金枷。对于人类来说，"黄金枷"是一个很"大"、很"大"的问题。正如空空道人所言：世人都晓神仙好，只有金银忘不了。显然，优秀的日常生活叙事胜在写出了"小"中的"大"。《长恨歌》写的，其实不过是一个有那么点姿色的普通的上海女人一生的命运。那么什么是普通人命运中的"大"呢？那就是对自我和命运勇于承担的"英雄气"。

离了婚的白流苏在娘家受到兄嫂欺负，走投无路，她毅然放下大小姐的架子，远赴香港，迎着难以卜测的命运勇敢走去，她在承担自己的命运；油坊女儿曹七巧攀高入豪门，天天打起十足的精神，她要向生活求个真爱和一个舒心安稳的日子，她也是在承担自己的命运；葛薇龙虽然陷入"不是替乔琪弄钱，就是替梁太太弄人"的境地，但她的选择也因为对乔琪的真爱而具有"悲壮"色彩。她们都是普通人人性里的"英雄气"。她们都是个人英雄。那么我们再来看看王琦瑶这个人：她在女朋友如吴佩珍、蒋丽莉面前玩弄朋友感情，耍弄小聪明，我们可以理解为女人只想突出自己的虚荣心；她18岁选择做"大人物"包养的情妇，我们原谅她是"人往高处走"；她和康明逊的苟且偷情，我们认为他们毕竟还是相爱的；几十年来她把程先生的感情摆弄于掌股之上，我们可以理解为是她对爱情和真实内心的坚持；那么她因为怀孕而勾引萨沙是什么呢？这里，读者不禁要怀疑她和康明逊的爱情，怀疑她无怨无悔走向"大人物"李主任，还有康明逊时的勇敢。这个本应该是一个隐忍中的世俗叛逆者，开始显露出她面对生活、面对自己、面对命运的猥琐、不知耻甚至践踏人之基本良知的面目了。

前文论述到"小人物"的问题。"小人物"不是时代的创造者，而是时代的负荷者。那么"小人物"靠什么来负荷时代呢？靠的就是对自己命运的承担精神，而"英雄气"正是这"承担"的精神核心。承担个人命运，负荷时代变迁。但不能因为是"小人物"，或者因为仅仅承担的是个人命运就放弃作为一个人的"格"和良知底线。这也是女性健全的自我意识一个重要标志。有人也许会把王琦瑶的行为仅仅局限于性的范围。但对于人，无论是男人还是女人，性恰恰是研究、窥探他或她人格本质的一个重要窗口。良知是一个人人格高度的最基本底座。一个人无论掌握了怎样的时代最强音，他都没有一点理由使自己比其他人类同胞优越，或者拥有什么额外的豁免权。他都不应违背最基本的人类良知。同样，一个人无论是沦落在时代的阴影里或处在社会的最底层，他都不应该不遵守人类的基本良知。对于强者，这良知是平等与尊重，是不忽略那些最低微、最弱势的群体；而对于弱者，则是自醒和对自己命运的勇于承担。而且，良知的光辉恰恰是在那些身份卑微的人物身上才更加显得熠熠动人。

王安忆并不是不明白这一点。她笔下的妹头、富萍、阿三等就是这样具有"英雄气"的小人物。她们在各自的命运面前勇于承担，有行动能力，不退缩，不回头，不妥协。但王琦瑶并不是这样的人物。自从"金丝雀"变为"灰麻雀"后，她从来就没有认清过自己的命运。当命运撕掉伪装的微笑，露出狰狞的真面目时，她能做的只是不择手段的妥协和逃避，最终把自己逼上绝路。是什么阻挡了他们不能坚持到底的爱情？王琦瑶和康明逊面对的，不过是个庶出的富家少爷和一个寡妇的婚姻，况且是在强调平等婚姻的新中国时代。但王琦瑶和康明逊都是那种不能直面现实和命运的"下沉式"人物。失去被"大人物"包养生活，王琦瑶认为"万事皆休"。她把康明逊对她"心有余而力不足"

的爱看作是"劫后余生"。但她并不努力把这点爱引向积极和光明的天地,"他们俩都有些自欺欺人,避难就易,因为坚持不下去,彼此便达成妥协。"于是,她迁就着他的软弱和妥协,而他则迁就着她的欲望和快乐,一起在没有未来的黑暗里越堕越深。

对物的贪恋和对命运的苟且态度拽着王琦瑶这种人,只能越来越往精神堕落的更深更龌龊处下沉。生命逐渐变化为没有生命感和活力的"死人"。这充满生命感的"活力"也正是形成普通人、"小人物"身上"英雄气"的一个底蕴。而王安忆笔下的王琦瑶,如同吸附在绿苔厚腻的塘壁或大动物肉裙下的软体动物,是个没有生命感的生命,是个只有身体而看不到灵魂活力的"死了的人"。她一样把她的"死气"带给亲近她的人。王琦瑶总是和亲近她的男人们一起坠落,再坠落。她的生命气质里这种柔媚加颓废、幽雅加欲望、狡黠加安逸的"死气",(或者"鬼气"。正如张爱玲笔下的梁太太和白先勇写的尹雪艳。)拽掖着走近他的每一个男人,堕落进一个又一个虚无的深渊。大人物李主任遭遇空难,程先生跳楼身亡,萨沙乘火车夜奔俄罗斯……这个幽灵般的女人就连邬桥镇的纯洁少年也不放过,把少年阿二诱惑得只身奔向大上海,追寻梦里的王琦瑶。而那个所谓和王琦瑶有爱情,声称永远"会对你好"的康明逊不知所终,作者也不交代。委身李主任是"天生丽质难自弃"的王琦瑶想攀高枝,偷欢康明逊是为了那点值得怀疑的爱情,勾引萨沙的目的是实施移花接木之计,而程先生是王琦瑶随时准备与之睡觉的,说是为了报答他的"恩与义",而自尊自爱的程先生却恰恰不愿意接受这无爱的恩义之爱而已罢!以至于年长后和老克腊近乎乱伦的性爱关系……如此,所谓代表着上海精神的"上海小姐"实际上成了一个人尽可夫的人。

对"生活表面"的过分迷恋,对"世俗性"的过分狂热,最终会成为王安忆难以逾越的障碍,阻挡她的人物和故事抵达一个新的精神高度。一个年轻寡妇,含辛茹苦养育孩子长大成人,不管这个孩子有没有父亲,只要她努力生活,端正做人,无论如何她也是能赢得周围世界对她的尊敬,也能带给孩子一个正面的人生。当然,按照作者或者王琦瑶的观点,这个要努力去争取的"尊敬"只不过是"面子"上的人生而已,是最懂得实惠和势利的上海人所不赞成的。

她们要的是"里子里"的人生，王琦瑶要的是"在芯子里做人"，是芯子里的人生。所以，王安忆对"世俗"的热爱并不流于表面，不用担心她的文字会无所顾忌地描写那些滥酒、滥性或滥爱的场面，那些表面恶俗的场面下面隐藏着的，其实是不知人世之春秋大义的幼稚和单纯，是城市生活的泡沫而已。王安忆抓住的是上海这个世界精神深处的"俗"，是骨子里的审时度势，是对眼下物质快乐的病态迷恋。而更令人绝望的是平安里似乎很认可王的做法。邻居们对王琦瑶在男人堆里周旋的本事暗里羡艳不已。"平安里的内心其实并不轻视王琦瑶的，甚至还藏有几分艳羡。自从程先生上了门，王琦瑶的厨房里飘出的饭菜香气总是最诱人的。人们吸着鼻子说：王琦瑶家里又吃上肉了。"似乎平安里的内心只认可"肉"的内心，是"饭菜香"的内心。但总有一个时刻，这"肉"的芯子就表现出那难以言说的丑陋来。正如书里写的："芝麻的香气浓得腻人了，乳白的米浆也是腻人的颜色。墙壁和地板上沾着黑色的煤屑，空气污浊而且干燥，炉子里的火在日光下看来黯淡而苍白。一切都有着不洁之感。这不洁索性是一片泥淖倒也好了，而它不是那么脏到底的，而是斑斑点点的污迹，就像黄梅天里的霉。"[1]如果我们非得要在王琦瑶这个"小人物"身上寻找一个"大"，那么，莫非平安里只要那"芯子里的人生"的价值观就是那个"大"？有人对《长恨歌》这样评价："王安忆的《长恨歌》，描写的不只是一座城市，而是将这座城市写成一个在历史研究或个人经验上很难感受到的一种视野。这样的大手笔，在目前的世界小说界是非常罕见的，它可说是一部史诗。"那么，王琦瑶和她所在平安里所代表的莫非这上海精神？

在当代作家中，如果说莫言把日常生活写得壮丽，苏童写的阴柔优美，那么王安忆的日常生活写的是骨子里的"俗"，至少在《长恨歌》里是这样。作为一个优秀的小说家，她的故事讲得是好看的。从这点上说她是很成功的，因为她通过故事的路径把读者带领到一个地方，虽然这地方不免有点潮湿、阴暗，满眼是斑驳的霉点。王安忆说自己始终保持对虚构故事的热爱。既然虚构是小说家的特权，那么作家就有责任用好这个特权，通过合理虚构把故

---

(1) 王安忆：《长恨歌》，作家出版社 1995 年版，第 178 页。

事讲得精彩的同时，把读者往高处、亮处、温暖处或深刻处、优雅处引领。《长恨歌》的结尾也是小说的一个硬伤。王琦瑶在"长脚"面前表现出的凌厉、尖刻以及得理不饶人的决绝态度，根本就不符合她的性格逻辑。以王琦瑶的生存技巧和对付男人的经验，以及她向来对命运的妥协态度，最后她不应该把"长脚"逼到那样的尽头，而为自己惹来杀身之祸。相反，如果她也像对"老克腊"一样，拿出"李主任"留给她的已经所剩不多的金条和"长脚"谈一笔情感交易，倒是合情合理的安排。深夜入室盗窃是人们的生活中不难遇到的事件，但用这样的事件让王琦瑶"横死"就不合人物。如果说写王琦瑶勾引萨沙的情节是从精神上弄脏了这个人物，那么"横死"的结尾就是再一次把这个人物从肉体上推入黑暗的深渊，使她的人生永远失去了一切可以升华的机会。日常生活叙事不是照相式地记录生活面目，一个时刻清醒的优秀作家更不应该对生活表面过分迷恋。遗憾的是，王琦瑶形象上缺少能吸引读者向上的虚构美，结尾又由于有悖于人物性格逻辑而显出过分的虚构之弊。

张爱玲的日常生活叙事把故事的精神引向虚无，而王安忆的日常生活叙事则把故事精神引向彻底的"俗"、市侩和人格与精神的堕落。孰高孰低，应自见分晓。

相比王安忆对自己与张爱玲区别的强调，苏童从不掩饰自己对张爱玲的崇拜和偏爱。在他编选的"影响我的十部短篇小说"评选中，张爱玲是惟一的一位汉语作家，他选中张爱玲的《鸿鸾禧》。选这篇的理由是其中的聪明机智的"比喻"运用。他说："张爱玲小说最厉害的就是这样那样聪明机智的比喻，我一直觉得这样的作品是标准中国造的东西，比诗歌随意，比白话严谨，在靠近小说的过程中成为了小说。因此它总是显得微妙而精彩，读起来与上述的外国作家的作品是不同的，这也是我选《鸿鸾禧》最充分的理由。"[1]其实，这只是苏童作为一个读者对张爱玲的小说部分艺术特点的理解。他并没有看到张爱玲小说最"中国造的东西"是在日常生活叙事中对人性的描写和挖掘。而他自己本身的作品与张爱玲气息相通的也正是这一点。

(1)　苏童：《虚构的热情》，江苏人民出版社 2003 年版，第 223 页。

铿锵悲凉的末代挽歌

——论白先勇《台北人》

　　《台北人》出版于 1971 年，奠定了白先勇在华人文学世界的一流地位。该书是作者于 60 年代创作并发表于《现代文学》的 14 个短篇故事的结集。所谓"台北人"实为"大陆客"，该单行本因为塑造了如过气将军朴公（《梁父吟》、曾经的上流贵妇钱夫人（《游园惊梦》）、永远的社交界名女，如尹雪艳、低级舞女，如金大班等等各色台北人形象，而且因为这些人物的塑造是如此之出色，《台北人》被入选 20 世纪中文小说 100 强前几位。

　　这些来自社会各个层面的人物如同一卷人物画轴，其深远的背景或许是上海、南京、四川、湖南、桂林、北平，那是曾经的故乡，是这些人永远回不去的精神和空间上的家园，而近景则是台北，是眼前"雕栏玉砌应犹在，只是朱颜改"的退居小世界。时空交错之中，无法逆转的新旧交替、说不尽的历史兴衰和人世沧桑全在这群"台北人"的众生相中得到"才气纵横"的作者淋漓尽致的描画。不仅如此，白先勇令人叹服的才华还表现在，同样是末世挽歌，他的故事叙事节奏明快，铿锵之中是人生无常、人世沧桑的未知悲叹。

《台北人》中的人物都因为权力系统的衰败而逃亡迁徙，失去了成长的根基。白先勇笔下的人物出身、阶级纵有千差万别，却都是不行的被抛弃者、迷失的放逐者。作品描绘了漂泊、离散者对故园的无限追忆和他们在夹缝中的生存困境、身份认同的危机意识，这样，"台北人"不断地寻找现在与过去对话的可能性以及自我的精神根源。正因为如此，台北被漂流过海的大陆人不断地复制成记忆中的故园。现实中的两种生活形态，两种空间范畴，两种人生际遇的交错，使"台北人"在挣扎中或生存或毁灭。

《岁除》中的赖鸣升，当年为国民党军队长官，经历过无数的硝烟炮火，过台之后，却沦为"伙头夫"。在除夕夜的饭桌上，他一边激情万丈地豪饮着从前老部下赠送的金门高粱，回味起昔日国军生涯的光荣战绩和满腔热忱的爱国情怀；一边又黯然神伤地抱怨现如今的潦倒境遇，"不过拿了我们医院一点锅巴去喂猪"，主管就"直起眼睛跟他打官腔"。如今已无人在意这位当年"挑起锅头跟着革命家"驰骋台儿庄战场的老英雄。《思旧赋》通过李宅两位老仆的对话，展现了今昔对比强烈的人世沧桑画面。旧日里李长官一家的日子过得轰轰烈烈风光无限，年年"在园子摆酒请客，赏牡丹花"。如今却早已家破人亡，空落成一个颓败破落的大公馆，徒留下早已旧病不起、欲遁空门的老爷，还有那从国外归来就精神异常，成日坐在园子中"淌着口水"，"捉着一把发了花的野草在逗玩"的少爷。《梁父吟》和《国葬》描绘了当年叱咤风云的国民党高级将领与其部下们，赴台后宛如风中残烛的凄惨晚年。

白先勇以局外人的眼光来见证这段历史，这些国民党遗老们的故事，轰轰烈烈的发展轨迹和穷途末路的残酷结局，是如此震撼人心的凄凉[4]作者没有选取政治视角，也没有采用历史的宏大叙事，而是以人为中心，紧紧抓住人的命运的大起大落，在人生际遇中寄托人生变迁的深沉感慨，表现"台北人"的"大陆情结"。

作为现实主义文学，首先《台北人》在历史的风云变幻中展现人生际遇的大起大落，在人生命运的感叹中回响着从辛亥革命、五四运动、北伐战争到抗日战争、解放战争的历史脚步声。真实的历史事件既构成了故事情节的背景，也构成了人物描写的框架，为"大陆情结"的艺术审视和展现提供了生活依据。其次，《台北人》所描写的"台北人"不管是来自四川的、湖南的、广西的，还是来自上海的、南京的，都是以生活真实为基础的，都具有中国大陆人的音容笑貌、气质性格。他们的忆昔、思亲、怀乡、恋土、念旧之情，具有中华民族传统文化心理，具有中国历史传统文化积淀。由于时间距离的拉开，历史变动已经淡化，命运感叹不再那么沉重，那种"玉户帘中卷不去，捣衣砧上拂还来"的"大陆情结"作为一种鲜明的中华民族的至情至性凸显出来，这正是生活真实与艺术真实的体现。再次，像亲友聚会、除夕守岁，唱曲打牌，种花养草，以及"旧时王谢堂前燕，飞入寻常百姓家"的门庭冷落、世事无常等细节描写，也都是经得起生活检验的。还有《台北人》贯穿着中国大陆五四以来所形成的启蒙主义、民主主义、人道主义的思想红线，表现了作家直面人生、正视现实的责任和勇气。这一切都说明《台北人》是植根在现实生活及中华民族传统文化土壤中的文学奇葩！

　　《台北人》之所以有强烈的阅读震撼还在于白先勇总是不自觉地带着宗教情绪进行他的文学选择和创作，短篇小说集《台北人》就是作家在这种情绪的参与下精心模塑的结果。这里所说的宗教情绪并非实在意义上的宗教信仰，而是一种宗教的精神变体，即作家个体对于生命的宗教体验。将宗教情绪引入文学沉思，这使《台北人》在主题和创作构思等诸多方面与台湾同时期的乡愁文学作品产生差异，形成自己鲜明的个性。

　　《台北人》中的悲剧很大程度上可以说是人对自身命运不可把握的悲剧。《台北人》中白先勇用佛教的宿命论观点解释人的命运，把人物的生存活动看成是孽海中的升沉。恩格斯说："一切宗教都不过是支配人们日常生活的外部力量在人们头脑中幻想的反映。在这种反映中，人间的力量采取了超人间的力量形式。"

　　在《台北人》中，白先勇不厌其烦地重复着以悲伤的命运而告终的幸运儿和显赫人物的故事，展示他们由顺境到逆境的命运变迁，这种看起来有些模式化的悲剧范型是一个不可忽视的要素。从这种不断的重复中我们隐隐约约感觉到作者的一种急于表达的欲望，他要将自己对历史和人生的认知传达给读者，告诉他们一个简单悲伤的道理：历史总在重演，但这种重演并非毫无意义，他们都遵循着某种神秘的必然法则。

白先勇曾在一篇文章里说："文学之所以有价值，因为千百年前写的文章，今天看来仍能引起共鸣，仍能引起大家去了解人生的意义，我想这是因为文学有它的时代性，同时又有超越性，伟大的文学必有其时代性和超越性的。"[1]

显然，白先勇努力在他的文学创作里追求的就是"时代性"和"超越性"共有的境界。白先勇对张爱玲的一些短篇小说很赞赏，认为它们"描写上海人，入木三分"，忠实地记下了上海及上海人的特性。他对那些凡能阐释普遍人性的作品很肯定。其实，从文字风格、文字韵味和叙事形式来说，白先勇和张爱玲的小说并不相似。张爱玲的小说从叙事形式、文字韵味以及精神本质都和《红楼梦》有内在的血缘继承。但白先勇的小说和前两者有一种文学精神上的接近，那就是对旧时代和人生有限的挽歌情调。挽歌必然以各自所处的时代为背景，而挽歌无一例外都是"哀伤"的，哀伤是人类超越一切时代局限的共同感情，因此唱得好的挽歌无疑是"时代性"和"超越性"共有的艺术形式。白先勇、张爱玲与《红楼梦》的区别就在于，张爱玲的挽歌唱得细致，绵密，悠远，如泣如诉，就像黄昏时听到远处响起的胡琴声，咿呀，苍凉，伤感。而白先勇的挽歌则唱得紧凑，明快，爽脆，如一曲快板书，噼里啪啦，一气呵成，其中也有大伤感，但那也是笑声后的眼泪，是热闹后的暗自凄凉。如把他们的小说比做音乐，一个是行板，一个则是快板。

白先勇是国民党著名将军白崇禧之子。青少年时代受过良好的中、西方文学熏陶和教育。特殊的家庭出身和后天教育，使他成为一名优秀的小说家。白先勇自小喜欢文艺，早在 1952 年还是中学生的他就开始文学创作，投稿当时的《野风》杂志。大学时代首次在《文学杂志》发表小说《金大奶奶》，从此正式开始文学创作。1960 年，白先勇和欧阳子等人联合创办《现代文学》，

---

(1) 白先勇：《谈小说技巧》，《海峡》1983 年第 4 期

此后，该杂志成为白先勇作品的主要刊发处。白先勇的早期作品有明显的现代派色彩。从 1964 年 1 月在台湾《现代文学》第 19 期上发表《芝加哥之死》开始，白先勇的创作风格发生明显转变。1965 年，白先勇在《现代文学》第 24 期发表小说《永远的尹雪艳》，成为"台北人"系列的第一篇。后来的几年中，白先勇连续发表了一系列以台北人故事为原型的小说，后集结为短篇小说集《台北人》，成为白先勇的短篇代表作。

白先勇小说创作风格的转变和台湾文学的发展历程是分不开的。台湾文学基本是在 1949 年以后发展起来的。五六十年代，失去了故国家园的台湾人（主要是指大陆移民或其后代），面临的是物质上的百废待兴，精神上的慌乱和迷茫。伴随着经济上的复苏和发展，文化领域则受到"西风"的剧烈摇撼。表现在文学界，就是对西方现代主义文学的热情模仿和尝试，台湾文学很快崛起了一批颇具实力的现代派作家，比如余光中、白先勇、欧阳子，还有后期的施叔青等。从 70 年代中期开始，台湾政治、经济逐渐稳定，社会各方面都基本走上发展正轨后，文学也从当初对西方文学的一味崇拜和追随中安静下来，寻找心灵迷失的来路与归途。这时，当初对西方有明显模仿痕迹的创作大都发生了明显的变化，一些原来十分轻视中国传统的诗人、作家纷纷回归传统，在乡土家园和中国传统文学中自觉寻找自己的生命之根，在当下的日常生活中寻找生命的意义。于是，关注日常生活，以日常叙事为主要特点的中国文学传统，逐渐在这些台湾作家中显示出来。明显体现这个转折的作家，诗歌方面以余光中为典型，而小说首推白先勇。

作为艺术气质上都有的挽歌情调，白先勇也和张爱玲一样把文学表现的着眼点放在诸如生老病死、日常生活、人性刻画等主题上。白先勇一生创作了 30 多个短篇和一个长篇《孽子》。他的创作以短篇小说最为出色，《永远的尹雪艳》《游园惊梦》《金大班的最后一夜》《岁除》《那一片血红的杜鹃花》等等优秀篇目，篇篇都如精彩的短话剧，与张爱玲相比更兼有结构紧凑、语言精练明快、阅读趣味更强的特点。人物往往在三言两语、一举一动中把形象与个性凸显出来。在《台北人》一书的扉页上，白先勇写着这样一句话："纪念先父、母以及他们那个忧患重重的时代。"⑴ 接着又把刘禹锡那首有名的诗《乌衣巷》附在其后。"朱雀桥边野草花，乌衣巷口夕阳斜。旧时王谢堂前燕，飞入寻常百姓家。"这两处纪念往昔岁月，感慨时世变迁的文字是解读白先勇小说的最恰当入口。通过对日常生活的艺术提炼，描写刻画时世变迁中的人性，是白先勇和张爱玲相似的根本，也是其挽歌情调的核心。

有着与张爱玲相似的家庭环境和成长经历，白先勇作品中流露出的最大审美特征就是人生的悲剧感和虚无感。而这种强大的空虚感却是掩盖在表面热闹、拥挤、繁华的日常生活下面的。他的作品几乎全都无一例外地充满强烈的悲剧色彩。作为国民党著名将军的后代，白先勇的作品并没有把自己的艺术局限在为某个阶级唱挽歌的层面上，更没有矫揉造作地粉饰生活，没有矫情，没有媚俗，而是在时世变迁的大背景下，通过精致的人物描写，直面赤裸裸的生活和人生的悲剧真相。他追求的是文学能超越时代局限的艺术魅力。在他的笔下，悲天悯人的情怀和张爱玲是一脉相承的。不同之处是白先勇迷恋佛教里的大慈大悲和人生无常的色空观，而张爱玲更多的是对现世生活充满关切和理解的市井味。白先勇也多次说到自己创作的背景，与张爱玲的时代有共同之处。他说"我的小说痛苦多，欢乐少"，他们是"对过去、对自己最辉煌的时代的一种哀悼"，"深深感到国破家亡的彷徨"。这一点在前文中，和张爱玲做过比较分析。

白先勇的《台北人》系列小说大多处在时世大变迁的背景之下，把故事立足于日常生活，运用日常生活中的象征和对白，描画出时世变迁之下呈现出来的人性本质。《台北人》的 14 个短篇小说里，人物有两个共同点：一是这些人都是随国民政府撤逃到台湾的，当时离开大陆时，他们多是青壮年，现在都是中老年了；二是这些人大都有一个难忘的过去，或平安幸福或辉煌一时。今昔时空变幻，给这些人的处境带来怎样的灵肉折磨和生死之谜，白先勇写的就是这个主题。《永远的尹雪艳》写一个依附权贵的著名交际花八面风骚的日常生活。小说仅仅短短万来字，成为台湾末世权贵们的世态百相图。

⑴ 白先勇：《台北人》，花城出版社 2000 年版，扉页。

《游园惊梦》写一个年轻的将军遗孀钱夫人,在赴宴中因酒醉而哑声,虽然再也唱不了最拿手的"游园惊梦",但人却从昔日繁华梦中惊醒了。《岁除》通过刘营长家的团年饭刻画了一个军中老伙夫赖鸣升好强却老实善良的性格,还有那些退伍老兵们悲凉的人生。《金大班的最后一夜》写舞女金兆丽泼辣要强又不失善良的内心世界。《那篇血一般红的杜鹃花》以最日常的主仆关系为依托,写一个孤苦老兵迷失的人性和欲望。《花桥荣记》以一个米粉小食店为背景,写一个流落到台湾的知识分子渴望幸福生活而不得的悲剧;这些作品充满日常叙述中细腻、精致、传神的精神。《台北人》系列作品得到海内外的高度评价。

《永远的尹雪艳》是白先勇最有名的作品之一,是作者对人生虚无的一个"俗解"。尹雪艳曾经是大上海的红舞女,来到台湾后,她竭力经营,似乎要时光永远停留在往昔岁月。她把自己的家变成昔日的百乐门,满足那些落魄但又不甘心的昔日权贵重温繁华旧梦。"尹公馆门前的车马从来也未曾断过。老朋友固然把尹公馆当作世外桃源,一般新知也在尹公馆找到别处稀有的吸引力。"[1]小说第一句话就这样写:"尹雪艳总也不老。"这本身就是充满僭妄的一句话。时代的巨变和总也不老的尹雪艳形成强烈的对比。总也不老的尹雪艳总是通身银白,头上插着"血红"郁金香,案上摆着刚刚"铰"下的晚香玉,祭司一样穿梭在牌局的人中间,安抚这个体贴那个,一半做天使一半做魔鬼,完美中透出令人不安的杀气。昔日的威风繁华也正如鬼魅一样纠缠这这些衰老的生命,他们如贾瑞贪恋怀里的"风月宝鉴",明知尹雪艳是白虎煞星也愿以死以偿,一个又一个把前途、身家甚至生命了结在尹雪艳温柔狐媚的魔掌之中。

在尹雪艳身上,我们明显看到张爱玲《沉香屑——第一炉香》中梁太太的影子。小说中写到葛薇龙第一次见过姑妈梁太太的感受正是:"她看姑妈是个有本领的女人,一手挽住了时代的巨轮,在她自己的小天地里,留住了满清末年的淫逸空气,关起门来做小型慈嬉太后。"梁太太和尹雪艳不过是

---

(1) 白先勇:《台北人》,花城出版社 2000 年版,第 9 页。

两个企图以"挽住时代巨轮"的方式来挽住青春和生命的女人，她们各自为自己营造一个梦幻般的昔日世界，以为在这世界中时间永远停止。然而生命是不可避免走向死亡的。正因如此，她们各自的世界才同样给人鬼魅之气。在这条不可避免的通向死亡的路上，她们不过拉上一堆男人，靠吸他们的血来做陪葬罢了。对于梁太太不过再拉上葛薇龙这个自投罗网的小鬼而已。台湾学者王德威把这称为女作家的现代"鬼话"，指的就是在施叔青、李昂、苏伟贞等一些女作家小说中呈现的这种非现实非理性的想象世界。白先勇的一些篇目中也有这个特点。无论是梁太太位于半山上那很有点像古代陵墓的"巍巍的"、"盖着绿色的琉璃瓦"的白房子，还是尹雪艳的客厅，其实都是一个人鬼不分、阴阳难辨的世界。这个世界里没有活生生的人和事，这些被时代巨轮甩出了生命轨道的人，栖栖惶惶，只能在麻将的输赢、鸦片的烟雾、回忆中的辉煌以及各怀鬼胎的、虚假的爱情游戏中获得片刻安慰。恰如张爱玲在小说《花凋》中写的一段话："硕大无朋的自身和这腐烂而美丽的世界，两个尸首背对着背拴在一起，你堕着我，我堕着你，往下沉。"[1]

《游园惊梦》里捕捉女性瞬间复杂细腻的心理也很有张爱玲的韵味。小说主角钱夫人是钱大将军年轻的填房夫人，钱夫人曾是昆曲名旦，以夫人的身份嫁给将军，曾在南京时有过威风八面的日子。但随着迁移台北和钱大将军的离世，钱夫人荣华不再。作为一个文字精练的短篇小说，该作品有极高的叙事技巧。华丽显赫的夫人们之间相互暗自揣摩、攀比、斗富贵、斗打扮的心理很有张爱玲《留情》《等》等小说的味道。应该说钱夫人的繁华梦是一点点惊醒的：先是在一片黑色的官家小汽车中，自己却是坐出租车来的；一进大门钱夫人就从镜子里看见自己的头发被风吹乱了，墨绿色的杭绸旗袍颜色也突然有点黯淡；然后是身穿"银灰洒朱砂的薄纱旗袍"的窦夫人愈加"雍容矜持"；而赖夫人对钱夫人的到来表现出明显的冷淡；……席间杯觥交错，久不应酬的钱夫人不胜酒力，也不胜年轻的程参谋"那双细长的眼睛，好像把人都罩住了似的。"……钱夫人心里的诸多不安宛如起风海面上

---

(1) 张爱玲：《第一炉香》，花城出版社 1997 年版，第 271 页。

曾翻卷的浪花一样不停往前推进。直到钱夫人醉酒，小说在这最精彩的地方泼墨恣肆，大段描写了微醺中的钱夫人如滚滚浪涛一般的心灵世界：她的青春岁月，她荣华富贵却无比空虚的婚姻，她曾经和将军参谋干柴烈火一般的私情……，"迁延，这衷怀哪处言；淹煎，泼残生除问天——"就在这一刻，钱夫人摸着自己的喉咙发抖了"天——完了，荣华富贵——可我只活过一次，冤孽、冤孽、冤孽——天——就在那一刻 就在那一刻哑掉了——天——天——天——"这时在海面上翻卷多时的层层浪花、不断聚集力量，最后变成滔天巨浪重重地向岸边砸去……。钱夫人突然"失声"成为小说的高潮，给人一种弦崩琴裂、戛然而止的空白感。一个饭局惊醒了钱夫人的繁华旧梦，一切都将不再了，就如先说最后的一句话："变多了喽。""变得我都快不认识了"。时世变迁，沧海桑田。与其说是钱夫人的惊梦，不如说是时代的惊梦。

《那一片血红的杜鹃花》也是一个很优秀的短篇。小说写的是一个情欲变态的故事，和《金锁记》《沉香屑—第二炉香》及《茉莉香片》有精神上的隐秘联系。虽然故事发生的时代和背景完全不同，但揭示的却一样是看似平淡的日常生活下压抑着的人性深处的悲哀。退伍老兵王雄对东家女儿的畸恋感情，其实是他对湖南家乡和小未婚妻刻骨又无望的思念的转移。他心甘情愿像狗像牛马一样，哄着、爱着东家的小女儿丽儿，因为他在她身上寄托着一个几十年背井离乡的男人心底最深处的一点柔情。但随着丽儿一年年长大，王雄的心遭到丽儿的任性拒绝和随意践踏，也遭到暗恋王雄的女仆喜妹的嘲笑。王雄从此沉默了，只是把丽儿喜欢的杜鹃花浇得一片血红。终于在一个夜晚，王雄强暴了女仆后逃走，最后丧生大海。这是个非常悲惨的故事。战争和隔离毁灭了王雄这个来自湖南乡下的善良、老实的孩子。对家乡亲人的无望思念和压抑的情欲导致了他的畸恋，而畸恋最后毁灭了他。而曹七巧之所以最后在儿女面前变成了一个似人非人的魔鬼，罗杰安白登之所以最后开煤气自杀、聂传庆之所以在舞会后的夜晚对言丹珠施暴，都和他们被人生境遇带来的情感、情欲压抑有曲折关系。……

和白先勇同是现代派作家之一的欧阳子女士评价说："白先勇是一个道道地地的中国作家。他吸收了西洋现代文学的各种写作技巧，使得他的作品精炼，现代化；然而他写的总是中国人，说的中国故事。"[1] 白先勇自小爱好唐诗宋词元曲，也受《红楼梦》、《水浒传》这些旧小说的深厚影响，他说这些给了他"感性的影响"，所谓"感性影响"就是他继承了传统小说从日常生活中感知人性和生命的途径。

旅美学人夏志清教授曾赞誉白氏为"当代中国短篇小说家中的奇才，五四以来，艺术成就上能与他匹敌的，从鲁迅到张爱玲，五六人而已。"台湾作家欧阳子认为，"白先勇才气纵横，不甘受拘；他尝试过各种不同样式的小说，处理过各种不同类式的题材。而难得的是，他不仅尝试写，而且写出来的作品，差不多都非常成功。白先勇讲述故事的方式很多。他的小说情节，有从人物对话中引出的《我们看菊花去》，有以传统直叙法讲述的《玉卿嫂》，有以简单的倒叙法（flashback）叙说的《寂寞的十七岁》，有用复杂的「意识流」（streamofconsciousness）表白的《香港———一九六０》，更有用「直叙」与「意识流」两法交插并用以显示给读者的《游园惊梦》。他的人物对话，一如日常讲话，非常自然。除此之外，他也能用色调浓厚，一如油画的文字，《香港———一九六○》便是个好例子。而在《玉卿嫂》里，他采用广西桂林地区的口语，使该篇小说染上很浓的地方色彩。

在叙事风格上，关于白先勇和张爱玲的承传关系他有过一段谈论，她说："张爱玲时代的文人，都受到"五四"文化的影响。而她却是一个传奇，似乎文字中完全没有受到侵染，非常精灵纯粹，似乎真传是从《红楼梦》的国学渊源里来，所以现在倒说不清哪是渊源，哪是支脉了。只是不知道她喜不喜欢《牡丹亭》。现在有人把我和她的小说相提并论，其实张爱玲的小说非常细致，她的小说比我的精巧得多，她的文字非常细致、非常玲珑，好像一个个字雕过的。如果我们两个人有相似的地方，我想可能因为我们是同出一个'师门'，那就是《红楼梦》。我和她最大的不同是人生观的不同，张爱玲的爱情可以像《半生缘》《倾城之恋》那样拖拖拉拉，我对爱情的态度是《玉卿嫂》里那种一刀杀人。我推崇'生者可以死，死可以生'的爱情，而张爱

---

(1) 白先勇：《台北人》，花城出版社 2000 年版，第 222 页。

玲绝对不会。我要是选三部世界最伟大的小说，《红楼梦》一定是其中一部。我觉得《红楼梦》的确是中国最伟大的小说，对我来说它还有特别的意义，无论是它的风格、文字，还是它的人生思想，我想这是一部"天书"，每次看都有新的意义。"

　　白先勇之后最有张爱玲之风的作家是朱天文、朱天心姐妹。她们两姊妹都是胡兰成的私淑弟子，大的文学观上和张爱玲自然是一致的。胡兰成对她们的创作有很高的评价。

（1） 苏童：《虚构的热情》，江苏人民出版社 2003 年版，第 223 页。

细节的热情

——苏童《红粉》及其它

相比王安忆对自己与张爱玲区别的强调，苏童从不掩饰自己对张爱玲的崇拜和偏爱。在他编选的"影响我的十部短篇小说"评选中，张爱玲是惟一的一位汉语作家，他选中张爱玲的《鸿鸾禧》。选这篇的理由是因为其中的聪明机智的"比喻"运用。他说："张爱玲小说最厉害的就是这样那样聪明机智的比喻，我一直觉得这样的作品是标准中国造的东西，比诗歌随意，比白话严谨，在靠近小说的过程中成为了小说。因此它总是显得微妙而精彩，读起来与上述的外国作家的作品是不同的，这也是我选《鸿鸾禧》最充分的理由。"[1] 其实，这只是苏童作为一个读者对张爱玲的小说部分艺术特点的理

（1） 苏童：《虚构的热情》，江苏人民出版社 2003 年版，第 223 页。

解。他并没有看到张爱玲小说最"中国造的东西"是在日常生活叙事中对人性和描写和挖掘。而他自己本身的作品与张爱玲气息相通也正是这一点。

苏童的前期小说有明显的形式主义特征。《乘滑轮车远去》《伤心的舞蹈》《午后的故事》等，对故事形式的兴趣显然大过内容。作家也说那是由于自己对塞林格迷恋而写下的。虽然故事形式，包括语言风格一直是苏童明显区别于其他小说家的重要艺术特征，但自《妻妾成群》《一九三四年的逃亡》《罂粟之家》《红粉》等小说开始，苏童小说的风格发生明显变化，他在寻求艺术上的创新和突破。那就是以饱满的古典情怀，在久远或并不久远的历史时空中，恢复日常生活叙事之魅力。用他自己的话来说就是"我力图在此篇中摆脱以往惯用的形式圈套，而以一种古典精神和生活原貌填塞小说空间，我尝试细腻的写实手法，写人物、人物关系和与之相应的故事，结果发现这同样是一种令人愉悦的写作过程。"[1]现在，这些作品无疑已成为苏童的代表作。

《妻妾成群》因改编成电影而让小说家苏童扬名海内外。小说本身可以说是苏童上述创作理念的具体实践。一个处于新旧交替的时代里大家庭同性之间、两性之间、主仆之间表面温馨内里残忍地相互争斗。所谓"古典精神"在这里可理解为极端男权社会所造成的尊卑关系，而"生活原貌"就是日常生活叙事，当然是经过作者历史文化想像后的日常生活。在所有新旧交替的时代，新与旧的力量都是表现最突兀，冲突最激烈的时期。也是这样的时期，沉淀在人性深处的渣滓会被变化着的环境激发出来，让人们看到自己令人感到龌龊和恐怖的一面。张爱玲的小说核心写的也是这样的东西。和张爱玲一致的是，苏童也把这一切安置在日常生活这个永恒的幕布里。

学生出身的颂莲因父亲过世无法继续学业，无奈嫁进名门做了陈佐千的四太太。她仗着自己年轻漂亮又读过书，似乎理应独占老爷的宠爱。刚进家门的时候，颂莲自信又高傲，衣食住行处处不放过发言的机会，要显示她的自尊和她与那几个女人的不同。但很快，这里的日常生活就露出了人与人之间关系复杂可怕的真面目。大太太看似一心向佛，却对眼前的一切心明如镜；

---

　　(1)　苏童：《虚构的热情》，江苏人民出版社 2003 年版，第 223 页。

三太太表面冷漠,心底坦诚;二太太对她暖如春风却暗里指使仆人做小人咒她,看到她失宠于老爷就趁机献媚;丫鬟是个企图勾搭主人或盼望被主人勾搭的妄想狂;和她互有相知和恋慕之情的大少爷实质上是个懦弱的同性恋者;最后,颂莲疯了。在三太太被投井的地方反复说她没疯。小说中,颂莲在陈家失势和命运突变的关键在于她和老爷的性生活中想维持自己的那点高傲和尊严。而在至高无上的老爷那里,女人不过是一个不听话就扔到井里去的猫狗而已。颂莲和老爷的第一夜,三太太就称病来叫,小说写到:"陈佐千鼻孔哼了一声,她一不高兴就称病。又说,她想爬到我头上来。颂莲说,你让她爬吗?陈佐千挥挥手说,休想,女人永远爬不到男人的头上来。"这一句绝对男权的话语决定了颂莲作为一个妾的命运,除了做好一个妾,她的一切关于"人"的努力都是没有任何意义的。性,这个日常生活的内容在这里成为对一个女人的命运起决定意义的大事件。同样,《妻妾成群》中,女人们之间的相互蔑视、仇恨或利用,也都是在一个又一个的日常事件中表现出来的。二太太指使仆人针扎偶人咒四太太,四太太就在给三太太剪头发时装作无意剪了她的耳朵。在这里,我们似乎已经看到日常生活里暗藏着的血腥和残酷。《妻妾成群》的精神气质和张爱玲的小说完全不同,但通过历史文化想象后的日常生活来表达作者的创作意图是一样的。

　　苏童对颂莲这个人物显然是很满意的。他说"《妻妾成群》的女主人公颂莲后来成为我创作中的'情结',在以后的几个中篇中,我自然而然地写了'颂莲'式的女性,比如《红粉》中的小萼和妇女生活中的娴和箫。"[1]但实质上,颂莲和小萼是完全不同的。颂莲做了四太太是无奈,做了她也有不甘心的,起初还不断在挣扎,处处想不同于其他几个太太,想拯救自己,想反抗命运。而《红粉》里的小萼则完全不同。如果从艺术就是极至之美这个角度看,《红粉》是一篇写得很好的小说。在这篇小说里,苏童把日常生活里一些最普遍的因素,比如舒适、恋物、欲望等推向影响和决定人性和人精神高度的极至状态。

　　小萼是个从小被画了押立了卖身契自愿来到喜红楼的妓女。她之所以选

---

(1)　苏童:《虚构的热情》,江苏人民出版社 2003 年版,第 223 页。

择做妓女而不是做丝厂女工养活自己，是因为怕丝厂女工吃苦，她承认自己是个"天生的贱货"。除了男人和舒适、安逸的生活，她对什么都投去一双细长淡漠的眼睛。没有这两样，她宁可连生命也不要。劳动改造过程中，她准备偷偷上吊自杀，"士兵冲过来拉绳子，你说你想死吗？小萼漠然地点点头，我想死，我缝不完三十条麻袋，你让我怎么办呢？"[1] 她甘愿去死的惟一的原因就是她觉得自己一天缝不完三十条麻袋。叫她干什么都行，就是别太累人。

对物与舒适生活的迷恋，小萼比《连环套》里的霓喜、《第一炉香》里的梁太太、《倾城之恋》里白流苏、《永远的尹雪艳》里的尹雪艳以及《懑细怨》里的懑细、"香港三步曲"里的黄得云都来得彻底和令人绝望。为了这份"迷恋"，梁太太还讲究个调情，白流苏还在端着架子和她瞄准的猎物进行拉锯般的智力竞赛，尹雪艳还费力劳神地在男人们中周旋，懑细也是自得中大有不甘心，而霓喜的故事就更不容易了，如张爱玲写的"霓喜的故事，使我感动的是霓喜对物质生活的单纯的爱，而这物质生活却需要随时下死劲去抓住。"[2] 而《红粉》里的小萼对这一切都是漠然的，只有舒适的生活或男人能让她"活"起来，什么名节、友情，改造后的新生活、婚姻、母亲、孩子，甚至生命，这些在这两样东西前都黯然无色。劳动改造期间，和她有姐妹之谊的秋仪托老情人老浦给她送去了衣物零食包裹。小说里写"小萼剥了一块太妃夹心糖含在嘴里，这块糖在某种程度上恢复了小萼对生活的信心。后来小萼嚼着糖走过营房时自然又扭起了腰肢……在麻袋工场的门口，小萼又剥了一块糖，她看见一个士兵站在桃树下站岗，小萼对他妩媚地笑了笑，说，长官，你吃糖吗？"[3] 一块糖就让一个为缝麻袋而上吊的女人"活"了过来，而活过来的生活信心就是对男人妩媚一笑。不仅如此，这个"天生的贱货"，无情也无义，只关注对自己的那点本能和欲望。改造结束后，她轻易抢走了拿她当妹妹一样对待的秋仪的情人老浦，后来又贪恋奢侈的生活把老浦逼上贪污犯罪的绝路，最后她连自己的孩子都不要了，"还是想嫁人"。

---

(1) 苏童：《红粉》，长江文艺出版社 1992 年版，第 11 页。

(2) 张爱玲：《流言》，花城出版社 1997 年版，第 6 页。

(3) 苏童：《红粉》，长江文艺出版社 1992 年版，第 14 页。

小萼是个令人绝望的形象。而这个没有一丝人性光明的形象意义却是深远的。她给我们揭示出，有限的物质生活和人性里的惰性本能，是完全有力量毁坏一个人心灵的完整与向上的。在妓院这个一般被认为是女人罪孽与苦海的地方，小萼不仅完全认可自己畸形的生活，而且还在其中孜孜有味地体会出做女人的"甜"，即使在正常的生活中，她也依旧不顾一切地要那"甜"。在张爱玲的小说中，类似的人物还有委屈，所以总是有人生的苍凉感，而在小萼，过程就是目的。在小萼身上，作者把日常生活中的人推向一个人性无法跨越的并具有毁坏能力的障碍中。

从小说形式上来说，苏童和张爱玲也很不相似。张爱玲的语言风格具体表现为用字用词的准确，各种比喻的聪明机智或精巧，表现在对意象等现代小说手法的运用。而苏童的语言风格更多地表现为一种整体的韵味。这种韵味得益于中文系学生的语言训练，得益于对历史文化的另类想象，也得益于塞林格对他的影响。这种叙事风格就是：用纯净、透明、柔弱的水一样的语言，营造温馨而感伤的情感气息，在刻划得异常鲜明的故事情境中，让人物如梦如镜般出出入入。苏童显然不是为讲故事而写小说的。他一直在追寻一种讲故事的另类角度和方式。对于苏童的叙事来说，讲什么并不重要，怎么去讲才是重要的。"故事"似乎并不特别重要，主题甚至也无须深究。一样的故事情节，苏童讲出来的也许就是另一种味道，这就是他的特别。在苏童富有韵味的叙事中，我们隐约可看到《红楼梦》或《金瓶梅》的影子；作者以中国旧式文人把玩生活的传统态度，再加上自己的历史想象，使得苏童的叙事多少有点历史颓废主义的手笔，但这颓废却是日常生活的。可见，苏童在历史文化中寻找日常生活，正如张爱玲的"历史仍于日常生活中维持着活跃的演出"[1]一样，追求的都是历史与今天的杂糅和交汇点。

---

(1) 张爱玲：《余韵》，花城出版社 1997 年版，第 6 页。

被男权话语误读了的两性世界

——评阎真新作《因为女人》

1928 年，吴尔夫在《一间自己的房间》里提出：一个理想的人，他或她的大脑应该是雌雄同体的。意思是说完美的两性应彼此吸取智慧和思想，从而克服各自的弱点走向完整。近百年来，世界女性为了在人的意义上取得两性平等付出无数努力。近百年后的今天，有一种堪称新意识形态的东西，包装着堂而皇之的男权话语，再一次把女人打回原地，使之成为男人附属的"半人"。"他"的"话语"说：身体（青春期的）是女人在这个世界生存的唯一资本，女人只能、只有靠身体（青春期的）向男权统治的世界，具体说就是向掌握资源（金钱、权利、名利等）的男人换取所谓幸福。女人的事业就是做女人。……这就是这部题目本身就充满性别鄙视意味的《因为女人》一书的全部思想。该书让人看到，我们眼前这座由男人和女人构成的时代大厦，无论从颜色还是气味上都发生着令人恐惧、愤怒甚至羞耻的变异。它不由让人怀疑：到底是我们的时代大厦本身出了问题还是作者专门喜欢从臭水沟、化粪池的视角为大厦取景。

误读一：两性相逢淫至上

《因为女人》是个发生在校园内外的故事。一间女生宿舍住着以柳依依为主角的几个女生。在这几个大学生的日常生活中，我们看不到对知识学业的努力追求，看不到对国事家事天下事的关心。她们的日常谈话只有一个主题，那就是如何将自己包装出手，傍上一个有钱或不远的将来很快就会有钱的"潜力股"男人。在这里，处女被嘲笑，"姑娘"变成骂人的词语，30 岁就是所有女人的末日。堪称柳依依精神导师的闺房朋友苗小慧同学，毫不含糊地接过曾想包养柳依依而未遂的薛经理，老练地周旋在几个男人的床上。其风月业务的娴熟程度比专门从业者有过之而无不及。在故事初期，柳依依被当作纯情少女来赞美，她一心打算用自己的处女身从阳光男孩夏伟凯那里换取一生的幸福，没想到夏不但提前要求自己预支，两人关系中还很快出现了第三、第四个女生。之后柳依依先后交往有郭博士、小孙、阿裴、秦一星、毛国军、黄健等男人，他们和她的交往无一例外的皆从性开始。这其中，苗小慧和同事阿雨的故事又一再重复着作者的讲故事的方式，那就是男女相逢必从淫开始。

淫并无可厚非。天地阴阳，人有男女。阴阳交合方有生生不息之万物世界。古今中外写淫之书亦非少。但对于一个人来说，为何而淫就是个问题了，否则他就不是人了。《红楼梦》亦可谓一淫书，但曹雪芹在对秦可卿的判词中说了一个值得人深思的观点："情天情海幻情深，情既相逢必主淫。"彼此有情相逢才可淫，情到深处才有淫。柳依依的第一个男人夏，是因为偶尔在图书馆发现柳把椅子放回原位的动作显得很有教养，一时起了尝一把这种有教养女生味道的心，才对柳发起攻势；秦一星打算包养柳，是因为染了头发的柳依依走起路来"腰一扭一扭在倾诉似的，腰下面的身段真的有表情似的，在打招呼似的。"至于其他，就连这点身体的情调都没了，两人的故事一开始就直奔性。柳依依从一个女学生发展到随便发生一夜情，最终被包养，这一精神、肉体堕落的逻辑暂且不提，在该书所有两性生淫的故事中，没有一个是因情而淫的。在这些无情而淫的所谓男女身上，读者看到的是肉既相逢必主淫，钱既相逢必主淫。而且，这些如漩涡般将柳依依卷进去的男人一个比一个有理，越来越有理，他们唯一的理由就是我是男人。到了秦一星这个中年男人那里，这理由则"升华"为"让我来照顾你吧！"

纷繁生活，芸芸众生，男女故事有无数不同的版本，如何到了作者这里就剩下淫而且是无情之淫呢？这让人迷惑，这到底是男人的理还是我们这个病态社会的理？作者以貌似无可辩驳的男权话语支撑着整个故事，以片面、单一、狭隘的视角观照生活，难道就是想告诉读者当下社会是个男权社会，男女交往只有淫为上这个主题了？这看似大大抬高了男人，实质上却大大降低了男人作为一个人的基本尊严和人格意义。警幻仙子对宝玉说："淫虽一理，意则有别。如世之好淫者，不过悦容貌，喜歌舞，调笑无厌，云雨无时，恨不能尽天下美女供我片时之趣兴，此皆皮肤淫滥之蠢物耳。"当男人连人都不是的时候，他又何以成为一个完整意义上的男人呢？即使是男人也不过是只知皮肤淫滥之蠢物么！

误读二：两性性格及冲突简单模式化

在这套男人哲学指导下，小说叙述的男女人物性格及男女之间的冲突一律简单模式化，甚至人物尤其是男人们的语言及说话方式都大同小异，毫无艺术构思可言。小说故事及细节自始至终案例般重复，无非是说，这是个男人的世界，女人想得到幸福就必须趁自己身体的青春期吸引一个成功男人，然后守住他。这是女人唯一的也是最大的事业。但男人关注的只是女人年轻的肉体而且是越多越好越新越好，所以女人天生是失败的等等这样一个简单的所谓思想。这就使整个作品叙述虚假，人物扁平，故事结构简陋，思路简单，思想低迷而腐朽。

小说被男权思想模式化后的众多男女按性别分为两群即可。男的从硕士研究生到博士研究生，从广告人、销售员到记者、台长，还有那些淫乱派对上没明晰姓名的，无一不是"只知皮肤淫滥之蠢物"。他们说话都是一个调调，比如喜欢重复，诸如："当然，当然""你好，你好"，再如"唉，我要是没结婚就好了"等等，全是一副油嘴滑舌、急不可耐的流氓嘴脸。包括所谓阳光男孩研究生夏伟凯也是如此。这就虚假到让人怀疑作者认知体会生活的深度，怀疑作者所描写的世界是否我们眼前的世界。郭博士一开始似乎没那么赤裸地表白自己的性要求，但他在乎的也不过是柳依依是否处女。宋旭升本应是柳依依最应珍惜的一个好男人好丈夫，但这时的柳依依已经完全被包养生活腐蚀了灵魂和肉体，她以自己的人生经历推理丈夫，最终把郭推向她（其实也就是作者本人）认为的男人理所当然的路上去。

人物形象的虚假同样表现在女性群里。大学生苗小慧的言谈举止比烟花柳巷的女子还老练，几年后的柳依依也历练得和苗小慧不差上下。同事阿雨不过是又一个苗小慧，在柳眼里的阿雨还是个傍人傍得不如苗小慧"成功"的倒霉蛋。这些女人样貌有别可都有一颗同样的"心"，那就是挖空心思傍大款，傍不到大款傍小款也不错。她们以各自的所谓青春肉体在男人欲望的海洋中和自己的命运不断博弈再博弈，直到人老珠黄、筋疲力尽。她们全不追问自己作为"人"的生存意义，如果女人的意义只在于身体青春年少，那么她一生的意义又如何建立？这样的人生观不过是千百年来一个普通妓女的人生观，而作者把这样的思想框架一相情愿地套放在当代青年主流的大学生身上，如何不让人感到难以相信的虚假。《金瓶梅》里的女人们也都是日夜绕着男人琢磨着男人过日子的，但她们不只形象有别、性格亦是各有千秋。如潘金莲淫荡毒辣，李瓶儿则温婉淡泊。因为除了男人，她们还各自按一个封建大家庭的要求"做人"。这才是真实的人生图景。

该小说没有一个哪怕稍有亮点和高度的人物。被男权话语简化定格后的人物性格几乎没有变化，有变化也是越变越糟。小说所有的男女人物都是向下走的。柳依依所交往的每一个男人最终都会出现第三者，甚或是第四者第五者这样一个性链条。没有一个人扪心追问过生命的价值或生活的意义。按照小说的男权逻辑，男人天生如此，男人只有不断追逐新鲜女人才有意义，这是上帝赋予男人的特权，而女人也只有不断偷人生活才充实。《废都》里的庄之蝶也在女人中享有令人眼花的优势，但他每每从女人处回来还有巨大的生命虚无感。而《因为女人》里的系列男性，忙乱地游走在女人中，无一不快乐如在污泥潭里打滚的猪。历尽沧桑的柳依依始终没有或者不愿意在家庭、事业等一个当代健康女性的生命轨道中寻找自己生命的支撑点，最后竟想以搞网恋填补空虚的生活。显然，当她找不到自己作为一个"人"的生存意义的时候，等待她的当然只有做女人的败局。

误读三：男女都是"单向度的人"

马尔库塞在上世纪 60 年代曾指出现代社会的人多是"单向度的"人。他认现代文明在科学、艺术、哲学、日常思维、政治体制、经济等各方面都是单向度的，因而造成"单向度的人"。而发达资本主义以前的社会是双向度的社会，在这个社会里，私人生活和公共生活是有差别的，因此个人可以合理地批判地考虑自己的需求。人们失去的"第二向度"是什么呢？就是否定性和批判性原则，即把现存的世界同哲学的准则所揭示的真实世界相对照的习惯。哲学的准则能使我们理解自由、美、理性、生活享受等等的真正性质。

该小说整个都是建立在这样一个单向度思想框架上。小说中的所有男女没有一个能对自己的言行有哪怕一丁点的反思，也就是"合理地批判地考虑自己的需求"；没有一个人愿意把"现存的世界同哲学的准则所揭示的真实世界相对照"；没有一个人肯思考"自由、美、理性、生活享受等等的真正性质"。他们和她们还全都振振有辞，因为男人，因为女人，仅此而已。没有约会的女生被嘲笑，有思考的阿雨被嘲笑。柳依依对一夜性，对包养生活在矫情地拒绝中安然接受，她追求的所谓幸福不过就是有点钱花，能消费品牌衣服和化妆品，有个滋润的小日子，这就是她选择身心堕落的天大理由。包养者开始厌倦并急于把她出手时说："有人承担你的命运了，我就放心了。"这个成了硕士研究生柳依依竟然也不会问一句：我的命运为何一定要别人承担？竟然还陶醉在这个男人令人作呕的虚假温情里。

作者之所以把小说的所有人物都叙述成这种单向度的人，除了并不新鲜的男权思想外，还有个我们当下这个病态社会形成的病态的日常思维或日常哲学。

那就是所谓成功者的神话，每个人都想成为成功者，不成功的人是要被大家嘲笑的，具体到日常生活，那就是成功的人至少要过上有房有车的中上层生活；另外一种就是金钱至上的原则，什么都拿金钱来衡量，每个人都追求个人利益的最大化，每个人都琢磨如何把自己手头的资源（包括女人的青春期的肉体）转换为以钱为代表的利益。竞争万能、市场万能，这些几乎成为很多人不加考虑就认同的东西，成为流行于全社会的"常识"，沉潜在很多人的意识、潜意识乃至无意识中，几乎是一种新的意识形态。一开始貌似纯情的柳依依也不过是计划着以青春的身体投入成功者或潜在成功者的婚姻市场，以便保障自己一生可过上中上层的生活。到后来她几乎和苗小慧一样默认了"笑贫不笑娼"的日常哲学。而对于男人，哪怕是蒙着"让我来照顾你"遮羞布的秦一星，不也把柳依依一次大约要花二三百元的代价计算得清清楚楚？他们或她们唯一的警醒就是：抓紧，抓紧，韶华易逝，青春不再，让我们一起在这肮脏的泥潭里快乐地打滚，因为我的钱闲着也是闲着，你的身体闲着也是闲着呀！小说人物各个都认可"笑贫不笑娼"，这该是一种多么可怕的日常哲学啊！整个故事中没有一个人出来问：这些正确吗？人类历史从来就如此吗？当下的两性世界全是这样吗？小说也许想通过他的故事给世人警示，但故事中的整个人物群体振振有辞，他们理直气壮地给堕落一个简单低级又极容易被读者认可的理由。试问如此故事又如何能有警世之用？也许柳依依有反思，但她的反思无非是一边享受着包养者为她提供的酸牛奶和苹果，一边对着窗外橘子树上的最后一只橘子感慨着青春的短暂。这无疑是一个不用多大想象力就可看见的令人恶心的矫情又滑稽的画面。这些这正是该小说匍匐于地立不起来的一个致命的弱点。

雌雄同体的大脑才是一个人应具有的正常的大脑，这里蕴藏着作为一个人的所有尊严、人格、价值和意义。而《因为女人》给读者的男女形象不过只是个"半人"。作为一个教授作家，也许他对社会不健康现象的思考是深度的，遗憾的是他的作品选取性别的角度，给我们呈现了这样一个表面、单一、片面的人世图景，给不健康的病态的世界一个看似颠扑不灭（上帝在男人那一边）的理由。其实，他不过打捞了时代大海漂浮的垃圾而忽视了水面下汹涌有力的暗流。由此，我们不得不对所谓新意识形态左右整个社会的强大力量感到深深的忧虑和恐惧。

记忆是心灵的真相

——王蒙《青狐》的一种解读方法

知识分子作为一个时代灵魂的代表，一直没有很好地成为中国作家笔下的书写对象。或许因为这个群体的精神世界太过复杂，或许因为中国作家更善于在底层背景和个人内心里展开他们的想像，以致相当长时间里，中国小说一直匮乏深刻的知识分子形象。王朔写过知识分子，但多数是把他们看作被嘲讽的对象；李洱写过知识分子，但写得过于玄虚；张者也写过知识分子，但他笔下的知识分子已经沦为消费社会的表意符号。惟有尤凤伟的长篇小说《中国一九五七》算得上是一个例外。这部小说，在书写历史悲剧中的知识分子命运上，可谓力透纸背，是一部难得的佳作。我后来才知道，尤凤伟自己其实并没有经历过"反右"，他的小说是一种虚构，但他借着对一个历史事件的全新理解，打通了知识分子的精神隧道，并由此建立起了一种介乎历史与虚构之间的独特的真实感。

但尤凤伟这样的作家，在进入知识分子的精神探索的时候，同样会面临局限性。毕竟，一个群体内部，总会有着别人所难以理解的秘密。从这个角度说，我认为，王蒙应该是当代作家中最适合为知识分子立传的人。他对这个群体所遭遇到的磨难，有着深刻的经历，也有着常人所没有的洞见。事实上，知识分子命题，的确是王蒙写作的重点所在。从他早期的小说到上世纪90年代的"季节系列"，再到新近出版的长篇小说《青狐》，王蒙从未中断过对知识分子的精神和命运的思索。他出版每一部作品，几乎都会触发我们对知识分子群体进行重新审视。

《青狐》也不例外。只是，随着精神语境的变化，也随着消费时代的崛起，新一代读者似乎更愿意投身于现代社会的消费景观之中，他们已很少注意王蒙笔下那种沧桑与沉重。但在《青狐》里，王蒙通过他智慧和犀利的笔触，再一次让我们领略了他的智慧和风采。这部小说也许还是幽默的、荒诞的，但更是一部让你读后想笑，笑后想哭的优秀作品。读完《青狐》，一连几天，我的想像里就总是出现一个叫青狐的女人，她所拥有的惊世之美和她极其窝囊的一生。她和她周围的人的一生，让我想起20世纪俄罗斯杰出的小说家纳博科夫流亡国外时写的诗《致自由》：

你缓慢地沿着失眠的街道蹒跚；在悲惨的额头上没有了以往的光泽，这光泽曾有过爱情和灿烂高度的召唤。熄灭的蜡烛在一只手中战栗。受伤的翅膀掠过一具具尸体，鲜血淋漓的臂肘挡住了目光，你再度受骗，再度走到一边，而在你背后，呜呼，依然站立着那个夜晚！

我觉得用这首诗来描述青狐的一生，是最合适不过的了。《青狐》主要是围绕着一个本名叫卢倩姑的女作家来写的。随着卢倩姑社会地位的变化，小说逐步向读者呈现了一个以作家为主的知识分子群体。卢倩姑生有"异相"，发褐面白，如古书中描写的"玉面狐狸"，偶尔睁大眼睛时"一张脸流光明丽，令人晕眩"。按理"有异相者必有异智"，后来卢倩姑非凡的文学想象和写作才华也证明了这一点。可悲的是，在一个思想专断渗透到政治、文艺、审美以及个人生活的每一个细节中的可怕时代，"异"注定是要遭到排斥、歧视，注定是要被残害和扼杀的。当时崇尚的是劳动人民之美，而劳动人民似乎理应就是黝黑、粗糙、粗壮、一身咸菜味儿、五官像压扁了的"柿饼"一样的，而你卢倩姑呢？狐狸精么！没有什么理由，"同学们反映你压根儿就让人看着别扭"。卢倩姑的青春时代是从上世纪50年代中期开始的。天生"异相"再加上个性的率真和感性，使得卢倩姑的个人生活一开始就偏离了社会给一个良家妇女规定的模式。她于青春懵懂之中失身于学校辅导员，从而成为"烂货"，后来委身于单位一个言行龌龊、死了老婆的小领导，小领导死后她又一时冲动嫁给了比自己小很多的小牛。然而一次又一次，写满她爱情梦想的美丽风筝总是难以自由飞翔，不是挂在荆棘丛生的树梢，就是惶惶坠落于肮脏琐碎的现实泥沼中，"于是她拱起肩缩起脖低下眉顺下眼俯下头来"。只是，"卢倩姑死也不明白，为什么爱情在小说里诗歌里戏剧里是那样的美妙、那样幸福、那样滋味无穷，而在现实生活中她看到的她感到的只有男人的兽性和女人的狠毒、男人的粗俗和女人的苍白、男人的丑态百出和女人的哭哭啼啼、男人的麻木不仁和女人的琐碎无聊，现实中的爱情带有占有、带着欺骗、带着交易、带着一股子臭屁和尿臊味儿。"

卢倩姑的大半生虽然有过三个男人也结过两次婚，但她从来就没有真正爱过。她有的经历只留下"被强奸"的感觉记忆，她从没有过"想献身"的冲动，而性爱的最高境界莫过于灵肉合一，但这对青狐来说是陌生和遥远的。所以80年代后期著名作家青狐出访到国外，才会好奇地问外国女记者"什么是性高潮"的傻话。直到她遇到深爱而不能爱的著名评论家杨巨艇，她的爱情依然是令人辛酸的尴尬。

无奈，卢倩姑只好把一切生命冲动和一切有关爱情的梦想化作她的文学想象。小说中青狐的故事，青狐小说里的故事，故事中的故事交缠在一起，构成生活中的卢倩姑纷乱无比的精神世界。同时也把卢倩姑变成了"青狐""，青狐"又把卢倩姑带进文学艺术的辉煌殿堂。其实卢倩姑作为一个女人的情爱经历、欲望挣扎，只是作者向读者展示他小说世界的一个窗口，作者真正想给我们揭示的是中国历史上的一个特殊时代，以及在这样的时代中，中国一代知识分子的生活情态和灵肉挣扎。正如作者所说："我就在他们身边，我们一块做了很多蠢事，历史给了我们机会，但我们绝对可以把事情做得更好点。"

这大概可以看作是一个当代知识分子的叹息，对它在新时期以来的知识分子形象中并不多见。无论是"伤痕文学"里的受难者，还是后来"改革文学"、"大墙文学"里圣贤般的改革者、奉献者，作为文学形象的知识分子都可说是单面人，带有相当程度的美化和虚饰成分。从80年代末开始，小说创作开始出现涉及知识分子的反思与批判的主题，王蒙的"季节系列"就算是这一主题的重要回响。到90年代初贾平凹的《废都》出版，知识分子形象已经溃败，这一群体开始走向多元。但王蒙一直没有放弃对知识分子的反思，包括他这部《青狐》，同样可以看作是一部反省知识分子的历史命运的力作，他自己也说，这部小说可以看作是他的"后季节"系列，所不同的只是小说的主人公从常见的男性变为女性，因而使小说充满了一个艺术女性特有的感性、欲望、迷乱、冲动、傻气以及可笑与荒诞。失败的婚姻，尴尬的经历，粗俗简陋的日常生活和卢倩姑丰富瑰丽的梦幻世界形成巨大的反差，终于，"为了她的永远无法实现无法表达的爱情"，她提起笔来。70年代末，人到中年的卢倩姑跻身作家行列，在这里，她开始遇到堪称"社会良知代表"的社会评论家杨巨艇、少年布尔什维克出身的诗人钱文、在1957年失去了爱情也失去了希望的才子小说家米其南（复出后沉沦于性，最终因奸淫文学女青年入狱）、见风使舵如墙头草般的作家袁达观"（四人帮"倒台以后，袁达观从他的下放地回到北京，身上揣着两部作品，一部是批邓批"走资派"的，另一部是批"四人帮"的，他自称"怎么也难不倒咱们！"）、德高望重、学养深厚的老作家黎原、没有一部著作的著名作家老左派白部长、追逐权势后来又被权势当狗一样踢开的文坛痞三雪山、冷静理智的王模楷、政治夫妻白有光、紫罗兰，此外还有文坛外围的李秀秀、小六儿、东菊、青狐母亲等等。但在这热热闹闹的各色人等中，就知识分子的人格而言，我们似乎看不到一个真正的知识分子，一个如贾克比所定义的那种"不对任何人负责的坚定独立的灵魂"。

83

《青狐》让我们思考，到底怎样的人才是真正的知识分子？这似乎不是作家习惯思考的命题，但就现代人的精神处境而言，澄清这一个认识有着异乎寻常的意义。葛兰西曾说，"我们可以说所有的人都是知识分子，但并不是所有的人在社会中都具有知识分子的作用。"所以，他把知识分子分为"传统知识分子"和"有机知识分子"（也就是现在所说的行业专业人士），进而进一步明确知识分子的使命和责任。而照班达的说法，知识分子只指社会精英中的精英，"是一小群才智出众、道德高超的哲学家——国王，他们构成人类的良心。"但如果结合中国特有的历史和文化传统，我认为，真正的知识分子应该是那些掌握知识、受到良好教育、并且最重要的，是指那些心灵处于自由状态的人。这些人，面对纷繁复杂的大千世界，他们始终能以一种非知识分子所没有的隐忍和冷静，坚守自己完整的内心世界和精神追求，并能承担起自己的责任和使命，无所畏惧。

鲁迅说："真的知识阶级是不顾利害的，如想到种种利害，就是假的、冒充的知识阶级；不过他们对于社会永不会满意的，所感受的永远是痛苦，所看到的永远是缺点，他们准备着将来的牺牲，社会也因有了他们而热闹。"——王蒙的《青狐》，写的就是这样一个"热闹"世界。让我们看看青狐和她周围的一群"知识分子"的形象吧。杨巨艇一生热情高蹈，虽然"自从'反右'以来，他的家伙就办不了事啦，极左极左，把人都摧毁了，遑论那物件！"但这并不影响他为民请命、勇往直前的正义精神。但他也难免鲁莽和幼稚。最终，他因见义勇为"以73岁的高龄与偷窃一位女士手机的盗贼搏斗"，身受重伤成为植物人；钱文年轻时也是标准的革命文艺青年，可经过了20年下放边疆的生活，面对回城后的一切他都迷茫了，甚至连曾经相濡以沫的家庭都变得陌生，他成了这个"新"社会不知所措的多余人；米其南梦断"五七"，下放农村让他索性"破罐子破摔"，用一块牛舌饼引诱了第一个女人后，虽然他痛苦到要在酒后用一把钝剪铰"老二"，但回城后的他仍然把精神的兴奋点放在了"老二"而不是放在能拯救他精神于堕落的文学艺术上。他对"把因'文革'而失去的时间找回来"这句口号的理解，就是把欠了"老二"的补回来"，发展到了追求数量的程度"，最终成了"一副卑琐肉欲的偷儿形象"；

靠了几篇小说混进文坛的作家袁达观，可以说是个既无文"格"也没人"格"的文痞。"四人帮"倒台后，他把自己的作品仅仅当成保护肉身舒适的棉衣或雨伞，根本无所谓灵魂的安稳。不仅如此，他还是个趋炎附势的小人。白有光得势前后，袁达观的表演简直令人作呕。之前，他对白并没好印象，而当白有光夫妇纵横联合终于大权在握的时候，他竟然穿上白大褂戴起大口罩上门为白氏夫妇掏起耳朵眼儿来了！而青狐其实只不过是一个"从十二岁以来就做着爱情梦"的漂亮、普通但心地纯洁的可怜女人。她有自己的精神追求，那就是爱情。"如果她有一个好丈夫，有一个幸福的家庭，如果她得到了爱情或者得到过爱情，天可怜见，她宁愿把什么文学呀小说呀诗集呀扔到抽水马桶里""，她想写小说是为了她的永远无法实现无法表达的爱情"。因着还有这一点追求，青狐比他们中间的任何一个人，似乎都显得更有知识分子气。

但整整一代人都面临着精神的溃败。能够坚守心灵空间的人，毕竟只是少数中的少数。读完《青狐》，我们禁不住要问：是什么力量把中国的知识分子变成了这般模样？他们的身体垮了，如杨巨艇所说，"由于连年的政治运动和极左路线，特别是由于'文化大革命'和'破四旧'，中国的男人至少有百分之七十一是办不成事更办不成好事的。"他们的灵魂呢，更是被折磨、糟践得呈现出一片残破、怪异、软弱和丑陋。在这种境遇里，要他们再坚守一个知识分子的独立精神和自由梦想，实在是有点苛求了。正因为如此，青狐生活在这些人当中才会显得那么痛苦，她根本无法作出抉择。在她的视野里，这群知识分子中，只有王模楷是个清醒者，他曾在某个时间成了她倾慕的对象，但青狐最终还是觉得充满牺牲精神、无惧无畏的杨巨艇才是自己最值得深爱的男人。

遗憾的是，那个时代没有给青狐一个实现自己爱情梦想的机会，因为在爱情问题解决之前，首先要解决的是生存问题。然而，在过去的大半个世纪里，真正的知识分子都处于风雨飘摇之中，他们从未拥有过内心的平静、恬淡、专注与执着。在那个"不理智的年代"（王小波语），一个长期被迫流放和备受生活打击的人，是很容易失去信念、走向苟且的，至少，也得像卢倩姑一样"，拱起肩缩起脖低下眉顺下眼俯下头来"。而真正具有一丝知识分子骨血的，如杨巨艇，等待他的却只有无望的爱情梦幻和肉体遭遇摧折的命运悲剧。"自由"对于这些所谓的"知识分子"，早已成了遥远、陌生甚或是可笑的词语。

历经折磨的青狐人老珠黄了，最终也没有走进自由状态。一个感性十足的女人，仍然没有得到她向往中的爱情。她的爱情之所以失败，就是因为她在爱情里寄托了太多的精神自由——她可以没有婚姻没有家庭甚至也可以忽略性，她只要彼此心灵相约相守，魂魄相伴。但她这个梦想惟有破产，因为这个简单的要求，在那个年代却成了一个高不可攀的境界。"在你背后，呜呼，依然站立着那个夜晚！"所幸的是，她的心灵并没有随生命老去，因为这个梦幻还在。她在深夜的海边寻找王模楷，她不顾一切来到植物人杨巨艇身边，并且向杨的老婆，也向医院的人竭力申辩自己在杨身边的好处。这样的言行，对于一个年过半百的正常女人来说，依然是可笑的，但青狐可以做到。她的感性和纯真并没有被岁月的风尘遮蔽，她依然是一个心灵透明可爱的女人。

青狐成了一个坚定的存在。她本来是一个没有自己主见的人，但随着心灵的一步步展开，这个以内心为最高追求的女人，反而成了一个精神标识，成了历史记忆里最令人留恋的角落。由青狐，我们再对比小说结尾部分的钱文父子，你就会发现，在这个拜物教的世界里，惟有真正的"现实主义者"才能左右逢源，理想、希望、信念从来就是不合时宜的事物，也是极度稀缺的事物。在那个意识形态一统天下的革命年代是如此，在一个看似自由其实同样势利的年代也是如此。从这个角度说，王蒙把他笔下的青狐写成了一个理想——这可能是连王蒙自己也没有想到的。是啊，谁会想到，一个为自己内心活着的人，她的生存空间，居然会在我们这个时代越活越窄，最终她就只能蜷缩在自己的躯壳里，甚至都不敢再探出头来。

不能不为此叹息。王蒙从幽默落笔，收获的却是一片辛酸。包括青狐，最终也成了王蒙唱给这个年代的一曲悲怆的挽歌。读着《青狐》，你能体会到，王蒙是在试图通过一个奇特人物的塑造，来留存一个时代的记忆，也留存自己内心的一丝温暖和念想。他在小说的最后写到："我们熟悉的一些人和事，都变得愈来愈成为回忆——或者更正确地说，已经没有什么人去回忆了。"

是啊，真正的悲剧，也许不是历史的残酷，而是历史的消失。没有记忆，也就没有未来。所以，普罗提诺才说："记忆是心灵的真相。"因此，与其说王蒙是在写历史，还不如说王蒙是在唤醒记忆，既是唤醒自己的记忆，也是在唤醒历史的记忆，他相信，在这些记忆的瞬间和片段里，隐藏着一个民族、一个时代、一个人的精神秘密。王蒙的写作，正好回应了本雅明在《阐明》一书中所说的"：以历史的方式来宣告过去，并不意味着承认'过去的实况'而是意味着当记忆（或存在）闪现于危险时刻之际掌握住它。"

尽管王蒙最终也发现，"也许，人们愿意生活在没有回忆的快活里。"——这似乎是不可抵挡的现实潮流，王蒙看到了这点，但他没有轻易地承认，他笔下的"青狐"的生存姿态就是一个有力的证据。他没有放弃对历史和记忆的清理。正是在这个意义上，我以为，《青狐》已经成为王蒙写作历史上的重要界碑。自《青狐》始，王蒙开始更迫切地面对他那一代人的生活和记忆了，他已经意识到，"唤起记忆即唤起责任"（雅克·德里达语）。而《青狐》，正是一部交织着记忆和责任的小说，它是拒绝忘却的。

没有欺骗的写作和生活

——《王蒙自传》读后

作为中国当代文学一个标志性的作家，王蒙以他旺盛、持续的创造力一再满足着读者的阅读期待。新近出版的三卷本传记可说是王蒙先生对自己一生"三十功名尘与土，八千里路云和月"的回忆、盘点和反思。对于一个14岁就投身革命的少年布尔什维克而言，应说是大半个世纪的功名尘土路了。相比巴金的《随想录》和君特·格拉斯的《剥洋葱》，写作该自传的王蒙也许还是年轻的，但这也正说明他的回忆如同年深日久涌动的地下热泉到了不能不喷薄而出的时候了。

回忆是心灵的真相，回忆的本质是思考。在这里，王蒙以他特有的叙述方式展示了一个随新中国成长起来的革命者、知识分子，如何探求个人与国家民族命运的心路历程。比如人应如何认识自己，个人在历史中应承担怎样的责任等。在这里，读者还可以看出王蒙文学艺术的底色，辨析他那色彩斑斓的想象之蝶是如何翻飞飘动在现实生活的背景之上。从 50 年代初登文坛的《组织部新来的年轻人》《青春万岁》到 80 年代的《布礼》《蝴蝶》和《活动变人形》，从 90 年代的"季节系列"到新世纪后的长篇力作《青狐》，我们都可以在他的自传中看到他的故事起点和虚构的光圈。3 卷本《王蒙自传》可说是解读王蒙文学的一个必读不可的非文学文本。

对自传与作品的连缀辨析，若单从艺术的角度看，王蒙的小说也许并非那么完美。比如故事力量较弱，艺术形象比较单一，基本上没有脱出"林震"或"赵慧文"，其实也就是他自己的胚形；再比如小说语言汪洋恣肆，在形成特有的王蒙式叙述风格的同时，有时也显得不那么讲究、不那么精致。还有研究者指出，虽然王蒙小说渗透着苏联文学的影响，却没有真正体现出俄苏文化的核心精神，如人道关怀和悲悯情怀等等……这些都令我想起德国某批评家对海因里希·伯尔的评价：他的作品会有失误，艺术上也有欠缺，但他的生活和著作决无欺骗。[1]

难道还有欺骗性的写作和生活吗？当然有。早在 1927 年鲁迅就说过"中国的文人，对于人生，——至少是对于社会现象，向来就多没有正视的勇气。……中国人向来不敢正视人生，只好瞒和骗，由此也声出瞒和骗的文艺来，由这文艺，更令中国人更深地陷入瞒和骗的大泽中，甚而至于已经自己不觉得。"[2] 一句"非礼勿视"和诗要"温柔敦厚"便涂抹去多少诗人的真实自我和历史的真实面目。近现代中国文学能有些成就，正是建立在作者能正视人生和现实的基础上，建立在对瞒和骗的文学的屏弃与破除上。但从 40 年代后期以后的相当长历史时期，中国文学要"遵命"，从旧时代走来的作家各个都在努力"脱胎换骨"重新做人，虚假的文艺也由此而生。在当今这样一个处于大转折时期的中国，由于作者不能从自己真实的生命体验出发敷衍、制

---

(1) 洪子诚：《我的巴金阅读史》：见《中国文学理论批评文选》2006—2007 上卷，第 308 页，中国作家协会理论批评委员会编，作家出版社，2008 年 3 月第一版

(2) 鲁迅：《论睁了眼看》：见《鲁迅全集》第一卷，第 251 页人民文学出版社 2005 年 11 月第一版

造甚至操作而非创作而成的文学艺术仍不断地喧闹于市，他们迎合着人们窥视与猎奇的眼球，文学的名誉也因此一再遭到毁灭性创伤。

艺术如何真实是自柏拉图开始就被关注的经典命题。艺术真实的前提是生活的真实，艺术真实则是艺术虚构的底线。一个艺术创造者获得生活真实的第一件事就是要活得真实，敢于正视自己的生活，诚实地面对自己。戴着假面的艺术家永远抵达不了艺术的自由王国。王蒙的长篇自传就首先做到了这一点。例如，父子关系本是人类亲情关系里至关重要的一个环节，王蒙用相当的文字叙说父亲。其父北大毕业，留学日本，能读写多门外语，依王蒙今天取得的成就和地位，他完全可以把父亲描述成三四十年代的青年精英、进步高知。虎门无犬子，自己日后的大出息也理所当然了。要知道我们看得太多所谓"人物"关于自己出身与童年的回忆文字了：家境好点的竭力往书香名门上靠，家境差的则竭力再往差里说，无非是说那样艰难的环境下自己还能有今天的成就，那可真是南瓜藤上结西瓜一样的天才传奇。然而，王蒙却给了读者一个那样真实的父亲，那样一个好高骛远、眼高手低，一辈子一事无成对家庭又缺少责任心又有点孩子气的好玩的父亲。于是有温良恭俭之士就大呼小叫：王蒙怎么就不懂得"为亲者讳"，要弑父呀！其实远没有那么复杂。王蒙不过是个无法违背内心的人，他无法违抗记忆，对自己和生活的诚实无法让他把父亲包装成一个著名作家的父亲理应有的形象。一个不能诚实面对自己的人就不可能真正理解自己理解他人，当然也成不了优秀文学家。

在个人与历史事件关系的反思中，王蒙体现了一样的赤子之心。传记用了相当的篇幅记叙了作者在1957年反右运动、文革以及80年代等这几个重要历史时期的活动。王蒙的经历一再让我们思考知识分子与历史的关系以及历史真相的问题。历史之河波澜诡谲。如今，说反右和文革是中国知识和知识分子的受难史也许一般人都不会反对。使这一印象不断得到印证的事实是：许多"受难"的故事都是由有亲身经历的知识分子自己讲出来的。当一些事情既成定论，活着的聪明人自然会依着定论描述个人在历史中的处境。现在我们再看一些回忆57年的文字，其作者肯定是一无辜受害的苦主，其故事有的几乎可看作一段偶落民间的雅士逸闻，在本人或其后人的叙述中，下放、劳改、右派等词语甚至有意无意间隐含了某种资格和荣耀意味。对于反右及文革这样浩大的民族灾难，无数人确实是无辜被牵连的受害者。那么，这些被叙说的历史是否就是历史的唯一真相？个人尤其是中国知识分子与历史政治的关系绝没有这么简单，从古至今不无例外。

1958 年 5 月在北京团市委工作的王蒙被划右派。他对批他的人并不记恨，因为对方亦非出于私恨。那时候"人人为事业为原则与同事友人亲人突然撕破脸，大义灭亲，血箭封喉。"他还说"如果我没有那么多离奇的文学式的自责忏悔，如果我没有一套极'左'的观念、习惯与思维定势，如不是我自己见竿就爬，疯狂检讨，东拉西扯，啥都认下来，根本绝对不可能把我打成右派。……归根结底，当然是当时的形势与做法决定了许多人的命运，但最后一根压垮驴子的稻草，是王蒙自己添加上去的。在这个意义上，说是王蒙自己把自己打成右派，毫不过分。"[1] 用当时的话语，王蒙当右派差不多有点"自己跳出来"的意思。再看王蒙 1957 年底的照片，潇洒帅气，意气风发，根本看不出有"大祸"临头的样子。1963 年底王蒙携全家远赴新疆也并不是被流放，而是一个作家的激情在燃烧。文艺要写工农兵才有前途，而他当时身在高校的生活离工农兵太远了，他要到人民中去！这种激情其实和 30 年代知识青年奔赴延安、奔赴革命的激情是一样的浪漫诱人。在新疆十多年的生活中，他辗转南北疆，苦闷无聊肯定是有的，但王蒙并没有像一些文字写的那样，把下放或改造中的自己描画成"过河的约翰·克里斯朵夫"般苦难，他学会了骑马喝酒学会了维语学会了农活甚至学会了蒸包子做饭和照顾婴儿，热爱生活的王蒙真正和劳动人民打成一片了。从照片上看，那时的王蒙也确实是健康、快乐，也相对平和。这些都说明，王蒙对当时的一切是从心底认可的，"形势和做法"都是正确的。王蒙的这种状态可能让等着看苦难的读者有点失望。可王蒙并不想以说谎迎合读者。不只是王蒙，1981 年，年近 80 的巴金回忆当时的自己也说："也有过一个时候我真的相信只有几个'样板戏'才是文艺，其余全是废品。我彻底否定了自己。我丧失了是非观念。"他说 1967、68 年

---

(1) 王蒙：《王蒙自传》第一部"半生多事"，第 173 页，花城出版社 2006 年 5 月第一版

时的精神状态"是真的着魔啊！"⁽¹⁾这些都让人想到西式婚礼上当事人那句发自肺腑的话："我愿意。"

那么"当时的形势与做法"到底是什么？巴金着的是什么"魔"？这个问题不仅仅是几个知识分子而是所有时代中人应反思和回答的问题。王蒙写到："人们认定，党的领导代表着工农劳苦大众，代表着世世代代受压迫受剥削的底层人众，……。人民有权利复仇、清算！这样的意识形态的特色和魅力在于，无产阶级失去的是锁链，得到的是全世界。让资产阶级在这样的意识形态面前发抖吧，总算到了这一天，把几千年来颠倒了的再颠倒过来！就是要覆地，就是要翻天！……那么，请问，作为一个城市青年，一个知识分子，一个狗屁作家，一个养尊处优的却又打着无产阶级先锋队的旗号的干部，就不应该受受人民的严厉教训吗？怎么整治也是有理的，你怎么被轻视也仍然具有优于杨白劳的命运，你怎么被批判也优于喜儿的屈辱，你怎么丢脸也胜过做牛做马的工农。你当然已经具备了原罪心理，一想到自己包括上一代人与工农大众的距离，四体不勤，五谷不分……我就认定自己是一代一代欠着账的，必须通过自我批判改造，通过自虐性的自我否定，救赎自己的灵魂。"⁽²⁾

巴金着的正是这个原罪心理的"魔"。这个"魔"的核心本质其实是知识分子对现代性的迷信。这个迷信使人们认定党怎么做都是正确的，当身边的同事、朋友甚至亲人大面积地丧失理智的时候，谁又能世人皆醉唯我独醒呢？哪怕是身居高位如巴金、丁玲这样的知识分子也不能做到。现代中国是在启蒙与救亡中走进世界现代化潮流的。共产主义拯救全人类，再也没有比这样的事情能激动人心的了！毛泽东思想实质上就是一种被深刻中国化了的现代性话语。中国知识分子迷恋上现代性这杯酒其实从上世纪30年代就开始了。从30年代起，成千上万的知识青年义无返顾地抛弃"旧我"投奔延安、投身伟大的共产主义（现代化）事业。经过1942年整风运动，革命大熔炉让小资产阶级知识分子彻底脱胎换骨，他们从此成为毛泽东思想的宣传者、捍

(1) 巴金：《随想录选集》第283页，三联书店出版，2003年12月出版
(2) 王蒙：《王蒙自传》第一部"半生多事"，第172—173页，花城出版社2006年5月第一版

卫者，而且终生不渝。新中国成立后，能不为翻天覆地新生活新气象激动得颤抖的知识分子恐怕不多。1988 年画家黄永玉回忆表叔沈从文时写过这样一个很有意思的细节。50 年代苏联第一颗卫星上天，"他（沈从文）也流露出孩子般天真的激动"。他还说："啊呀！真了不起呀！那么大的一个东西搞上了天……嗯，嗯，说老实话，为这喜事，我都想入个党做个纪念。"[1] 连沈从文都激动得想入党，遑论他人！

所以，"总体而言，就绝大多数知识分子而言，在整个民主革命和新中国时期，他们并不是一生受难的可怜虫，也不只是一些被动、机械的齿轮和螺丝钉。被种种'受难史'掩盖起来的事实是：知识分子都有过浪漫的、充满理想的'参加革命'的经历，有过'建设共产主义'的激情，也有过高呼'美帝国主义是纸老虎'的豪迈和气概。这些记忆是不应被抹煞的。"[2] 当文化和政治上出现极左和专制时，知识分子曾为这一切真诚地大声欢呼并积极地投身于这历史过程。对王蒙而言，几近城市贫民的成长环境使之天然地接受新中国的一切，革命、青春、诗歌、浪漫等等这些美好的东西在他那里都是一体的，他无条件接受党给的一切，包括"右派"。正因如此，巴金回答外宾提出的不能理解为什么"四个人"会有那样大的"能量"这个问题时才总是吞吞吐吐。[3] 因为，这场灾难不是几个人的问题，是一个国家和民族的问题，包括你我他在内的所有个人的问题。这也正是王蒙自传给出的回答。王蒙的回忆与反思可以说是巴金《随想录》之后，能读到的从个人叙说角度来说最真实可信的文字了。

为什么我们期待看到艺术家"没有欺骗的写作和生活"，因为没有欺骗的生活和写作是一个作家作为个人值得尊重、其创作值得坚持和其作品值得一读的首要前提。因为真正的写作其实是作者生命的一种燃烧，文艺的最高境界如鲁迅所说的"文艺是国民精神所发的火光，同时也是引导国民精神的

---

(1) 黄永玉：《这些忧郁的碎屑——回忆表叔沈从文》，见《比我还老的老头》，作家出版社 2007 年 2 月新出增补版

(2) 李陀：《丁玲不简单》，引用地址：http://www.xici.net/b200890/d15338312.htm

(3) 巴金：《随想录选集》第 283 页，三联书店出版，2003 年 12 月出版

前途的灯火。"这火与光是燃烧一个本真心灵发出的。曹雪芹、鲁迅、老舍、张爱玲等优秀作家是诚实面对生活和写作的人，所以他们的艺术才能接近不朽，而假大空的艺术早已灰飞烟灭。所以，我们并不苛求王蒙文学的完美，在生活和文学面前他是诚实的，这就已经很可贵。2008年1月君特·格拉斯的自传《剥洋葱》出版，作者书中写了自己17岁参加纳粹党卫军的经历，引起舆论一片哗然。但人们很快理解这位老人面对自己、面对历史的真诚。谁能要求一个17岁的少年对纳粹的国家意识形态有清醒的辨别能力呢？这正如今天我们要求巴金等知识分子"你们当时怎么就不反抗呢？"要求王蒙的作品"你怎么就不能再深刻一点呢？"因为一些东西在当时的确实太强大了。无论是《随想录》《剥洋葱》还是《王蒙自传》，他们都以相同的诚实提醒我们，面对历史灾难，要正视和负责的其实是每个人，因为那曾经是我们共同的一段历史。有勇气面对过去的真实才能有可能为未来的美好负责。能"引导国民精神的前途的灯火"是以燃烧有一颗诚实心灵的生命为前提的。

诚实地面对自己面对生活和写作还让一个作家始终底气十足。为什么在他的前辈、同辈或晚辈"有的不知所措，更多的是离不开自我……在广阔的文学天地把自己变成一片临秋的树叶"的时候，王蒙却"他穿着一袭风衣，站在一个时代的文学高峰俯仰万象，用他特有的力量、线条、手势与声音，去调动政坛与文坛，作者与读者。"当许多人遗落于文学记忆之外的时候，他"那袭风衣，却还在飘动！"[1]原因还在于他的对自己对生活对文学的诚实。对王蒙来说，革命加青春的50年代确实就是有那么美好，他对共产党就有那么热爱，他的信仰就是这么坚定不移。成为少共以来形成的苏式的革命激情和诗歌浪漫气质渗透于他的文学。他首先是个革命者，然后才成为作家。这让他面对一切都有了一个不低不倒的立足点。

诚实叙述是为了抗拒遗忘。当人们被一味鼓励"向前"、"向前看"的时候，当一些事物要有意被遗忘的时候，诚实就显得很不知趣，因为掩盖和欺骗肯定就要登场了。其实生活，包括一个国家和民族的历史都不是一味向

---

(1) 喻大翔：《王蒙论文三术》，见《王蒙研究》2007年12月号，总第7期，第49页

前的直线而是圆形的曲线。以此为根底的文艺需要作家永远有一颗赤子之心。巴金因为《随想录》被评论誉为"中国知识分子的良心",从诚实且充满自省与反思地对待生活和写作这个意义上说,王蒙可谓当代中国最后的知识分子。福柯曾在1968年"五月风暴"过后悲哀地说,"知识分子"从此销声匿迹,现在只剩下在各专业领域里忙碌的"专门家"。事实上,正如福柯预言的,我们今天看到的正是这样越来越多的"专门家"。他们奔走于各自利益的圈里圈外,"作家"这种本应只对人类精神和灵魂负责的人也成了以版税为目标的"专门家"。对于"专门家"式的作家而言,文学是无所谓真诚的,为了印数他们不在乎炮制"说谎的文学"(胡适语),撇开自己的记忆和经验,写大众读者愿意买来消遣而自己并不熟悉的生活。国家、民族、历史等宏大的主题一再得到嘲笑,对人的生死永恒等终极追问以及作为人的责任良知等深度麻木。畅销成为硬道理。这也回应了福柯的命题:如今专家有的是,但知识分子却历史性地消失了。

"狼獒小说"的现代性魅影

一

近两年来，两本分别以《狼图腾》和《藏獒》命名的小说成为大众阅读的热点之一。这两本语言和结构都堪称简陋的书，之所以引起大众阅读的兴趣，其吸引力显然并不在小说的艺术魅力。这两本"写了什么"远远大于"怎么写"的小说之所以成为大众阅读热点，说明作品满足了当下大众读者精神生活对文学的某种阅读期待。同时，小说也反映了作者对时代生活的认识、理解和阐释。所以，表层看，狼獒小说热似乎只是个单纯的文学现象，而在意义深处，它却是当下时代一个令人深思的精神文化现象。这一文化现象透视出，在我们当下的时代精神中，"斗争哲学"、"强者逻辑"这些曾给我们的民族和人类带来过深重苦难的现代性魅影，仍根深蒂固地存在着。它如同缠绕在人们脚下的枯枝败叶，让我们忧虑人类和谐之春的漫长和遥远。

这两本小说分别是写有关狼与人、狼与马、狼与狼以及人与獒、獒与獒之间相互撕杀、生死存亡的故事。在这本应以文学的方式，力图揭示人与自然关系的小说中，作者从人的视角，对狼、獒身上所具有的，为了食物和领地永不懈怠的斗争精神、斗争智慧以及同类间的爱恨情仇，彼此火拼至脑浆迸裂、甚至吞食幼子的残暴性情，进行了饱含热情与崇拜的描述和赞美。

《狼图腾》中除了北京知青，也就是作者"我"之外，还有两个值得一提的重要人物：蒙族老人毕利格和从军队转业到牧场的汉人领导包顺贵。包主任认为：任何时候，狼都是人类的敌人，应该毫不迟疑地打尽杀绝。和包主任一致的，还有那些来自草原外的蒙人或汉人，他们认为所有草原动物甚至包括天鹅在内，皆可成为满足人口腹之欲的美味佳肴。而以蒙族老人毕利格为代表的草原人，则对狼充满敬重。他们打狼要选择时间和地点，还要为狼留下活路和后代。因为狼既是草原的灾难也是草原的保护神。比如没有狼，迅速繁殖的獭子很快会把草场糟蹋得难以畜养牛羊。

从文字表面看，小说显然对那些对大自然毫无敬畏之心的包顺贵之流给予批判，对他们在自然面前摆出的斗争态度和强者姿态提出怀疑，而肯定了尊崇传统的毕利格等人对自然的敬畏及人与自然和谐相处的古老法则。但是，如果追问：为什么以毕利格老人为代表的草原人对狼如此敬畏？他们期盼自己死后以身饲狼，甚至以狼为图腾，以狼的精神为民族的精神旗帜。小说通过对狼之行为和精神的赞美，以及大量的典籍引用已经回答了这个问题。那是因为狼是草原众生（包括人）中别具生存性格和智慧的强者。狼以食为天，为了生存或更好地生存，狼与人、狼与其他动物、狼与狼之间斗争之酷烈，以及狼在其中表现出的勇敢和智慧远在人之上。如果说狮子是森林之王，那么狼就是不折不扣的草原之王。持枪跨马奔踏在草原上的包顺贵是人中之强，狼是草原人心中的众生之王，在这二强之中，作者显然是否定前者的。尽管如此，作者的叙事重点并不在给读者一个关于环保生态平衡的故事。小说以一个上山下乡知识青年的视角，给人们渲染了狼由敏感、孤独、神秘、智慧、残忍、勇敢、自尊等等精神特质构成的强者魅力，小说引起热读的点正在这里。[1]

从《藏獒》的序言看，作者似乎是想赞扬藏獒对主人和领地所具有的绝对忠诚、绝对护卫的可贵精神。因为在我们的时代，无论是人与人还是人与世界之间，忠诚与信任是如此的越来越稀薄。但阅读整个上下部小说，故事和情节的想象皆甚简陋，而占据小说最多也是作者最用力的篇幅，几乎全是对獒与獒之间不断争斗、撕咬的描写。狮头公獒冈日森格自上阿妈草原落魄逃难到西结古草原，经过了九九八十一次浴血战斗，不仅战胜了灰色老公獒、大黑獒等诸多西结古原有的领地狗，而且最终彻底打败了西结古草原的獒王虎头雪獒，成为西结古草原新生獒王：美名"雪山狮子冈日森格"。[2] 小说通过几只或几群无比残暴的獒犬，对强者为王的铁定逻辑进行了生动描述。相信对此书有阅读兴趣的并不仅限于养狗爱好者。它描写的自然法则暗合了当代读者对生活和世界的某种认识，那就是人是为斗争而活着的，生存竞争强者胜。

二

无论是人与自然还是人与人之间，斗争、对抗、竞争、强者等这诸多概念皆是一种现代性的概念，而古希腊文化和以中国、印度为代表的东方传统文化都有强调和谐的特质。韦伯就认为，现代性的概念起源于基督教的末世教义世界观，是资本主义兴起后的产物。黑格尔进而明晰："现代"首先是一个决心与传统断裂的概念：它告别中世纪愚昧，面向理性之光。"现代"又是一个充满运动变化、极其复杂内涵的概念，它串联起一组新话语，如革命、解放、进步与发展。继承了黑格尔的马克思主义哲学，尤其是历史唯物主义，成为影响包括中国在内的诸多民族的现代化进程的重要现代性理论。

当传统的中国社会在 19 世纪末开始向现代社会逐步转变后，国家却正处

---

(1) 《狼图腾》，姜戎著，长江文艺出版社，2004 年 4 月第 1 版

(2) 《藏獒》，杨志军著 人民文学出版社 2005 年 9 月第 1 版

内忧外患的民族灾难中。斗争、革命自然成为进步和发展的同义词。在文学领域，从五四的"文学革命"到30年代的"革命文学"，再到1942年整风运动毛泽东关于文艺的《讲话》，以"阶级革命"和"阶级斗争"为主题的文学成为现当代文学的主要组成部分。在雷达等人最新编写的《中国现当代文学通史》中，把中国文学的现代化背景归结为两个相反相成的方面："世界化"和"民族化"。而"世界化"又包括"欧化"和"俄苏化"两条途径。他说："其中，'俄苏化'对左翼作家、抗日民主根据地作家、解放区作家影响极为深远，在建国后'十七年'时期更是成为压倒一切的主流性写作倾向。"[1]直至上世纪80年代前，宏大叙事，政治化的文学，阶级的文学，斗争的文学仍然在文学、话剧、电影等艺术创作领域中延续。造成中国现当代文学中这一精神特质的本质就在于人们以政治的现代性取代了文学（艺术）的现代性。也就是该著作所写的："如果有谁认为现代性只能是与现代化进程保持一致的同步观念，如果认为文学的现代性只是以文学的手腕和形象来'配合'现代化要求的话语，那将是对文学现代性的莫大误会和庸俗化曲解。"[2]

　　从"十七年"文学到以八大样板戏为代表的文革文学，再到80年代的"改革文学"以及后来的个人主义的文学，其面对世界的斗争意识与"强者逻辑"的思想维度存在着内在一致性。这些作品大多人物形象黑白分明，非敌即友。主角名字一般都宏大响亮：高大泉（《金光大道》），洪雷生（《虹南作战史》），江水英（《龙江颂》），而敌人则是"歪嘴子"、"滚刀肉"等不堪入耳的诨名。英雄永远站在高处，斗争肯定是我们胜利了。《红灯记》里李铁梅得知爹爹奶奶被日寇杀害，唱到："提起敌寇心肺炸！/仇恨咬碎牙。/咬住仇，咬住恨，嚼碎仇恨强咽下，/仇恨入心要发芽！/不低头，不后退，/不许泪水腮边挂，/流入心田开火花。/万丈怒火燃烧起，/要把昏天黑地来烧塌！/铁梅我，有准备！/不怕抓，不怕放，不怕皮鞭大，不怕监牢押！/粉身碎骨不交

---

(1)　《中国现当代文学通史》（上），雷达、赵学勇、程金城主编，甘肃人民出版社，2006年8月第1版，第7页

(2)　同上。

密电码……。"[1]这些字眼很容易让人联想到狼獒小说中所描写的狼群与马群，还有雪山狮子冈日森格与众獒们浴血战斗终成獒王的血淋淋的生存历程。对今天的年轻读者来说，"文革文学"也许显得遥远，但它在中国当代文学史上却实实在在影响了几代人的心灵成长。它沉淀在我们民族的集体无意识中，在当下的接受环境中，狼獒故事会心有灵犀一般在读者精神深处呼应起那种斗争哲学和强人逻辑。无庸置疑，面对野兽般的侵略者，李铁梅等人宁死不屈的英雄气质和英雄精神肯定是我们民族的自豪。我们并不完全否认以阶级斗争等重大题材为主的文学创作所具有的历史意义和文学价值。但当它成为影响当今时代精神的文学资源时，被人们贯穿到各自所面对的自然或社会生活、日常生活时，我们就不能不看到其让人忧虑的一面。中国人向来喜欢以"人定胜天"的斗争态度和强者姿态出现在政治、经济领域。阶级斗争更要年年讲、月月讲、天天讲。中国人是如此热爱斗争，他们与天斗、与地斗、与人斗，其乐无穷。甚至到80年代，社会上还兴起美国作家杰克·伦敦小说《老人与海》的阅读热潮。人们对老渔民桑地亚克身上表现出的强人精神表现出强烈认同和共鸣。"你可以消灭我，但你不能打败我"成为很多青年人的座右铭。

80年代后中国社会转型。从政治挂帅到以经济为主，但整个社会的集体意识里还是以同样的态度看待世界和自然。在今天以市场经济为主题的环境下，商场如战场、行业潜规则，公司文化、办公室政治，当代人的生存竞争也许演变得或更为隐蔽或更为赤裸裸，但总是更为酷烈。而从心灵深处，大众对斗争、生存竞争、强者逻辑之类的所谓哲学也更加认同。从这个角度说，狼獒小说不过是战争和斗争文学的变相，它不过以狼和獒取代了人，不是直接以人和人或人和自然，而是以动物和动物之间的斗争，给当下人的生存状态来一个动物寓言。

20世纪世界历史的主旋律是社会主义运动。然而不到一个世纪，轰轰烈烈的社会主义运动陷入困境。现实迫使人们重新思考"回到马克思"。所谓西方马克思主义就是诞生在一个革命已经失去希望，革命已经"沉寂"的时

---

(1) 《中国现当代文学通史》（下），雷达、赵学勇、程金城主编，甘肃人民出版社，2006年8月第1版，第690页

期。这其中有一个被称为西马创始人，意大利共产党领袖——葛兰西。葛兰西称自己是"理智的悲观主义者"。他说：每个人都想成为历史的"把犁人"，成为"雄狮"，没有人想成为"历史的肥料"，成为"绵羊"。所以，社会主义的革命文学拒绝悲观主义，革命文学要求人群中有派别，有阶级，有斗争，有胜负。而且革命阶级最终一定是以强者的姿态取得胜利。长期以来，中国人似乎有一种无法摆脱的宿命，内心总是充满着对巨大成就的期待，渴求以胜者的荣誉来证明自己，但关于脚下那片土地到未来之间的连接，却缺乏必要的理性判断和事实求是的推进精神。生命的活力和灵气只是在无谓的争斗和意念化的追求中逐渐销蚀。而所谓"以守为攻"、"以退为进"等中国式生存哲学不过是遮掩在"狮子"脸上的"绵羊"面纱而已。

三

但是，人果真能如此强大么？

尼采首先在黑格尔理论的矛盾中告别启蒙，背弃理性，转向与之对立的神话。尼采崇拜狂放不羁的酒神狄俄尼索斯，因为他是一个能为众生带来无尽欢乐的未来神。尼采由此开启后现代之门。自尼采以后，不断有人对现代性中的宏大思想，无所不能的强大理性及斗争代表进步等思想进行怀疑、批驳。类似葛兰西这样的社会主义实践者则从革命失败的经验中发展马克思主义。他们认识到"现代派"艺术中表现出来的人的软弱、悲观和绝望并非无中生有，无病呻吟。葛兰西还认为，一个阶级对另一个阶级的统治并不在于政治强权和经济力量，而在于彼此在信仰体系、文化和道德的价值观等方面取得认同。

面对世界，人其实是有限的、可怜、脆弱的。早在 17 世纪，法国有位多领域、天才般的科学家和思想家帕斯卡尔就说过：人不过是有思想的芦苇。这位 11 岁就写出声学论文、12 岁发现欧几里德几何学、16 岁提出著名的帕斯六边形定理、18 岁则制造出世界上第一台计算机的伟大人物，却在一次偶然的、几乎让他断送了性命的生命遭遇中，发现了科学与理性的虚妄。他说："人只不过是一根苇草，是自然界里最脆弱的东西，但他是一根能思想的苇草。

用不着整个宇宙都拿起武器才能毁灭他,一口气,一滴水就足以致他死命了。"人的强大在于人有思想和心灵。"纵使宇宙毁灭了他,人却仍然要比致他于死命的东西高贵得多,因为他知道自己要死亡,以及宇宙对他所具有的优势,而宇宙对此却是一无所知的。"显然,人之思想和心灵的高贵,是因为人知道:无论是自然还是人类本身,仍然有太多人们不了解、无法解释更无法掌控的领域。正如帕斯卡尔说的:"这些无限空间的永恒沉默使我恐惧。"[1]

人不能逞强。强者逻辑在无数个时刻给人类带来真正的绝望和幻灭。《藏獒》故事中描写了一个名叫达赤的送鬼人,为了复仇,他精心挑选了一只属于喜马拉雅獒种的遗传正统的党项藏獒。一年多时间内,达赤通过关黑屋、赶进深坑、冰窖等非人的手段,让这只本来常态的藏獒在"绝望的蹦跳、不要命的撞墙、饥饿的半死状态、疯狂的扑咬"等过程中,终于在藏獒的性格中铸造了铁定的仇恨法则。它不知道什么是爱。"如果非要它从自己的感情里找到一点爱,那就是咬死对方以后喝对方的血,对方的血这个时候就是爱。"所向披靡,你死我活、腥风血雨就是它的生活。送鬼人给它起了个傲厉神主忿怒王的名字——饮血王党项罗刹。藏獒本是雪域之王,而塑造它的人要更强。但在一个月夜,这只由送鬼人一手打造的仇恨利器扑向自己,把牙刀直接插入他的脖子两侧。藏獒对跟随过的主人十多年后还记得还会护卫,但这只獒中强者却咬死了主人。这可谓是强力改变自然、或强对强带来的最终毁灭。

对宏大事物的盲目崇拜,对人之所能的无限夸张,对斗争哲学和强人逻辑的崇尚等都是现代性中一个令人忧虑的主题,它曾裹胁着诸多宏大的政治主题给包括中国在内的民族带来灾难。但直至今天,以争斗和强力为主题狼獒故事仍然在人群中获得共鸣,不得不令人深思。

四

人类渴望和谐世界的春天。所谓和谐,理解应有三个层面的含义:人与

---

(1) 《帕斯卡尔文选》,[法]帕斯卡尔著,[法]莫里亚克编,陈宣良、何怀宏、何兆武译,广西师范大学出版社,2002年2月第1版,第155页

自然的和谐，人与人的和谐，人与自己的和谐。而在这三个和谐中，前两个和谐皆可通过外在努力在一定时间内见到效果，惟有人与自己的和谐才是难的，而恰恰是人与自己的和谐才是前两和谐的根本。帕斯卡尔说，人们"不肯和心灵交朋友"。人与自己的和谐其实就是要人和心灵交朋友。如果人与自然、人与人的和谐重在解决利益问题，那么人与自己的和谐就是要人面对各自心灵的问题。

人的内心和谐更多地要靠文学等艺术手段来实现，因为只有人类的艺术是直接面对心灵的。两本艺术成就乏善可陈的狼獒小说之所以引起热读，说明当下文学的主流创作缺少能与读者真正产生心灵回应或共鸣的好作品。有文学性的作品又缺少当下关怀，这些有当下关怀的又难上艺术层面。说到底，面临历史大转折时期的当下人，对文学艺术有热切的期待，要求文学对时代精神能有所承担。当人世间的故事缺少时，就企图在非人或动物的世界寻找寄托和映照。

那么，人到底是什么？人到底是要像狼獒一样活着还是像绵羊一样活着？现实中人又到底过着什么样的生活？葛兰西说，事实上，"你的生活并不像一头雄狮，哪怕一分钟也不是，远远不是。你年复一年地过着一头绵羊还不如的生活，并且你知道不得不那样生活。"[1] 但也许并不应该如此悲观。对于当下人来说，我们既不是狼獒雄狮，也不是绵羊兔子，人应该像一个人一样常态生活。这样的人应该是德国 20 世纪初伟大哲学家马克斯·舍勒认为的：人是一个动姿性的 X。人的位置就在于没有定位和趋向于定位之中。这个趋向于定位的 X 犹如一条生命的洪流由下而上奔涌，把生命强力奉献给精神价值，使天生无力的精神价值充溢着生命。这整个奔涌着的生命洪流的动姿，按舍勒的概括，就是爱。所以，舍勒坚信，人的位置绝不在生物冲动、心理能量、强力意志，也绝不在单纯的理智和观念。"人的本质及人可以称作他

---

(1) 《问题与方法》，洪子诚著，生活·读书·新知三联书店出版，2002 年 8 月北京第 1 版，第 295 页

的特殊地位的东西，远远高于人们称之为理智和选择能力的东西。"[1] 帕斯卡尔说人之所以高贵和强大是因为人有思想和心灵，而舍勒更深刻指出，人之为人是因为人有爱。人"爱上帝并爱每个人"。只有在爱中，人才超升到神性本身的生成中。

"爱"使人与自己和谐，"爱"使世界和谐。"爱"唤起人们心底深处衡量人之为人的公共标准，而不是强者逻辑中像狼獾一样"血淋淋"的成功。

(1) 《人在宇宙中的位置》，[德] 马克斯·舍勒著，李伯杰译，刘小枫校，贵州人民出版社，1989 年 6 月第 1 版，第 12 页

挖掘中华多民族文化中的和谐因素

——对近年来少数民族长篇小说的文化生态学分析

在当今方兴未艾的长篇小说创作中，关于我国少数民族故事的小说可谓独放异彩。其中，《尘埃落定》《藏獒》《狼图腾》《悲悯大地》《如意高地》《蒙古往事》等可算是较有影响的数部著作。这些小说，在繁荣当今小说创作的内容和题材，开拓读者的阅读视野方面确实给人带来一种新鲜感。但细读作品，我们会发现这些作品呈现出的审美倾向令人喜忧参半。从文化生态学的角度审视，这些有关少数民族长篇小说的作者，在如何对待少数民族文化资源、环境、状态等诸多方面，存在着汉族中心主义，存在着农耕文明对游牧文明的优势姿态。由此而来的是，这些作品在反映和思考少数民族人民生活中存在着单一性，缺乏对孕育了中华多数民族灿烂文明的社会族群，其生存、发展过程中和谐因素的深度挖掘和艺术化的审美再现。

一

　　源远流长、跌宕起伏、绚丽多姿的中华文明产生于一个陆海共有的辽阔大地，这个伟大的文明是由农耕人与游牧人，在长期既相冲突又相融汇的过程中共同创造、整合而成的。而在近年有关少数民族的长篇小说创作中，作者缺乏的正是这个文化生态学的高度。具体表现在，一味强调、描写和渲染少数民族故事中的杀伐、征战、冤仇、争斗和竞争主题，而忽略了那些辽阔土地上的人民生活的日常性，忽略了游牧人在创造悠久丰富的中华游牧文明中，与环境、与农耕文明之间建立起来的稳定而和谐、浪漫而诗意的历史或故事。显然，无论是对于中华多民族国家的发展还是当今的时代主题，或者即使对文学本身，后者都是更有价值和意义的。

　　《狼图腾》和《藏獒》是其中两本读者反响甚热的小说。这两本小说分别写有关狼与人、狼与马、狼与狼以及人与獒、獒与獒之间相互撕杀、生死存亡的故事。在这本应以文学的方式，力图揭示人与自然关系的小说中，作者从人的视角，对狼、獒身上所具有的，为了食物和领地永不懈怠的斗争精神、斗争智慧以及为同类间的爱恨情仇，彼此火拼至脑浆迸裂、甚至吞食幼子的残暴性情，进行了饱含热情与崇拜的描述和赞美。

　　文字表面看，《狼图腾》的作者对那些对大自然毫无敬畏之心的包顺贵之流给予批判，对他们在自然面前摆出的斗争态度和强者姿态提出怀疑，而肯定了尊崇传统的毕利格等人对自然的敬畏及人与自然和谐相处的古老法则。但是，如果追问：为什么以毕利格老人为代表的草原人对狼如此敬畏？他们期盼自己死后以身饲狼，甚至以狼为图腾，以狼的精神为民族的精神旗帜。为什么？其实，小说通过对狼之行为和精神的赞美，以及大量的典籍引用已经回答了这个问题。那是因为狼是草原众生（包括人）中别具生存性格和智慧的强者。狼以食为天，为了生存或更好地生存，狼与人、狼与其他动物、狼与狼之间斗争之酷烈，以及狼在其中表现出的勇敢和智慧远在人之上。如果说狮子是森林之王，那么狼就是不折不扣的草原之王。持枪跨马奔踏在草原上的包顺贵是人中之强，狼是草原人心中的众生之王，在这二强之中，作者显然是否定前者的。尽管如此，作者的叙事重点并不在给读者一个关于环保生态平衡的故事。小说以一个上山下乡知识青年的视角，给人们渲染了狼由敏感、孤独、神秘、智慧、残忍、勇敢、自尊等等精神特质构成的强者魅力，小说引起热读的卖点正在这里。

《藏獒》序言表示，作者想赞扬的是藏獒对主人和领地所具有的绝对忠诚、绝对护卫的可贵精神。因为在我们的时代，无论是人与人还是人与世界之间，忠诚与信任是如此地越来越稀薄。但阅读整个上下部小说，故事和情节的想象皆甚简陋，而占据小说最多也是作者最用力的篇幅，几乎全是对獒与獒之间不断争斗、撕咬的描写。狮头公獒冈日森格自上阿妈草原落魄逃难到西结古草原，经过了九九八十一次浴血战斗，不仅战胜了灰色老公獒、大黑獒果日等诸多西结古原有的领地狗，而且最终彻底打败了西结古草原的獒王虎头雪獒，成为西结古草原新生獒王：美名"雪山狮子冈日森格"。小说通过几只或几群争比残暴的獒犬，对强者为王的铁定逻辑进行了生动描述。相信对此书有阅读兴趣的并不仅限于养狗爱好者。它描写的自然法则暗合了当代读者对生活和世界的某种认识，那就是人是为斗争而活着的，生存竞争强者胜。

同样，《蒙古往事》的作者尽管把自己的此次写作看做是"让我的叙述与汉文化和汉语表达拉开一点距离"的"文学行动"，但我们看到的，也不过仅仅是小说叙述语句的方式和词语运用上，试图接近草原游牧文化的些许生硬的努力而已。小说确实实现了作者想"写出一个叱咤风云的世界征服者"的目的，但"怎么写"最终为的是实现"写什么"的问题。而故事给读者描画的铁木真并未体现出这个着意努力的"文学行动"带来的新意。铁木真或后来的成吉思汗不过只是个永远持刀跨马杀伐草原的铁血英雄，他最终为"汗"不过因为他超人的精力、他的刀和马，故事不过一再证明了冷兵器时代强者为王的主题和逻辑。那么，铁木真这朵蒙古大草原的铁血之花是如何吸收草原精华而成长的，为数众多的部落和民族在漫长的岁月中是如何在一片共同的草原生活、发展的，这些在"蒙古往事"中是看不到的。

原于自然环境严酷的大荒漠或草原的文化，就必定是人与人生死

二

少数民族世代生活在辽阔的祖国大地，他们世代用自己的勤劳和聪明才智创造了丰富灿烂的民族文化，从而构成中华文明不可或缺的一部分。为何在对待这些丰富灿烂文明资源的时候，小说家只是看到其单一的杀伐与斗争主题呢？本文认为这里有两个层面的思想根源。

一是文化生态学中曾流行一时的所谓"地理环境决定论"。它认为地理条件规定着民族性与社会制度，制约着历史和文化的发展方向，认为人和动植物一样，是地理环境的产物，文化的各方面都受地理环境支配。由此，孕育于自然环境严酷的大荒漠或草原的文化，就必定是人与自然、人与人生死存亡的杀伐与斗争文化。历史、文化研究固然必须重视对地理环境的考察，这也是"地理环境决定论"在中西方思想史上皆得到较多认可的原因。但这一观点有三"失误"：第一，把地理环境对人类文化的影响从特定的时间范畴抽象出来，加以无限制发挥，因而难免偏颇。第二，"地理环境决定论"忽略了自然借以作用于人类社会及其文化的若干"中介"，其结论难免陷于"直线化、简单化、夸大化"。第三，"地理环境决定论"把地理环境视作决定人类文化特征的一种"外力"。而实际上，经过人类的社会实践，地理环境已经演化为"人化的自然"，成为文化发生发展的内在因素。所以，地理环境与文化创造的正确关系应基于以下两点：其一，"物质生产构成地理环境影响人类文化发展的中介"；其二，"地理环境为文化发展提供多种可能性，而人文因素是转变为现实性的选择动力。"我国少数民族的文化史和汉文化一样悠久灿烂，其生产力和生产关系以及"人化自然"的程度和汉族一样处在不断发展进步中，而这些变化同样给他们的生活带来深刻变化，这其中的稳定与不稳定、和谐与不和谐因素和汉文化一样值得深思。如果我们的小说家能基于这样视点和思想高度去体验和思考少数民族的生活，那么读者将会看到一个多么丰富多彩的中华多民族人民生活，而不再是只呈现单一杀伐与斗争内容的少数民族文学作品。这是典型的把地理环境和文化的关系"直线化、

简单化、夸大化"了。

　　小说家之所以动辄以杀伐和斗争的视点想象少数民族故事的第二个思想根源就在于，中国社会进入现代以来，由于其特殊的历史发展所形成的斗争哲学。无论是人与自然还是人与人之间，斗争、对抗、竞争、强者等这诸多概念皆是现代性的概念，而古希腊文化和以中国、印度为代表的东方传统文化都有强调和谐的特质。但人类不可逆转地进入现代社会。现代中国内忧外患，斗争、革命自然成为进步和发展的同义词。在文学领域，从五四的"文学革命"直至上世纪 80 年代前，宏大叙事，政治化的文学，阶级的文学，斗争的文学是时代文学、话剧、电影等艺术创作的基本主题。从"十七年"文学到以八大样板戏为代表的文革文学，再到 80 年代的"改革文学"以及后来的个人主义的文学，其面对世界的斗争意识与"强者逻辑"的思想维度存在着内在一致性。社会主义的革命文学拒绝悲观主义，革命文学要求人群中有派别，有阶级，有斗争，有胜负。而且革命阶级最终一定是以强者的姿态取得胜利。

　　革命文学大多人物形象黑白分明，非敌即友。英雄永远站在高处，斗争肯定是我们胜利了。对今天的年轻读者来说，"文革文学"也许显得遥远，但它在中国当代文学史上却实实在在影响了几代人的心灵成长。它沉淀在我们民族的集体无意识中，同样也沉淀在小说家思想深处。在当下的接受环境中，狼獒故事会心有灵犀一般在读者精神深处呼应起那种斗争哲学和强人逻辑。我们并不能完全否认以阶级斗争等重大题材为主的文学创作所具有的历史意义和文学价值。但当它成为影响当今时代精神的文学资源时，被人们贯穿到各自所面对的自然或社会生活、日常生活时，我们就不能不看到其让人忧虑的一面。

　　80 年代后中国社会转型。从政治挂帅到以经济为主，但整个社会的集体意识里还是以同样的态度看待世界和自然。在今天以市场经济为主题的环境下，商场如战场、行业潜规则，公司文化、办公室政治，当代人的生存竞争也许演变得或更为隐蔽或更为赤裸裸，但总是更为酷烈。在所谓新的时代，每个人（而前半个世纪是整体的中国人）都想成为历史的"把犁人"，成为"雄狮"，没有人想成为"历史的肥料"，成为"绵羊"。从心灵深处来说，大众对斗争、生存竞争、强者逻辑等之类的所谓哲学也更加认同。从这个角度说，狼獒小说不过是战争和斗争文学的变相，它不过以狼和獒取代了人，不是直接以人和人或人和自然，而是以动物和动物之间的斗争，给当下人的生存状态来一个动物寓言。半个世纪来形成的斗争哲学成为沉淀在中华文化之流中的一条粗显脉络。而中华文化历来具有文化结构与功能的高度统一，也因此而具有"顽强的再生力"与"无与伦比的延续性"。由此，我们再来理解这些汉族小说家们动辄以杀伐与斗争的视点看待少数民族生活就不难了。

轰轰烈烈的全球社会主义运动为时不到一个世纪后大多陷入困境。中国开始了有中国特色的社会主义。西方文化的日益渗透和本国国情的新发展，使中华文化因受到"严峻的挑战"而面临艰难的历史性"转型"。构建"和谐社会"成为有利于国强民富的朝野共识。"和谐"不仅仅是一个有关政治的概念，而且是一个有关社会和个人、有关物质和精神、有关肉体和心灵的全方位概念。那么，挖掘中华多民族文化中的和谐因素，应成为少数民族文学责无旁贷的使命。

三

《尘埃落定》写出了藏族土司辖下主奴生活的日常性和丰富性。麦其家的新土司是个常人眼里的"傻子"。显然，这个民初时代的藏族傻子如堂·吉诃德、傻瓜吉姆佩尔（辛格《傻瓜吉姆佩尔》）、全福（福楼拜《一颗简单的心》）、伊凡（列夫·托尔斯泰《伊凡·伊里奇之死》）、辟果提（狄更斯《大卫·科波菲尔》）、卡西莫多（《巴黎圣母院》）、迪尔西（威廉·福克纳《喧哗与骚动》）、安娜（英玛·伯格曼《呼喊与细雨》）甚至还有贾宝玉等等著名傻子或半傻子一样，承担了作者对于诚实、德行、淳朴、善良、宽厚和爱的全部苦心。他们的傻、迟钝、平庸、古板还有懦弱的背后蕴藏着的正是人类的这些美德，这美德让他们对命运逆来顺受，对苦难甚至仇恨都有着巨大的消化力，他们的存在似乎是为了守住人类某种古老理想、价值的底线。他们既是模糊希望的寄托，亦是想象中的避风港，更是长久的慰籍。

正是麦其家的这个傻子土司，以自己的方式建立起和汉人社会的和谐关系；用自己的宽厚和善良化解了拉雪巴土司和茸贡土司两家几乎不共戴天的冤仇；当别家土司大修碉堡，企图以枪炮保卫自己领地的时候，傻子土司却在自家最宽敞的草地上建起了贸易集市，为自己也为众人带来和平、富裕的双赢机会；也正是这个傻子土司，在别家土司带领自己的子民们在领地大种罂粟大赚其钱的时候，傻子土司却老老实实种小麦。而当无情的饥饿降临雪域大地时，还是这个傻子土司最终以平常年景的价格，开仓把自家小麦卖给众人，从而赢得众人的爱戴；正如小说写的，这个傻子土司让人们看到"麦子有着比枪炮还大的威力。"其实，"麦子"象征的正是和平与祥和对于人的魅力。《尘埃落定》以清晰的故事和干净的叙述语言给读者这样一个丰富、立体而又日常的藏民族故事。"傻子"二少爷表面的憨傻背后蕴藏的不正是作者对于人类美德的寄托和向往？《尘埃落定》的意义在于，它让我们看到了少数民族文学应有的更开阔、也更深刻的思想主题。

《悲悯大地》故事感人、主题严肃。澜沧江峡谷东西两岸两大新旧贵族，为利益结下冤仇。为了复仇，他们的后代分别踏上艰辛漫长的追寻道路。都吉家族的阿拉西在仇恨中找到佛，他历时7年，一路历经风雪饥饿和狼虫虎豹的威胁，失去所有陪伴他的亲人，磕长头到圣城拉萨，又经过多年非人的艰苦修行，最终成为一名对大地众生心怀无限悲悯的喇嘛上师。而老贵族朗萨家族的达波多杰，为复仇不辞千辛万苦寻找世上独一无二的快刀、快马和快枪。他认为只要有了这藏人心目中的"三宝"，他的复仇计划和英雄梦想必定实现。小说的深刻在于，即使没有新中国（红汉人）的到来，建立于快刀、快马和快枪基础上的英雄梦想也是虚妄的。故事中，峡谷里早年间的贡巴活佛用自己的身体阻挡了两大家族间即将爆发的流血冲突，若干年后，阿拉西喇嘛上师用自己被马拖成肉絮的身体感化了那些即将与红汉人开火的藏人。小说把喇嘛上师所代表的宗教的隐忍和牺牲精神渲染到了极致。

诚然，宗教是少数民族文化最重要的根源之一，它为该民族社会带来近于永恒的一种稳定和祥和。但相对于整体的中华文化来说，宗教的因素毕竟是淡弱的。《悲悯大地》的价值在于，它以文学的方式触及到少数民族文化中一个本质性的主题：宗教。这个故事的叙述中再现了少数民族生活的丰富性。而对于当下中国小说创作来说，它的意义与其说写了一个有关宗教的藏人故事，不如说是给当下的人们指出了一个人有关精神和灵魂应有的高度的问题。正如作者说，他的故事发生在一个"人与神可以一同交流与舞蹈的美好岁月。"那样的岁月当然是遥远的，但无论怎样的时代，人能是没有精神和灵魂的人吗？

无论从哪个方面讲，《如意高地》都是一部令人失望的作品。作者借助一本清末民初遗传下的、有关几个朝廷官员进藏执政的残缺旧书，加入当代人物和自己的片断生活，以一种文字风格暧昧的叙事方式，讲述了一个冗长、沉闷又头绪散乱的故事。小说创作之初作者显然是志向远大的，企图以一种开放式的结构，容纳某种史诗般的丰富性。遗憾的是无论是对藏汉关系还是对藏民族本身的生活描写，都远未实现作者的"远大志向"。这样的小说实在是对读者阅读耐心的极大考验。

四

文化的实质性含义其实是"人类化"，是人类价值观念在社会实践过程中的对象化。当今时代，当我们审视中华少数民族这块珍贵的文化资源时，我们应修改机械的地理环境决定论，克服汉民族中心的审美观念，以一种发展和辨证的思想看待中华多民族文化资源的丰富性和特殊性，从而发现和艺术地再现其中美好与和谐的因素。一味怀着猎奇、片面、自我的视点去关照少数民族生活是永远也写不出中华多民族人民文学的好作品的。而这样的单一片面化认识的作品对读者及社会的影响又何其深远。

从创作角度说，文学是生活赐予赋有文学艺术敏感之心灵的陈年佳酿。当一种生活融进你的血液，成为你魂牵梦绕的人事时，你就离一个作家的梦不远了。而我们看到无论是《狼图腾》《藏獒》还是《蒙古往事》或《如意高地》，其作者无非是借助一两本偶然得到的该民族史料，或借助一些他人或自己浮光掠影式的生活经历，发挥所谓作家的想象才华而敷衍而成的大作。不难看出，这些作者在创作过程中大都暗藏着写一部有关该民族史诗的野心。

且不说史诗是怎样的标准，至少可以肯定的是大凡史诗都能让我们看到其中无边的丰富性，而不是片面、单一的主题。最明显的例子如《战争与和平》或《红楼梦》。貌似鸿篇巨制，实则单调苍白，不过是哗众取宠的一时之巧。

艺术不拒绝机巧和才华，但文学是一种缓慢和笨拙的艺术，文学更是诚实的艺术。陈忠实、王蒙、史铁生、阿来等这些当代作家之所以能经得起文学专业内外的读者认可，就是因为他们无论是在生活中还是文学前，都有一颗虔诚、敬畏的心。

参考资料：
冯天瑜：《中华文化史》，上海人民出版社，1990

"审美狂乐"之《洛丽塔》及"萝莉"

当下世界，发生在日常生活里的真实故事远比文艺虚构更刺激、更超乎受众的一般想象。惊愕之余，人们逐渐呈现出司空见惯的漠然和麻木。那种纳博科夫认为的"'远比生活现实来得真实'的艺术创造"日益罕见。就在这个时候，我们发现头顶"审美狂乐"之花冠的洛丽塔，在茫茫时间之海中蓦然回首，瞄着了头扎粉色蝴蝶结、如多变小妖魔一样穿梭人群中的小"萝莉"。这貌似突兀的相遇，并非如一个小姑娘变换装扮那般浅显。它预示了一个人类社会在艺术创造、技术及大众媒介时代无法回避的问题：艺术与大众文化该如何相处，是手挽手向前走还是必亡其一的宿命？俄裔美国作家纳博科夫极其代表作《洛丽塔》生前身后之境遇堪称我们论述这一命题的经典案例。

《洛丽塔》完稿于 1954 年春天。纳博科夫从学生时代起就开始写作创作诗歌，直到流亡欧洲以创作为生（同时还做富家学生的俄语和网球家教），到写成《洛丽塔》一书时已经是欧洲文坛一个堪与卡夫卡、乔伊斯齐名（纳博科夫本人也相信他与被他推崇的卡夫卡也许在捷克街头相遇过）的作家，但直至这本书的出版他才享有世界级文学盛名。表面看，该小说是个中年男人亨伯特和未成年少女洛丽塔的畸恋。所以书稿首先在美国出版界处处碰壁，先后遭到 4 位美国书商的拒绝。1955 年，巴黎奥林匹亚出版社虽然出版了该书，但被裹着绿色书套当做色情小说系列出版。半年后，英国作家格雷厄姆·格林却认为这是个好作品。英国作家的卓见从此真正改变了小说命运。关于小说的争论战火从英伦燃起，从欧洲传到美国。1959 年，美国海关两次查禁欧洲版本《洛丽塔》后又放行，此举大大提升了作者名声。纳博科夫本人在美国文学评论期刊《铁锚评论》上专门发表《关于一本提名 <洛丽塔> 的书》，一再说明其作并非世人想象的色情作品，而是严肃的文学创作。至此，尽管无论是学界还是阅读界就此书争议甚至争吵不断，《洛丽塔》终于在美国本土正式出版，而且欧洲多国还在争相商谈出版。纳博科夫终于可以借助此项收入而停止教职专心写作了，但《洛丽塔》与世俗世界的纠结故事其实才刚刚开始。

网络搜索键入"洛丽塔"三个字，搜索结果十有八九是有关色情的，这说明关于这本小说是否有涉色情至今依然争议激烈。为什么纳博科夫坚持认为他的洛丽塔不是色情小说？众所周知，世俗阅读里的色情小说是有一定套路的。比如对于那些想从色情小说得到快感的读者，肯定会因为他的书看了许久都没有性技巧描写而沮丧，甚至把书扔一边去。在《文学讲稿》中，纳博科夫把那些旨在通过故事描写诸如民族国家之类宏大主题的文学一概归类为不值一读的文字，更何况所谓色情小说。针对正统社会对此小说"不道德"的指责，他甚至拒绝解释他的书是道德还是不道德，他说他的故事是"非道德"的。正如他后来一系列小说，如《微暗的火》《阿达》等出版后的态度一样，他面无表情地把作品呈现在世界面前，然后冷漠甚至有些许嘲弄意味地看着人们的阅读味蕾，被他亘古未有的天才创作所挑战后种种有趣的反映。

洛丽塔的艺术价值到底在哪里？文学作为人类艺术宝库最重要的组成部分，至今被置顶的依然是那些非常之文学的作家和作品。当下传播环境中，那些被大众阅读最排斥的，也就是被阅读遗忘在书架角落的，正是被置顶的经典优秀作家作品。如马塞尔·普鲁斯特、弗朗茨·卡夫卡、詹姆斯·乔伊斯，罗伯特·路易斯·斯蒂文森以及查尔斯·狄更斯，简·奥斯丁，居斯塔夫·福楼拜等等。前信息化时代，这些如今看上去无比深奥或难懂的经典至少在精英阅读圈得到深度传播。但人类进入信息化社会后，以大众媒介的迅猛发展为助推力的大众文化，彻底将这些貌似晦涩难懂的艺术扣上不值一读或不值耐心一读的帽子。大众阅读，甚至专业阅读，在嫌弃这些人类智慧结晶之内容难懂的同时，几乎全都忽视这些今天被置之高阁的经典艺术有一个共同的艺术本质，那就是他们几乎都拥有一个独立完整甚或完美的艺术形式。

纳博科夫出身显赫，祖上曾是沙皇时代的司法大臣。其父不仅为法学专家，父母皆具有深厚的文学艺术修养，更不用说提供给他的全面、自然、精英式的贵族青少年教育。父亲纳博科夫遇刺身亡后留给他们母子最珍贵的一本书就是法国作家福楼拜的《包法利夫人》，其父在书的衬页上写："法国文学中一颗卓绝无比的珍珠。"上世纪40年代纳博科夫在美执教为生，《文学讲稿》中将福楼拜的《包法利夫人》列专章讲解。这些都可见他们家族对福楼拜艺术的认可。在关于福楼拜的专章中，纳博科夫对他的学生说：文学没有任何实用价值，他认为《包法利夫人》不过是一部最富浪漫色彩的童话，然后和学生大谈小说的结构线索、风格、意境和人物。至于福楼拜的艺术观念，作者在《书信集》中写到："我觉得美的，亦即我想写的，是一本建立在虚无之上的书。它仅仅靠自己，靠其文笔的内在力量来维持，就像地球没有任何支撑而维持在空中一样。这是一本没有主题，或者尽可能让主题隐而不露的书。"那么，怎样的一本书才可以如同"没有任何支撑的地球一样维持在空中"？什么是"文笔的内在力量"？建立在虚无之上的书又如何蕴含"隐而不露"的主题？

秘密正在于故事形式的完美，作家想象力的完美，也就是魔术师（纳博科夫将作者比喻为魔术师）手法的滴水不露。李健吾先生是我国最早译介福楼拜的优秀学者，在著作《福楼拜评传》中对福楼拜极其推崇，他说："斯汤达深刻，巴尔扎克伟大，但是福楼拜完美。"在《文学讲稿》中，纳博科夫把上面文提到的那些经典文学名著称作"精彩玩偶"。他认为没有一件真正的艺术品不是独创一个新天地的，这和福楼拜的观点有惊人的一致性，所以，读者第一件事就是要研究这个新天地。显然，阅读成了作者和读者之间的斗智斗勇和斗乐的游戏。所以，他首先对读者有要求。如他认为够资格的读者至少应该具有他所列的十条之四，如必须要有想象力，必须要有记性，必须有一定的艺术感等等。他如此要求读者的原因在于，纳博科夫认为，文学不能给人带来任何实惠的好处，但是，在他引导下的读者会"感受到了一个充满灵感的精致的艺术品所提供的纯粹的满足感……这种满足感转过来又建立起一种更加纯真的内心舒畅感，这种舒畅一旦被感觉到，就会令人意识到，尽管生活中有各种各样的跌跌撞撞和愚笨可笑的错误，生活内在的本质大概也同样是灵感与精致"。在他所谓的"满足感"的实现过程中，必不可少的肯定存在着故事与读者心灵之间的"无声的小爆炸"。他认为，好的作品如《洛丽塔》，"它的导航灯在底层的某处稳定地燃烧着，轻轻一触人们心中隐秘的恒温器，就会在那熟悉的温度中立即引发一场悄然无声的小爆炸……一本书如果在一种可以通达的遥远处发出这种光芒，是一种最为友好的感情，并且，书与预想中的轮廓和色彩越是一致，它的光芒就照得越广，越没有遮拦。"如果一部小说产生这样的阅读效果，那么这无疑就是一本优秀的作品。因为，"对我来说，虚构作品的存在理由仅仅是提供我直率地称之为审美狂乐的感觉，这是一种在某地、以某种方式同为艺术（好奇、温柔、仁慈、心醉神迷）主宰的生存状态相连的感觉。"显然，小说是为了"审美狂乐"而存在的，"为了获得关于一个国家、一个社会阶层或作者的资料去研究小说，是幼稚的做法。"

所以，一个优秀的作家必须是拥有非凡能力，能建立艺术独立王国，至少能精巧骗过读者的魔术师。"作家面对整个杂乱无章的现实世界，大喝一声：'开始'！霎时之间整个世界在开始发光、熔化又重新组合，不仅仅是外表，就连每一粒原子都经过了重新组合。作家是第一个为这个奇妙的天地绘制地图的人，期间的一草一木都由他定名。在那无路可循的山坡上攀登的是艺术大师，只是他登上山顶，当风而立。你猜，他在那里遇见了谁？是气喘吁吁又兴高采烈的读者。两人自然而然拥抱起来了。如果这本书永垂不朽，他们就永不分离。"这样的奇妙天地，正被魔术师在某处安装了稳定燃烧的导航灯，所以，它正是福楼拜所描述的，可以不借助任何支撑就能维持在空中。如果没有作家对世界的重新组合点化并使之发光，没有在无路可循的艺术之路上竭力攀登，自然不会产生作者和读者山顶拥抱的狂喜。至于福楼拜说的那建立在虚无之上"隐而不露"的主题，对于《洛丽塔》，若非要在文字的迷宫寻找意义的出路，也许就可以说是"人类生活的三重公式：过去的无法挽回，现在的无法满足，未来的无法预见。"

二

完美艺术形式产生"审美狂乐"，之所以有狂乐和狂喜，因为读者在艺术中发现了生活的真实。文学艺术形式上的完美性，就是说文学因其形式完美而带给读者的"审美狂乐"，是无法用任何非文学文本的媒介形式成功传播的。首先，我们以《洛丽塔》的"触电"过程为例。目前，关于小说《洛丽塔》的电影有1962年和1997年两个版本。上世纪70年代，当纳博科夫有机会把小说改变成剧本的时候，尽管他最不善于团队工作，但仍欣然前往，因为他认为他这样做"不是要任性拒拆一部慷慨的电影，而纯粹是将剧本当做一部旧小说的活泼变体。"62版《洛丽塔》的电影导演库布里克亦非好莱坞平庸之辈，但他始终是电影导演而非如最初发现《洛丽塔》文学艺术之神奇的英国作家格雷厄姆·格林。1962年的电影并没有取得如小说那样的轰动，评论界认为这样的故事，有一个文本式的小说就足够，用面向大众的电影来传播一个乱伦故事是有伤风化的。而观众则认为，相比小说，电影叙事显得拘谨，尽管库布里克无论是在场景、对话、动作甚至人物等方面都增强了电影元素。所以，整个电影制作过程中，不仅纳博科夫夫妇不辞劳苦地在欧洲和美国加州之间多次往返，纳博科夫和库布里克之间也在思想上进行典型拉锯战，是体力的拉锯、意志的拉锯，更是艺术观念的拉锯，甚至是不同艺术品类无可规避的拉锯。电影首映时，纳博科夫盛装出席，但最终关于电影的评价，纳博科夫先后出现了现在看来并非令人费解的迥异。

最初的评价是他在电影尚未公映之前，他看了片子，说"库布里克是个伟大的导演，《洛丽塔》是一部有着出色演员的一流电影。而我的剧本只是零零星星地用了一点儿。"事实上，他只是面对库布里克隐藏了自己的真实想法。等到他的《洛丽塔》剧本全文正式出版，纳博科夫则认为很遗憾他没机会参与制作，相比小说，他认为库布里克对原作改动过多了，使得影片很不完整。他在回答《巴黎评论》记者的提问时说："我不愿说库布里克的电影平庸，就电影而言，它是一流的，但那不是我写的东西。我从来没有想明白过他为什么不按我的指示、不照我梦想的那样去做。"他的所谓"梦想"正如他最初答应写剧本时想的，剧本不过是小说"活泼的变体"，他的梦想不过是希望电影也如同小说一样，成为那种能给人带来精神迷狂、阅读狂喜的"精彩玩偶"。事实上，电影一开始就是典型好莱坞剧情片套路：倒叙，将小说中亨伯特与奎尔蒂寻仇的情节放在开始。（小说中这不过是一个结尾，是小说所有紧张之后带有戏谑味道的逻辑结果。请看纳博科夫的描写就会明白："我们之间的扭斗，既没有凶猛的拳击，也没有打飞的家具。他和我是两个用脏棉花和烂布头填塞的假人。这是一场无声的、软绵绵的、谈不上任何招式的搏斗，是在两个文人学士之间进行的，其中一个被毒品拖垮了身体，另一个患有心脏病，喝了太多的杜松子酒。"显然，小说中的寻仇根本不是世俗意义上的两个男人为争夺一个女人的决斗。这本是两个世俗意义上一样败坏的（用脏棉花和烂布头填塞的假人）家伙，他们的打斗不是为了洛丽塔本身而是自己败坏的灵魂，尽管其中一个看上去凄凉美好。而且，为了迁就电影对情节的需要，本是小丑的奎尔蒂变成跟亨伯特一样的主角，事实上在纳博科夫的"精彩玩偶"里，真正的主角只有一个，那就是亨伯特，甚至连洛丽塔都是因为映照亨伯特的灵魂而存在的。此外，电影还增加了公路上的尾随车辆，汽车旅馆里阴阳怪气的警察等等。改编使得影片成了类似情杀加侦探的混合物，戏剧性是有了，可也与原作相去甚远。

更重要的，小说《洛丽塔》是亨伯特以特有的夸饰矫揉、神经质的话语自述的。他呓语般的故事让人真假难辨，自个儿弄得深情凄凉、读者紧张又感到戏谑。而且，全书都是他一个人的话。读者一开始就被卷进亨伯特呓语般含混不清的语言中，然后随着故事情节的推进，读者阅读情绪如同从高处慢慢滚下的雪球，越滚越大也越滚越快，你被它转晕、为它迷狂，根本不可能有其它的方向，最后轰然到底。小说的魅力就在这里，纳博科夫的独创性也正在此体现。纳博科夫给亨伯特设置的人生困境正如他在《说吧，记忆！》里描写的：人生如玻璃小球中的彩色螺旋。五光十色，不停旋转，却是实实在在被困住了的。所以，无论是库布里克还是别的导演，再优秀也难以电影影像的直接性再现小说的含混性、呓语及戏谑。这也正是福楼拜所说的"文笔的内在力量"。我们只能说电影属于大众，而小说属于它的"读者"。96版的《洛丽塔》观众褒贬不一，但其中逻辑是确定的：观众满意，纳博科夫未必满意；观众不满意，纳博科夫也未必满意。无论如何，电影能尽力的肯定不是他的艺术梦想。遗憾的是纳博科夫于1977年就因肺积水引起呼吸困难而离世，对于一个才华横溢的天才作家，77岁还是令人惋惜的。

信息化之后，尤其是互联网当道后，碎片化信息成了人们主要的精神源泉。日本AV女优竞相成各互联网公司嘉宾代言，纳博科夫的"洛丽塔Lolita"成了网友们的"萝莉Loli"就不难理解了。据非学术考证，"萝莉"出自日本，意思就是那些不管实际年龄多大，总之看上去娇小甜美可爱的姑娘。其状况是：装扮多以白色、粉红色及碎花衣服为主，无论是头上还是裙身都捆有大量的蕾丝花边和蝴蝶结；沾着假睫毛，带着或黑或蓝的美瞳片片，涂着性感红唇，用正常成人听不懂的语法造句；最善于使用的表情就是嘟着嘴向全世界撒娇、表示各种无厘头埋怨的表情，还有类似两手托腮近乎对眼儿地望着镜头自拍时的表情。总之，有意无意把自己包装成"萝莉"的，唯一的目的无非就是成功引诱一个或老或少的亨伯特，使之"迷狂"，然后坐享爱情，当然还有富有。"萝莉"之所以在我们当下的生活中理所当然地大行其道，并非人人都读过《洛丽塔》或人人都知道或崇拜纳博科夫。可以肯定的是，该词语的形成，是相对低俗的网络文化和亚洲地区国家普遍存在的腐朽的幼女崇拜性文化结合并变异后，对所谓以色情小说闻名于世的可怜的《洛丽塔》的精确误读。

所以，纵使才高八斗，纳博科夫也无法预测洛丽塔来到人世半个多世纪后的今天，也就是他离开人世近 40 年后的今天，他心爱的"洛丽塔"成为大众的"萝莉"。也许，他并不屑于"洛"被变成什么，他的故事只是为他的"读者"写的，而大众传播时代，没有"读者"只有"受众"。

三

"洛丽塔"摇身一变成"萝莉"，经典阐释了大众文化的商品性、通俗性、流行性、娱乐性及对大众传媒的依赖性。如没有网络，时尚杂志等，也许就没有"萝莉"的大行其道。法兰克福学派激烈地批判大众文化，认为它是对艺术本质的违逆。艺术是表征主体性的领域，它的本质在于异在性，真正的艺术对现实应具有颠覆的能力。而大众文化则完全消解了艺术的本质，使其由推动人类进步的力量而转为导致人类异化的反动力量。

近百年来，众多名著被改编为电影。我们不能否认电影在某个层面和文学艺术的相通性，也不能说全部名著都具有纳博科夫式的标准。但好莱坞模式的成功彻底颠覆了人们对电影寄予的艺术期待。电影只须以光影的形式在一张电影票的有效时段内让观众愉悦或很愉悦就足够。这个愉悦和纳博科夫追求的"审美狂乐"还不是高度同质的精神状态，至于网络带来的碎片化传播就更相去甚远。一个问题是：总览众多经典，为何只有《洛丽塔》遇到被"萝莉"的好运气？为什么丰饶的大众文化智慧没有把安娜·卡列尼娜或包法利夫人浇灌一番，从而生长出类似的流行花朵呢？原因在于纳博科夫的《洛丽塔》

是一本充满了"不确定性"的故事。

《洛丽塔》1959 年正式在美国出版，同样面临在欧洲遭遇的众声喧哗，批评者中甚至包括很权威的作家或学者。有人宣称《洛》是"衰老的欧洲诱奸年少的美国"的象征，或"年轻的美国人诱奸老美国人"的寓言。在评论界对《洛》这样一部毫无先例可循的"反小说"原创作品混沌不明的特质众说纷纭之际，被公认为是"传统"批评大师级人物的屈瑞林撰写了长篇评论《最后的情人：弗拉基米尔·纳博科夫的〈洛丽塔〉》。屈大师的文章将《洛丽塔》比喻为现代主义作家向他的最后情人告别，此观点开《洛丽塔》乃后现代文学之先河的准确认识。

"不确定性"是后现代文学的本质特征。明确的主题是传统小说应具备的根本要素之一，即使内容晦涩的现代主义作品，其种种隐晦叙事的背后，也潜伏着较为共同的主题，如存在的荒诞与人的异化。但对于《洛丽塔》而言，它首先选择了牵动众人道德敏感神经的"乱伦"题材，然后最大限度利用语言自身无限的艺术空间辗转腾挪，成功地"迷惑"了读者的"是非判断"。其主题的"能指"是漂移不定的。正如屈瑞林指出，《洛》引起震惊的原因是其具有多重歧义性质。作者的创作意图既不在探索心理变态，也不在颠覆道德观念，更不在讽刺美国生活上面。屈瑞林注意到了《洛丽塔》主题的混沌性质，尤其是这部作品中的"道德流动性"让读者在不知不觉间"入其彀中"，"我们对纳博科夫给我们呈现的情景的反应是震惊的。而让我们更为震惊的是：在阅读这部小说的过程当中，我们居然渐渐地宽恕了其中的越轨行为。"除了主题的"能指漂移"外，小说将现实、幻觉、回忆交织一团，迷宫式的结构，情节矛盾重重，不可靠的叙述者，时常变化的叙述视角，嵌套式的叙述层次，还有那梦呓般似真非真的语言，戏谑又凄美的内心情感，等等，这一切内在本质，都预示着该小说和传统小说的本质区别。它基于乱伦情感的丰富性，它的欲说还休的隐秘诱惑，它如彩色陀螺般旋转的语言与形式都使得最善于宣泄个人情绪、沉醉感性生活、放纵阴暗心理、回避深层思考与判断，最善于以瞬间取代永恒，庸俗取代崇高，刺激取代韵味的大众文化容易找到渗透的缝隙，从而生长出他们需要的粗俗与刺激之花。

　　从《洛丽塔》里生出的"萝莉"，也是大众文化对文学的符号化过程。它代表了年青一代从外在包装到内在精神价值状态都不时在寻找某种符号化的生存状态。不言而喻，这种符号化生存的基本层面是负能量的，是年轻一代缺乏正确的自我价值认识，缺乏独立生存精神，放任自我宠物化，有意淡化、消解人之存在价值的一种表征。从作品本身来说，符号化使得文学作品本身的内在意义和人文精神被抽空，文学的所指成为一具空壳，而毫无价值的符号的象征意义却得到极度膨胀。它消弭了文学的个性，使得文学的批判精神日益式微。正如法兰克福学派中坚人物阿多诺认为的：大众文化追求物质享受和精神放纵，是人类思维能力的退化和反抗意识的消解，大众文化无法承担起救赎的使命，它除了制造大量可望不可及的虚幻外，并不给民众任何实质性的东西。所以说，大众文化消解了传统文化引导人类向上的使命，而转变成异化人性的力量。

　　但是，大众文化的崛起势不可挡，尤其是人类进入到网络社会以后。表面看去，萝莉并没有形成对洛丽塔的彻底对抗或消解，至少总还有受众从萝莉认识了洛丽塔。而且，有执著者也试图尝试以新的媒介渠道为载体，梦想重整文学的光辉梦想，如网络文学、短信文学之类。但至今，我们似乎还没有看到完全承载在大众媒介基础上的纳博科夫的"精彩玩偶"。至于"感受到了一个充满灵感的精致的艺术品所提供的纯粹的满足感"则何其遥远。

报告文学："他者"的文学新闻

由于术语相似，人们易于把"报告文学"和"文学新闻"看作同一类型。但考察下面例子：斯维纳亚·亚利塞维奇和安娜·波里特科夫斯卡娅，她们都于苏联和后苏联的文化氛围中写作，也都被称作"文学性报告"或"报告文学"（莱特·尤利西斯）作家。然而他们的写作给文体研究留下一个问题：正如本文将大概论述的那样，她们都身为记者，其写作却有明显区别。亚历塞维奇的文字呈现叙事性和描述性模式，曾被定性为"叙事 - 描写性新闻"，似乎更多地保留了文学新闻的美国式传统（哈索克，"黑暗和暴风雨"263-64）。事实上，在凯瑞尼和亚古达的选集中，亚历塞维奇就明确被列入文学新闻作者中。另一方面，波利特科夫斯卡娅的作品则以引申思辨性阐述见长。那么，两位同被称为报告文学作者的记者，何以只有一个被定性为文学新闻作者呢？

本文旨在于探索两位背景相同却风格迥异的作家，写作报告文学的传统起源。我想说的是，可以肯定：亚历塞维奇和波利斯夫卡娅所共同致力于的文体首先是俄罗斯本土传统的一个反映，但同时也是非常国际化和超国界的。最终结果是，相比于所谓美国文学新闻，根源于欧洲的"报告文学"文体具有相当的可变性。

如果说新闻形式也反映经验的美学感受这个观点是成立的，那么，对新闻形式的比较研究就不仅是必要的也是期待已久的。因为报告文学几乎不被美国人所认识和理解，但它却是个国际性的概念，所以，这是个值得研究的问题。希望研究结果有助于我们更加细致入微地理解这广为人知的两大问题之间既重叠又有区别的特性。

仅从修饰词看，"文学性报告"或"报告文学"一开始就是个问题术语。原因之一在于，"报告"是个不时被独立使用的名词，标准美式英语韦伯字典对"报告"的定义是："对行为或过程的报道"，这就提出了问题的不确定性。这里讨论的"文学"类报告的定义，无论它是单表一个独立的概念，或者被当作修饰词或被修饰词，都明显具有和美国文学新闻的相似点。最多被运用的关于文学新闻学的定义，也许应是由这种文体的美国实践者汤姆·沃尔夫所阐述的："读起来像小说的新闻"（21-22），或者他在另一场合说的：像"短篇小说"的新闻（11，24）。

与沃尔夫观点一致，葡萄牙作家和记者佩德罗·罗莎·门德斯指出："报告文学是用小说家的眼睛和记者的职业准则参与现实的过程（莱特·尤利西斯）。在过去大约 30 年里，作为"文学新闻"或文学类"报告"之主要阵地的英国出版物《戈兰塔》给予以下定义："报告的艺术和工艺——具有鲜明描写的新闻，小说家的形式感，以目击为证的报道揭示曾被遮蔽的人物或事件的真相，从而改变我们已知的世界"（戈兰塔）。

这里应有点疑问，一些学者毫不含糊地将文学新闻等同于报告文学。德国学者鲁道夫·瓦格纳，在他 1992 年的研究中写到："报告文学"，"现在被称为'新新闻'"，后者是指 20 世纪 60 年代包括沃尔夫、盖·塔利斯、琼·迪迪翁及杜鲁门·卡波特在内的新闻写作运动，这一点我们可在文学新闻的漫长历史（376）中看到专章论述。彼得·蒙蒂斯在他 20 世纪 90 年代关于西班牙内战报道的美学研究中也持类似观点。

但报告文学还有其它一些特质，正是这些特质推动报告文学的边界，并暗示为此定义的难度。作为一个参与者，却也是一个事实上正适合于文学新闻写作的人，亚利塞维奇曾指出这种广泛的可能性，她指出："纪实散文应该超越文学形式与新闻形式之间的严格界限。作家的人格、其精神、哲学观及敏感性必须以良好的写作风格统一起来。纪实作品意味着仅以现实为原材料创作一个新现实"（莱特·尤利西斯）。但是文学形式指什么？诗歌被包括在内吗？戏剧呢？怎样的才算是良好的写作风格呢？所谓创造一个"新现实"是不是就是传统意义上对虚构世界的创作呢？

捷克德语记者埃贡·欧文·基希曾将报告文学命名为"环境研究"（谢格尔74）。但"环境研究"留下太多想象空间。它可能是文学新闻，也可能是社会学或人类学的研究。

然后，有一个深受欧洲影响的中国版本的关于报告文学的定义。它被称为baogaowenxue翻译成"报告文学"（劳克林1）：

报告文学是一种文学体裁，散文风格；也是有关速写和特写的概括性命名。[所谓texie也经常被用作报告文学的同义词，当"texie"一词在30年代首次在中国使用的时候意味着"特写"。是一个从电影技术那里借用来的名词（瓦格纳348 -49）]。它是一种对所谓典型性真实生活进行充满艺术性写作的表达过程，该生活是从真事中直接提炼的。因此，它被当作了当下政治议程，被称为文学创作的"轻骑兵"。（qtd.Yingjin, 214）

但此定义本身也带来问题：什么是"充分的艺术过程"？怎样才是文学创作的"轻骑兵"？

该词语俄文版写成ocherk，仅被划归为"散文"，从文本中还有个次定义称作"速写"。（Katzner4）。

英国记者伊莎贝尔·希尔顿将这种形式定义为"弹性体"。伊莎贝尔·希

尔顿是英国享有盛誉的记者之一，她曾出任国际报告文学莱特·尤利西斯奖

委员会评委。正如她指出的,"虽然报告文学被广泛实践,其优秀作品也久被们提起,但它的定义边界似乎是伸缩性的。"(希尔顿)。她赞成沃尔夫式的定义,获奖者也似乎未必总是完全吻合其定义,如2003年获奖者波利特科夫斯卡亚及2006年获奖者埃里克·奥森那(哈斯托克"柏林莱特奖"107 - 108)。这两个例子基本上都有争辩性。

那么基于以上不同版本和视角,报告文学真如希尔顿所言,是一种"弹性体"吗?当然我们很容易以国与国之文化的不同来忽视这些差异。然而,当真正接近这一国际化的文体时,一个显著问题就是如"文学性报告"、"报告性的文学"及"报告文学"等诸多被翻译名词是如何被广泛持久地在国际范围内使用。

关于亚利塞维奇和波利斯特科夫斯卡亚都共同致力于报告文学而只有亚利塞维奇在实践上更接近于美国文学新闻的部分原因,在于一战后迅速在世界大范围兴起的国际共产主义运动,报告文学的兴起正是国际共运的一部分。这些之所以在美国不为所知,也许是因为在长达半个世纪的冷战中,这种文体被政治上认为是历史斗争的失败者的文体。我之所以说是部分原因,是因为我们不能排除她们的俄罗斯母语传统,这是任何本土经验都不可缺少的。俄罗斯确实有自己的传统,这一点至少可追溯到1840年晚期伊万·屠格涅夫的《猎人笔记》。某种程度上,这个传统甚至已经被探索至亚历山大·蔡特林的《乡村素描》(屠格涅夫451;蔡特林)。

但此文要论述的重点在于报告文学如何演变成一种国际化文体,以至于类似亚利塞维奇和波利特科夫斯卡亚这样两个有很大区别的作家会被认为是在致力于同样文体的写作。这种文体历史的中心源头之一来自德国,也小部分有赖于埃贡·欧文·基希的努力。另一源头则来自早期苏联。两者中存在着相当的相互影响,加之随着共产主义运动的全球化持续传播,便促使这种文体的创作跨越国家民族之间的文化界限。

正如德国评论家和社会学家齐格弗里德·克拉考尔在1930年指出的:"至今多年来,报告文学在德国享有表达方式上的至高荣誉,因为据说只有这种文体能捕捉生活的本来面目"。他说,报告文学是对德国唯心主义抽象性的对抗。面对一战的战败后果，急于认识帝国幻象下的失败，这种愿望是可以理解的。克拉考尔还指出，"报告文学"不是那种如美国人理解的传统意义上的新闻实践。相反，它是能够反映"新客观"的新闻实践，那是战败后德国美学领域出现的一个新概念。不同于新闻学中的"客观"，后者是同一时期在美国形成的概念，德国版的"客观"强调，唯有第一见证人方可达到认识论上的忠实可信。无疑，它的首推者就是基希，一个共产主义作家和记者。

像他的同胞卡夫卡和约瑟夫·罗斯一样，基希是个在布拉格用德语写作的犹太人。约瑟夫·罗斯也是个报告文学实践者，尽管今人多以小说家提起他。基希及其对"报告文学"的积极推动，成为其他追随者的一个榜样，也给这种文体的写作面目描画了轮廓，那就是展现劳苦无产阶级生活场景，还有描述社会主义社会建设场面。但在他于一战末期变为坚定左派之前，基希也曾致力于那种基于叙事和描述性的报告文学，其文并不具有浓重的意识形态痕迹。因此，它亦堪称文学新闻。这一点，在他早期的布拉格作品中有所体现。1906 年，基希作为当地记者为布拉格两大德语报纸之一《波希米亚》工作。犯罪新闻和报道布拉格生活黑暗面是他专长，例如，其中就有一个斯洛文尼亚姑娘如何堕落成妓女的故事。1908 年，基希开始以"布拉格散步"为题，开始为星期天报纸专栏提供速写故事。其中就有关于疯人院和收容所之类的描写。1912 年，他开始了写作名为"布拉格故事"甚或更长故事的系列作品，表现出继续探索社会黑暗面的雄心壮志和努力，"监狱里的圣诞节"就是一例（科兹洛娃和托马斯 18-21；谢格尔 11-15）

"正如标题所示，"丹妮卡·科兹洛娃和吉瑞·托马斯关于"布拉格故事"指出，"基希试图在文艺新闻和纯文学之间尝试一种新的故事形式……（20）。

基希报告文学的根源至少可以追溯到起源于 19 世纪法国的专栏作品feuilleton。该词来自法语，是指一本书里的"一页"或"叶子"。专栏是文章选集（并不时形成一个系列，如此一来就形成了多篇作品组成的新闻系列或期数），这种形式被经常用于休闲娱乐，用于和严格新闻形式的文字形成对照。（哈维和赫塞尔廷 272，632）。专栏内容可以是激烈辩论，也可以是艺术评论或者沉思冥想的随笔，或者是生理学的，素描、叙事、性格模式的描写，虚构或非虚构，并经常伴以插图。因为并没有一个主导性的话语，其结果就变成各种不同修辞和媒介的大混杂（因为后期的专栏经常出大幅图画配文章）。这说明最初的"报告文学"并非只是叙事和描写的范式。从"专栏"继承而来的这个特性有助于理解"报告文学"何以在国际共产主义运动中蓬勃发展的原因：任何或所有创作修辞方式都应根据革命事业的利益需求来制定。

一战期间，基希服务于塞尔维亚前线的奥匈帝国军队，这一经历点燃了他的政治热情。20世纪20年代，基希的报告文学概念趋于成熟。正如哈罗德•B.谢格尔所观察，基希"确认报告文学是一种文学体裁"（xi）。在对这一写作形式的热衷或炫耀情绪下，基希于1929年宣称，具有文学追求的新闻将取代小说成为20世纪主要的文学形式：

小说？不，报告文学！

如何看报告文学？我认为，它是文学的未来寄托。我肯定，只有高质量的报告文学。小说没有未来。我是说，小说不再被创作出来；意思是说不会再有包含虚构情节的书。小说是上世纪的文学……如此，已经有报告的特种作品出现了；我将称之为纯粹的报告文学，新闻报道本身。

还有，战后（第一次世界大战）这种报告文学成为普遍、重要的模式……心理描写见长的小说？不！报告文学！

未来属于真实、勇敢而有远见的报告文学。　　（Majerová 185-86）

这段话有几个值得注意的理由。在这里，基希至少没有把"文学"作为修饰词附加于"报告"，也没有把"报告"作为修饰词附加于"文学"。因此，我们会明白《戈兰塔》所提及的"报告文学"不单是一个简单的比喻。这也就是约翰•凯里在他的文集《报告文学的费伯之书》中如何孤立地解释"报告文学"一词。该书名《见证历史》（xxix-xxxviii，二十九，三十八）于美国出版。然而，法国和美国人对"报告文学"的定义并不强调第一人称的见证，如果了解基希在德国的影响力，这点就不难理解。德国学界认为报告文学要"亲眼所见，现场评论"（布勒尔）。1970 年代，时处冷战和德国分裂时期，德国杂志《Stern》以基希之名设立西德最杰出新闻奖，该命名并未因基希的所谓共产主义身份受影响，基希对于德国文化的长期影响可见一斑。况且，自奥匈帝国崩溃后，基希终生以捷克人身份住在布拉格直至 1948 年去世。尽管如此，此奖依然以其名命名，说明基希在整个德语世界是被认可的（Berberich）。

基希关于"报告文学"的讨论同样值得关注，因为作为一种文体之特性，它仍然具有某种程度的可变性。此说法似乎给出小说和报告之间的关系，但又未明确界定这种联系，尤其是赞同"文学新闻"的美国人所希望的那种联系，换言之，就是说读起来如小说或短篇小说的新闻。

这种文体在无产阶级作家中蓬勃发展的原因之一就是，共产主义者并不相信资本主义世界于 19 世 20 年代兴起并发展成资本主义媒介之专业标准的"客观"新闻观，尤其在美国新闻界。从马克思主义者的观点看来，不动感情的"客观"新闻不过是一种企图掩盖苦难深重的无产阶级生活真相的意识形态策略（劳克林 12）。从某种程度上说，这观点是与文学新闻的理论相一致的。文学新闻的目的被认为是从事一种"主观交换"的事情，或者说至少缩小了主、客观间的距离（哈索克，《历史》67-69）。换言之，记者应该避免满怀巨大同情对待这些事实，具体到基希的例子里，就是远离所谓的无产阶级斗争。除非以自己主观介入他者的经验。

在共产主义者看来，只要意识形态正确，个人的亲眼所见就是世界之真相。结尾证明意义，或者，此例中的风格。除非此种风格具有多方面的修辞学意义。这样的文本或以大量叙事见长，更发展了美国文学新闻的叙事传统，基希就是经常沿着这样的脉络来写作的。或者，它也可能是充满了思辨、随想、煽动性等，类似上世纪 80 年代波里特科夫斯卡亚的写作。

基希报告文学以图书的形式在左派圈子里得到全球性流传。例子包括：有关他者的，《亚洲巨变》《秘密中国》《沙皇、东正教士、布尔什维克》《天堂美国》及《着陆澳大利亚》。正如标题所显示的，他环球旅行，周游世界不仅给他带来写作素材，也给他提供了到处传播报告文学的优越性及其将取代小说的观点。

基希在发展这种全球性文体的国际化影响力，可能最先表现在无论是地理还是文化上都处于两极的国家：美国和中国。来自美国的一个例子就是《新大众》杂志的编辑约瑟夫·诺思。该杂志是美国那些读起来更像文学新闻的新闻报道的重要阵地，但其明显服务于政治意识形态的特点极易引争论。诺思不仅是个编辑，他还是报告文学形式的实践者。在其自传中，他说基希和约翰·里德是激发他灵感的人（《无人》105）。在诺思的报告文学理念形成中，他认为："报告文学是一种三维报道。作者不仅要浓缩现实，他还要帮助读者感受事实。从完整意义上来说，优秀的报告文学作家是个艺术家。他们通过形象塑造而展示观点"（"报告文学"121）。这个观点显然适用于文学新闻，而且它回应了一代代响彻美国若干新闻写作工作室的口号："表现，不要讲述。"

同样，基希的影响延伸到世界的另一端。正如中国记者萧乾回应的："我不能准确预言我们的'特写'最终会发展成怎样的样式。我只是记得在30年代期间，捷克作家基希来到中国，他将他'特写'这一文学形式带到我们国家来。"（qtu.in 瓦格纳，326-27）。

基希在1932年早些时候访问中国，由此，他写了《秘密中国》一书并全球发行。1933年初版于德国。部分章节于1935年在中国初版，1938年全书在中国出版。英文版初版于1935年。（基希《中国》，瓦格纳327）。

但是基希对于文学性新闻报道的观念却是先于他的中国之行来到中国的。正如查尔斯·A.劳林在他中文版《报告文学》指出的，1930年左翼作家联盟成立后几个月，他们就发表宣言呼吁报告文学应为无产阶级政治斗争而写作：

从激烈的阶级斗争中，从武装罢工中，从酝酿着的乡村斗争中，通过社区夜校，通过工厂通讯，各种墙报，通过所有富有煽动性的宣传工作，让我们创造我们的报告文学！只有通过这样的方式，我们的文学才能得以解放……（qtd. 劳林 17）

由于全球无产阶级作家运动具有国际化的"兄弟般"的性质，其成员之间往来频繁，使用共同术语就不足为奇。中国最早使用报告文学一词来源于刊发于 1930 年，从日本翻译的一篇文章，"德国的一种新兴文学"。说到基希，文章写到："从长期的记者生涯中，他创造出一种新的文学形式……这种文学样式扩展了文学的领域"（qut，引自瓦格纳 348）。在解释性插入文字中，"报告文学"是写在括弧里从罗马文字拼出的，介于中国的表意文字和缩略语之间（阴阳 190）. 基希国际化影响最明显的标志也许应是 1935 年《国际文学》杂志的创立和发行。该杂志由国际无产阶级作家联盟主办，以德语在莫斯科发行。杂志在基希 50 岁生日那天刊发以表彰他对这一文体的贡献。当时表达赞赏、祝贺的消息多达 44 条，几乎包括了"谁是谁"全球左翼文化艺术圈里的所有名人。有来自法国的记者、小说家亨利·巴布思，美国共产主义作家迈克尔·金（该人也是诺思之前《大众》和《新大众》的编辑），苏联文人谢尔盖·特列季亚科夫，德国剧作家贝尔托·布莱希特，匈牙利马克思主义哲学家和文学批评家乔治·卢卡奇，以及著名中国左派诗人埃弥撒·萧（萧三）（Schmückle3-30）。基希认为，"他们都保持了，并将文学性新闻报道变为艺术性的工作，既没有丧失其战斗精神也没有放弃艺术水准"（瓦格纳 327）。

　　然而，在这些无产阶级的有"战斗精神"的纯文学作家（如果这不是一个充满矛盾性的修辞引用）中，这种文体就不能被理解为和伍尔夫对文学新闻的叙事性定义相一致。所以，这个概念就再次回到"小品、专栏"的修辞变化，而且其中也再次预示这种文体的包容性。在《国际文学》的发刊中，左翼批评家西奥多·巴尔克写道：

　　让我们来比较一下今天所有所谓的"报告文学"。有人写了本杜波丽夫人传记，他称之为伟大的报告文学之经典。有人周游世界并出版自己的旅游日记：'来自世界各地的报告文学。'有人收集北极探险报告 —— 它是报告文学……日记、传记、报告 —— 全都是报告文学。（qtd. 在蒙蒂斯，59-70）。

　　基希的写作证明，他更偏重于写作叙事性话语。虽然他不太涉及其它风格的写作，但写作中，他还是将材料置于一个较大的文本叙事框架中。读者可以在他《亚洲巨变》一书中"斯大林纳巴德—在建之都"一章中看到这一点。该部分写的是新建苏联塔吉克斯坦的社会主义建设。书的章节论述了共产主义革命所取得的成就，例如指出，这片土地上现在已经有多少学生进入学校上学，而革命前绝大多数的塔吉克人都是文盲（91-94）。在"棉花统计"一章中，正如标题所示，是关于棉花种植的报道。这两章都包含在一种描述和叙事性的框架设计中（240-258）。

基希一直被一些人认为是文学性新闻报道的创始人，其实他不是。更准确地，我们宁可认为他是这一文体在当时最重要的国际推动者，并带领了促进这一文体的运动。他承认，他所受的影响来自约翰·里德，拉里萨·莱斯纳和马克西姆·高尔基（谢格尔 32-34 瓦格纳 359）。基希至少是从 1908 年开始自己从事这种风格的写作，也就是说在他还是个年轻人的时候就受到高尔基的影响。里德和莱斯纳的影响应是在后来俄国革命和内战时期。假如基希在里德和莱斯纳的著作出版时已经长时间从事那种叙事性文学性新闻报道的实践，他们在如何加强审美经验政治化方面应给予更大影响。

下面这段关于美国共产主义作家约翰·斯皮瓦克的文坛轶事也许可以更清楚地让读者了解无产阶级作家运动的全球化性质是如何促进报告文学这一文体的：

上世纪 30 年代晚期，[斯皮瓦克]和基希在巴黎相遇并成为好友，他送一本书给这个捷克人，题字："给当代最伟大的记者"。基希笑对题字并说此题字意味着这本书不属于他而应属于苏联作家伊利亚·爱伦堡[也是位报告文学作家]。基希在斯皮瓦克的题字下再题字，然后两人一起把书送给正好在巴黎访问的爱伦堡。这个俄国人读了题字后说："不，这不属于我。它属于[美国共产主义作家]安格尼斯·史沫特莱。"他在书上签字并寄给了史沫特莱，史沫特莱当时正随毛泽东的军队长征结束回到西雅图休养。史沫特莱决定这本书同样不属于她而应属于她的朋友安娜·路易斯·斯特朗，并签名后送她。斯特朗读完所有题字，说："哦，谢谢你，"留下了书。（斯托特 54-55）

斯特朗是另一个美国左派女记者。

基希的写作和他的例子本身说明了这种文体是多种影响的融合。

基希两次前往苏联，一次在 1925 年和 1926 年间，另一次是于 1930 年在哈尔科夫参加一个作家会议。如果晚些时候，他很可能与谢尔盖·特列季亚科夫相遇，并在其后的会议上继续传播他关于"报告文学"的说教。这之间的联系是重要的，因为特列季雅科夫在苏联早期被认为是"事实文学"的"热情支持者"（司徒卢威 197）。此外，类似基希的观点，他是苏联批评家里最强烈声称所谓报告文学将取代传统虚构小说的一个。

除了他们都参加了会议并相互知道，我们不了解更多关于他们之间的关系。因为，特列季亚科夫写他有关作家回忆录的时候说，他并未写到基希，因为他认为自己并不如其他所描写的、熟知的作家朋友一样了解基希（谢格尔 37）。但是，毋庸置疑，他认为基希为 1935 年表彰其成就的《国际文学》的创刊发行做出了贡献。

特列季亚科夫的作品包括《Vyzov》（1930 年）和《一千零一个工作日》（1934 年），这些作品皆有关农业集体化，他将这类作品命名为"事实罗列"的写作（卡萨卡 423-24）。此类最著名的例子也许应该是《中国证言：谭诗华口述特列季亚科夫的自传》（英文版的中文名为《邓惜华》），该书俄文版 1930 年初版（1934 年英文版出版）（特列季亚科夫 V）。1924 年至 1925 年，特列季雅科夫在北京国立大学讲授俄国文学，半年之内，他坚持每天会谈一个学生，他将受访者（并非共产主义者）看作是致力于中国改革和现代化事业的年轻知识分子代表。但特列季雅科夫的叙述并非简单的回忆录或传记文学，因为他和"邓惜华"为该书内容提供了中国早期革命的文化版图。这种文化启示一直被描述为文学新闻的定义特性，而所谓文学性的报道（报告文学）强调的也正是描述性叙述（哈索克，来自柏林的"莱特"109）。在这个连接点上，文学性报道和文学新闻是二而一的东西。

报告文学，尤其是特列季雅科夫的报告文学得到评论家瓦尔特·本雅明的赞赏。本雅明在特列季亚科夫所写的文体中发现了未来文学发展的一种方向。"我承认，他只是其中的一个例子；我还可举出其他例子"，本雅明写到。"特列季亚科夫将其写作区别于告知型写作者。他的使命不在于报告而在于奋斗；不在于扮演旁观者而是积极干预。"本雅明还写道，"我特意引用了特列季雅科夫的例子，是为了给你们指出文学之视景有多么开阔和丰富，在此领域，如果我们还想对当下引导文学力量的形式表达给予鉴定的话，我们就不得不对技术因素影响的时代，以往有关文学形式和风格的概念重新思考。过去也并不仅有小说，未来也一样……"（"作家如生产者"223-24）。如此，批评家如同基希和特列季雅科夫一样对于小说的未来发出疑问。

本雅明还曾在别处写到，资产阶级社会的传统报纸，由于新闻客观化的影响，出现一种麻痹读者想象力的趋势（"Motifs" 59）。文学新闻致力于"交换主体性"或者至少是同情地参与，尝试缩小主客体之间的距离。在本雅明看来，这就是特列季亚科夫尝试的做一个"感同身受"或参与型作者。

此外，汤姆·沃尔夫也曾认为，他那时代的"新"新闻要求记者致力于一种"饱和"报道（伍尔夫 68），后来，学者诺曼·西姆斯将这种写作界定为类似的"沉浸式"报告（8-12）。此类无论是饱和还是沉浸式写作，必然都将是把报道者的主观经验引入到他或她所采写的东西里。这也正是特列季亚科夫努力做的。在写作集体农庄的报道时，他和社员们吃住劳作在一起。就这样，在不同的历史时期和社会形态中，越来越多批评家、学者及作家，就叙事性、文学性的报道和文学新闻之间达到总结性的理论共识。

如高尔基 1931 年所见，特列季亚科夫所写的这种后革命时代的报告文学在苏联已广为流传："这种描写的洪流是文学史上从未存在过的现象……写作者向数以百万计的读者们报告他们遍布广袤苏联大地的创造性力量，所有工人阶级创造性力量被应用的领域（qtd.in 伯兰德 62）。此时，革命前俄国散文形式里所具有的文学性报道的传统，在诸如基希、里德、莱斯纳、高尔基及特里季亚科夫等影响的描写"洪流"中不复存在了。此期间，一个最被国际性认可的"所谓罗列事实"写作的例子就是瓦伦丁·凯特夫写于 1933 年的《时间，前进！》该作讲述的是建筑工人们在马格尼托哥尔斯克的施工现场，为了创造浇注混凝土世界纪录的 24 小时，这是在斯大林的指导下发起的大型工业化项目之一。（凯特夫）闪回的电影技术风格，快速移动的场景，简洁的对话，粗略描述的大背景下突出的是黑白分明的人物形象塑造，显然区别于重心理描写的现实主义（这曾占西方小说的主流）。有点让人联想起美国表现主义作家，特别是早期的多斯·帕索斯"（卡萨克 161）。因其早期写作生涯中的左倾同情因素，对于多斯·帕索斯的研究正在展开。1933 年，当格兰维尔·希克斯、约瑟芬·罗斯、迈克尔·金及其他左派作家出版文集《1933年的美国无产阶级文学》时，他们分别选入多斯·帕索斯的一篇小说和报告文学，这也更加证明此类写作跨国的、全球化的审美风格是全球共产主义运动的结果。苏联的另一个例子是出版于 1934 年的《白海》（Byelomor）。该书是关于白海 - 波罗的海运河建设的记叙（"byelo"在俄语里意思是"白"，"mor"意思"海"）。该书由有编辑三驾马车之称的团队编辑出版，为首的便是高尔基（高尔基，奥尔巴克和佛林）。

如料，此类作品经常沦为明确的宣传，因为其目的无非是促进社会主义建设（虽然特里季亚科夫有关"邓惜华"的写作相对脱离于这个倾向）。例如，在《白海》一书中，工程师朱布里克曾是一个苏联工业的"破坏分子"和怠工者。革命前，他从无产者上升到了有产者。该章最后总结性段落这样写道：

　　朱布里克工程师终于诚实赢得重回无产阶级怀抱的权利。朱布里克工程师在白海工程中再次发挥的重要作用为他赢得这个权利。（他为艰难的大坝建设作出贡献）—那是他人生中最重要的一次努力。他摒弃从前（所谓"资产阶级"）观念、幻想和偏见——所有那些资产阶级曾经毒害过这个年轻无产阶级的东西，从一个被压迫阶级的中心地带异军突起。（165）

　　如此分析，故事就演变为以社会主义建设为出发的思想道德剧。所没提及的是朱布里克工程师是在胁迫下出演自己的角色的：他是一名劳改犯，是那巨大的古拉格劳改营系统的一部分。

　　原则上，早期那些倡导"文学性报道"的，反对明显宣传的理由是，那些有关工农劳作环境的事实描写是在替他们说话，且在说明世界革命的必然性。基希就特别强调这一点（谢格尔 70-71）。但在阶级斗争的白热化阶段，这个结果却被发现近于悖反的边缘。尽管他自己也严肃反对明显宣传的写作，但基希本身并未摆脱对意识形态之迎合。《亚洲巨变》就是一例。显而易见，他写作该书的目的在于促进社会主义建设。在"参观加姆市"一章中，当他以思想品德课的口吻总结全文时，我们可明显看到这一点。他写道："但是，在出自一篇纯粹有关女性用品的文章中，卡斯亚德·米尔库兰告诉我们一个自由女性是如何造就的故事。苏联塔吉克斯坦共和国成千故事中的一个（186）。读者在棉花一章中依然可以看到这一点，在这里他把塔吉克斯坦的棉农和美国佃农做比较："我们想想美国南部各州棉花种植带，那里满目奴隶，正如林肯之前的时代一样。我们再想想那个国家，在那里，我们看到的是饥饿的，衣衫褴褛的，被剥夺的人群……"（258）。此后的 1928 年和 1929 年，他旅行美国并写作具有讽刺意味标题的文集《天堂美国》（谢格尔 38-43）。

类似基希和苏联经验的这种宣传性叙事，都说明了约瑟芬·罗斯在更缜密的研究后对报告文学的一个建设性的另一种定义。我再一次引用罗斯的定义："报告文学是一种三维性报道。作者不仅提炼现实，他还帮助读者去感受事实。优秀的报告文学者实为完全意义上的艺术家。他们通过形象塑造完成写作思想"（"报告文学"121）。最后有关通过形象塑造完成写作思想一句同时也反映了另外一个意义上的可能：那就是形象应该可以毫不含糊地按照意识形态的需要去构造。世界革命的结果使得这种修辞合法化。结果常常是，世界成为决定论下的意识形态化的启蒙主义和可预言性。

在这种倾向性下，我们可探测到文学新闻和报告文学间的区别所在。正如作者在另一著作所指出的，致力于批评家巴赫金所说的"小说"的"现实不确定性"乃文学性新闻的一种特质，它对抗那种随之而来的 --- 包括政治的或鲜明意识形态的结论（哈索克，历史 49-50；巴赫金 39）。

在报告文学中，这个结论发生或者未必发生。相比文学新闻，报告文学不致力于描写现实的不确定性。文学新闻的作者运用他的语言反映和描摹徐徐展开的现象世界之流，不确定的现实世界固然由此产生（哈索克，"认识论"452-39）。这种不确定性留给部分作者和读者有关解释现象世界时最终的、自我有效的开放式的多种可能性。那是因为在致力于叙述现象世界时，类似这样不确定性带来的开放式的结尾，总是会向那些对世界做理所当然之假设的各种主观性提出具有挑战性的批评空间，包括意识形态式的处方。人们可以从上世纪 60 年代和 70 年代被广称之为"新"新闻，实为美国文学新闻之样式中探索到这一具有颠覆性的性质。其中最多被提及的有杜鲁门·卡朋特、汤姆·伍尔夫、琼·迪迪恩、罗曼·梅勒及亨特·汤姆逊的作品，这些作品在其对美国及他者文化的考察中挑战社会现状。

以此向前，报告文学依然反映出一种可变性。在斯大林去世后苏联那些众多著名散文作家中，瓦伦丁·奥维克金应是最具有国际影响的一位。在1950 年代早期，他出版了描写俄国集体农庄生活的散文（例如，见他的《农场见闻》）。正如他之前的特里季亚科夫，他也写了苏联集体农庄。奥维克金从未放弃他社会主义梦想的远景，也许，从美国经验来说，他的写作显示出那么一点和 1920 年和 1930 年报告文学的不同，因为这些作品仍然具有相对争辩性，是一种类似巴赫金所谓的"绝对过去的陌生化形象"折中构思的结果，其中，意识形态为不确定现实世界所具有的流动的、可解释的各种可能性已经提供了结论（39）。但在那个时代，奥威克金的散文却是对斯大林主义及当时盛行的"社会主义现实主义"的文学思想的直接挑战。从西方观点来看，奥威克金在文体形式的自由度上更接近虚构。他的散文基于自己作为一个集体农庄成员的亲身经历，但他在故事中用了虚构的人名。但他的这些文字依然被视为新闻写作。于是我们看到，即使被虚构了的作品依然可被看作是新闻写作。奥威克金在处理反映社会主义理想化英雄人物的真实生活时，打破了固有的叙述传统。取而代之，他选择了以虚构的名字来描写真实生活存在的问题。结果就造成认识论上的悖论，和美国流行的新闻范式极不一致，也就是说，被诉诸虚构的真实生活似乎比那层出不穷的、被难以置信的所谓可靠信仰理想化了的英雄人物们更可信。我们也在此又发现这种文体的另一种可变特性。

1953 年，文学期刊《新世界》刊登了一篇苏联文学批评家弗拉基米尔·波梅兰采夫关于奥威克金的文章：

奥威克金写到以前从未被描写过的事情。在他之前，这些话题是被回避的，人们对此缄默不语。某些作家从未看到它们；其他的认为这些问题尚待高层权威裁决，没被允许是不应被探讨的。但是这位作家触及这个话题并写了它，以便于帮助高层权威们！（波梅兰采夫）

今天看来，奥威克金的文字似乎也是受意识形态影响的，因为它们依然是对宣传的回应——其目的毕竟是"帮助高层权威们"——但在那个时代，这些文章还是令人瞩目的，因为它至少有挑战体制的意味。当然了，这种挑战是为了说明社会主义建设存在的真实问题这个利益出发的。换言之，它们试图在社会主义建设成功过程中呈现一种妥协化的信仰，从而抵制被意识形态化了的结论。据波梅兰采夫看来，在赫鲁晓夫时代，奥威克金的写作确实是开创性的，堪称文化"解冻"之举（卡萨克315，418-19）。

奥威赫金的国际影响力表现在他对年轻的刘宾雁导师般的写作影响上。刘宾雁是1950年代以来中国最有国际影响力的"特写"作家，这也再次证明了国际共产主义给这种写作带来的全球交叉影响力。刘宾雁的作品最终被认为太过颠覆权力结构，最后导致他自1988年赴美教书和写作后不被允许再回到中国。他于流放中度过余生（刘279-80）。以西方观点看来，相比于奥威赫金，刘在文体的虚构性上采取了更大的尺度。给刘在中国带来声誉的作品是《在大桥工地上》。故事基于一个真实事件，写作用了虚构的人名，发表在一个向来刊载短篇小说的杂志上。但其作仍然被视为"报告文学"或"特写"（瓦格纳147-48）。

无疑，如无异议，苏联最有益于文化解冻的著名作家当属后来的诺贝尔奖得主亚历山大·索尔仁尼琴，其作《古拉格群岛》是报告文学史诗性拓展的典范，索尔仁尼琴为之命名"一场文学调查实验"。在"作者的话"中，他坚持，他所写之地点、人物和事件，"正如书中描写般在此发生"。但是，作为一次文学实验，他至少尽可能多地和波利特科夫斯卡娅的报告文学保持了共同点，也在混合修辞方式方面和亚历塞维奇接近。一方面，索尔仁尼琴在一些章节中经常使用第一人称叙述，运用大块文字描写斯大林主义下的奴役劳动营。他也利用语言和审美经验之间的批评空间，致力于巴赫金所谓的"不确定当下"的固有阻力。然而，另一方面，他又以一个思辨的历史学家立场进行说明分析。换言之，索尔仁尼琴向他的管教们学习，故事结尾决定写作风格意味着作品是为了道德事业的利益而创作的。在首版《古拉格群岛》一书的前言中，他无不讽刺地写到高尔基的《白海》，"这本书的材料已见于马克西姆·高尔基带领的 36 位苏联作家笔下，那是一本令人羞耻的关于白海运河之书，也是俄国文学中第一部美化奴役劳动的书"（xii）。

不用说，如此抵制共产主义意识形态之陈词滥调的言语给他带来的只能是被苏联流放。

亚利塞维奇和波利特科夫斯卡亚带来了一个分界点。但是，在报告文学的世界性文体传统方面，他们也是索尔仁尼琴的继承者，因为她们都曾沿着早期文体的传统，致力于自身及他者文化之考察。当然，不仅是来自欧洲无产阶级传统报告文学的实践者，他们还是本土传统的发扬者。根据伍尔夫的定义，亚利塞维奇显然是文学新闻的实践者。相比，波利特科夫斯夫卡娅有时更多根植于欧洲专栏小品文中可见到的那种思辨传统，那是一种更复杂的修辞多样性。

在他们的文学和新闻根基中，我们可揣摩到的是两种非常接近的传统。当二者都强调写作的叙述性、描写性的范式而回避写作的思辨、论战性的时候，报告文学和文学新闻是近乎二而一的。但是，当文学新闻致力于巴赫金所谓的现实不确定性时，历史中的报告文学有如此实践的，也有被明显的意识形态所指派（再次，在巴赫金所谓的"绝对过去的陌生化形象"中，被给定的方案取代了可留待解释的、不确定的现象世界）。

如果至少存在一种性质各异的通用文体形式，那么，另一个可接近理解报告文学之"可变性"的思路就是，我们要认识到，起源欧洲的报告文学历史上也许曾有一段时间是以政治意识形态化的写作为主的。而从修辞风格上来说，无论其是否具有明显的思辨倾向（用以反对那种些微和模糊的意识形态倾向，假如你认可大凡思辨性文字多少都是带有意识形态色彩），历史上也确实存在多种在形式上可追根溯源的报告文学作品。如此而言，报告文学生来具有思辨性质，而叙述性的报告文学不过将这个思辨性封冻在"绝对过去的陌生化形象"里了。叙述性的报告文学更类似文学新闻，它拥有流动的、不确定的现象世界，它授予作者和读者阐释世界的自由空间。

斯维纳亚·亚利塞维奇和安娜·波利特科夫斯卡娅是出自相同文化背景却呈现堪称分界点之不同风格的两位记者。如果新闻形式的比较研究是旨在反映经验之美学感受，我希望通过对这个例子的考察，能为推进这一领域进一步研究带来前景。如果在其他国家的文学新闻写作中也还确实存在着左派传统，那么就有理由相信其在国际化文体的持续发展中也可能受到本土传统的影响。一些很值得深入研究的例子包括西班牙（正如许多左派作家所为，基希战争中也曾于此旅行），葡萄牙（如罗萨·门德斯之定义），如君特·瓦尔拉夫作品反映的战后德国以及如加布里埃尔·加西亚·马克斯的文学新闻作品反映的拉丁美洲等。当然，肯定还有许多其他国家尚待确定的作家们，其创作可能会受益于这一新兴领域的研究。

（此文译自美国纽约州立大学约翰·哈索克教授发表于《风格：话语与文化形式》的同名论文。该杂志 1968 年创办于芝加哥大学，现由俄克拉荷马大学编辑出版，是倍受美国文化研究学界推崇的高规格人文学术杂志。此文授约翰·哈索克教授版权允许翻译出版。注释按原文不变。）

作为文学新闻的"我们的"报告文学

——中美文学新闻之叙事比较研究

上

莫言获得诺贝尔文学奖，文学及作家等相关名词终于等来自上世纪80年代后难得一遇的一次抹去尘垢、擦亮容颜的机会。当下，记者是人们熟悉的行当，但写报告文学的记者或作者却是人们陌生的。设想未来一天，普利策新闻奖中的某个"调查报道奖（Investigative Reporting）或"解释性新闻奖"（Explanatory Journalism）抑或"特稿写作奖"（Feature Writing）降临中国新闻事业，我们至今依然勤奋于报告文学却被读者久久摒弃和"遗忘在爱情角落里"的记者或作家们，也会等来一次扬眉吐气的好日子。按照中国当下每年近乎或超过2000种的报告文学出版量，我们似乎没理由对未来不做如此美好憧憬。问题在于：我们是否能真的等到美梦成真的那一天？

在全球新闻研究领域，除了极个别了解中国文化的研究者会发 BaoGaoWenXue 这个拼音，并大致能和我们所谓的"报告文学"含义对应外，我们所谓的"报告文学"英语世界皆命名为 Reportage。厘清概念是建立观点的基础，所以这里首先要在全球新闻研究视野阐述有关我们的报告文学或 Reportage 概念之所指。在德国、挪威、波兰及前捷克斯诺伐克，reportage（报告），literary reportage（文学性报告）和 reportage literature（报告文学）等三个名词是通用的，都是指报告文学。在英国，reportage（报告），literary reportage（文学性报告）和 literary journalism（文学新闻）等三个名词是通用的，都是指美国人所谓的文学新闻。而在美国 literary reportage（文学性报告）、reportage literature（报告文学）及 literary journalism（文学新闻）等三个名词是通用的，指文学新闻。其中，reportage literary（报告文学）的用法比较少见，准确的用词是"文学新闻"。而且，Reportage 往往还有一些特别不同的含义。就美国有关的知识层面，人们对中国报告文学知之甚少或者根本不知道中国也有致力于此类新闻写作的人。他们只有"文学新闻"这个概念。美国纽约州立大学科特兰分校传播研究室教授，也是"国际文学新闻研究协会（IALJS）学术刊物《文学新闻研究》编辑的约翰·H·哈索克教授，2009 年曾发表一篇有关文学新闻比较研究的重要论文，题为《报告文学："他者"的文学新闻》。"他者"固然明显体现西方中心意识形态，典型后殖民理论术语，但这至少说明，我们的报告文学就是国际新闻学术领域的文学新闻。本文题写"我们的"报告文学也算是对哈索克教授"他者"的一种学术回应。

2003 年于德国设立的尤利西斯奖可以认为是中国报告文学走向国际的证据。该奖应是目前此类文体相关的全球唯一大奖。自该奖成立来，中国先后有三部作品获此殊荣：2003 年江浩的《盗猎者揭秘》，2004 年陈桂棣和吴春桃的《中国农民调查》以及 2006 年周勍的《民以何食为天——中国食品安全调查》。除了先后有来自中国的作家担任评委（如 2003 年的旅美诗人、学者杨小滨，2006 年的旅居海外的中国诗人杨炼）这个有利因素外，上述几种报告文学作品具有怎样的内在品质，使之可荣获这个全球报告文学的国际大奖？

虽然这几部作品也如同当下每年出版的成百上千部报告文学一样没有在中国读者中引起广泛而强烈的反响，但它至少走到了世界顶尖文学的殿堂。评委杨小滨说："在最基本的层面上打动人的，我以为是作者的敏锐而透彻的观察力、叙事中的传奇和戏剧因素以及文体的丰富张力。"注意这句话里的几个关键词：叙事、戏剧因素、文体张力。显然，这些因素都是文学叙事文本的关键因素。尤利西斯奖看重的是基于真实事件上的文学文本，是真实的艺术。

捷克作家基希是中国人熟悉的，与中国报告文学起源紧密联系在一起的犹太人。事实上，中国所使用报告文学一词来源于 1930 年所翻译的一篇日文文章。该文章认为这是"德国的一种新兴文体。"1932 年，基希访问中国并写作《秘密中国》一书。对此，记者萧乾曾回忆说："我不能准确语言我们的'特写'最终会发展成怎样的形式。this sentence may be not right 我只是记得在三十年代期间，捷克作家基希来到中国，他将他的'特写'这一文学形式到我们国家来。"显然随着国际共产主义运动的兴起热衷周游世界的基希将这一新兴的自己也乐于实践的新闻写作文体推广到了全世界。来到中国的"报告文学"如同在德国、中欧国家及苏联的情况一样，旨在反映无产阶级的斗争生活，赞美轰轰烈烈的社会主义建设。此类众多的报告文学实践说明了这里的世界是单一明确的世界，只要意识形态正确，作家写出的就是世界真相。纵观当下数目浩繁的中国报告文学作品，存在大量的为了稿费目的专为个人树碑立传、歌功颂德的作品，出版社和写作者共谋以"权力＋性"的配方愚乐看客的官场黑幕作品，以报告文学的名义实则"怪力乱神"的作品，然而真正意义上的报告文学，实质上并没有任何超越其初到中国时带着的对待世界的先天思想正确性，依然是宏大叙事的面目。

但值得深思的是，同样作为报告文学的、获得尤利西斯奖的中国作品，评委为何认可并看重其文学作品的品质呢？这说明，在全球视野里，我们所谓的报告文学是一个极富变化的文体。这种文体的多变性可以从 2006 年 10 月在自家公寓门口惨遭射杀的俄罗斯记者安娜·波利特科夫斯卡娅，也是首届尤利西斯奖获者的那充满评论、思辨及批判锋芒的新闻写作中得到验证。如上文所述，虽然在德国、挪威、波兰、前捷克等国家将这种文体命名为报告文学，事实上它具有远比我们中国人所理解的报告文学丰富得多得多的含义及实践。包括竭力在全球推广、传播这一文体的基希，其写作实质上都呈现丰富多面性。大半个世纪以来的创作让中国读者或报告文学写作者看到和理解到的，要么是表扬稿（鼓手一般激情昂扬地歌颂和赞美），要么就批评稿（圣者一般愤世嫉俗、忧国忧民）那样单一。直至今天，中国新闻实践、研究及评奖系统，都只理解或认可它最初进入中国的那个面孔。然而，从全球视野看，所谓报告文学这个最早来自于 19 世纪法国报纸专栏（原文 feuillection，"叶"或"一页"）的新闻文体，一天然具有相当大得可变性。而报告文学所具有的的文学品质，它强调叙事形式带来叙事力量的特质却被忽略了，而这被忽略、被漠视或者被有意摒弃的，恰恰是这种文体最持久最能震撼人心的品质。尤利西斯奖曾强调过：在后者意义上，它应该更接近于美国人所谓的文学新闻。

关于美国文学新闻，纽约州立大学科特兰分校传播研究室约翰·H·哈索克教授在《美国文学新闻史》专著里将此命名为"一种新兴的现代叙事文体。"。他的这一著作填补了文学新闻研究学术空白的——追溯了上世纪 20 年代美国文学新闻兴起的文化环境和发展历史，论述了文学新闻和新闻客观性之间的关系，指出文学新闻是建立在美国新闻行业视之为生命的"新闻客观性"原则上形成的一种叙事文体。无疑，最能代表美国文学新闻文体特征的莫过于上世纪 60 年代兴起的延续了 20 多年"新新闻主义"定义一下该名词写作流派，即将文学叙事的技巧运用于真实事件的报道。这包括对叙述者人称、位置、故事之时空安排，人物对话，人物心理，人物环境等文学叙事技巧的大胆运用。其代表作品有有汤姆·沃尔夫的《电库尔酸试验》、诺曼·梅勒的《刽子手之歌》、杜鲁门·卡朋特的《冷血》及琼·迪迪恩的《垂头丧气奔向伯利恒》。新新闻主义曾被认为是 20 世纪实务新闻学最激进的一种报道形式，部分研究者还纠结于其大胆的文学手法与新闻客观性的至高原则之间的关系。但在约翰·H·哈索克教授看来，所谓新新闻实质是并不"新"，它于本世纪前期所进行的的社会的现代化进程中就已经出现，而且，其不过是丰富的文学新闻写作里极有限的小部分。美国文学新闻写作几乎涵盖了美国人自身生活及其所认为的国际大事的所有方面。蕾切尔·卡森的《寂静的春天》就首开人类环保及科学问题写作的先河，还有如政治的约翰·里德《震撼世界的十日》，有关肯塔基山脉煤矿工人贫苦生活的詹姆斯·艾吉和沃克尔·伊文斯写的《现在让我们赞美名人》，有关艾滋病内容的兰迪·希尔茨写的《乐队继续演奏》也是全球首个正式报到艾滋病的文字，还有如关普通人的苏珊·欧琳的《兰花贼》等等都属于典型的文学新闻作品。彼得·海斯勒（何伟）有关中国的报道《江城》也在圈内很有影响。

中

与我们理解的报告文学相比，美国文学新闻所呈现出的文学性的叙事特质表现为以下几方面：第一，选择写作题材可大可小。大到水门事件，海内外战争，小到黑人社区孩子的成长问题，甚或是普通人面临的生活问题。在强调个人价值的美国文化背景下，美国新闻人的"重大"多以个体为视点，聚焦于个人的生存环境和生存状态，面对重大的社会问题，多以个人故事为主的叙述方式，以具体个例反映普遍社会问题。如 1991 年荣获卡尔·桑德伯格奖的《这里再没孩子——别处美国的两兄弟故事》，写的就是生活在芝加哥西区政府公屋社区里的黑人孩子成长所面临的问题：单亲、毒品、暴力等等。故事当然是真实的，作家阿历克斯·科特洛维奇和故事主角拉斐尔、里弗斯两兄弟共同生活了大半年，之前也认识、然后跟踪（采访），最后写作成书。当读者看到这两个单纯可爱的黑人孩子面临恶劣的成长环境，尤其那一心想成为公共汽车司机的弟弟年仅 12 岁死于流弹射击，鲜血渗透他的白衬衣，至死眼睛都不能闭上的描述时，不仅潸然泪下。作品震撼人心的力量不言而喻。1979—1997 年普利策特稿奖 19 篇获奖作品中有 15 篇是通过个人故事反映社会问题。1995 年《被排斥的优等生》讲述的是一个竭力在恶劣高中求得生存的聪明少年詹宁斯的故事，反映在逆境中奋发向上的少年群体的困境。相比之下，中国报告文学确是非大不取，大时代、大事件、大人物……用报告文学写重大事件似乎成了我们的固定思维。所谓现代性是指人类社会自至少 200

年前就开始从神的时代逐步进入多元多极的人的时代了，尤其是互联网时代，谁能否认当下人类不是一个以人为中心的多元和多极的时代？作为明天历史的新闻写作，有什么理由还停滞思维，不能以个人或人的角度看待思考世界？在近几年中国报告文学中某些作品做到了这一点，虽没得到主流认可却得到大众传播青睐的作品也许应是女记者安顿的《绝对隐私》，作品从个人视点面对当代中国城市人真实情感状态。安顿曾说"真正成为记者之后，我慢慢感觉到，其实我们的生活中没有苍白的人，只是缺乏发现故事的眼睛。这样的故事有时候也许给人'婆婆妈妈'的感觉，可是谁能说这不是我们的生活？我觉得真实的东西看起来未必唯美，但是自有一种触动心灵的力量。这也是我一直乐此不疲的原因。"更重要的是，谁又不是普通人？第二，是叙述者身份问题。前文提到，我们的报告文学半世纪来始终不能摆脱"表扬稿"或"批评稿"的窘境。可以肯定的是无论哪一种读者都厌倦了。美国文学新闻作家之所以能顺利地做到这点，跟他们百多年奉为职业神圣圭臬的新闻专业主义，也就是新闻客观性原则密不可分。他们认为无论是记者还是作家，谁都无权剥夺读者的知情权。评论家对诺曼·梅勒《刽子手之歌》的第一评论就是"在这个故事中，作者不再是无所不在，而是悄悄地躲到了一边"。尤利西斯奖评委之一杨小滨也认为《盗猎者揭秘》"在很大程度上，作者避免了主观的过多参与，但在客观描述的同时却体现了丰富的戏剧性和人性色彩。在对扑啦啦惊起的珍禽，盗猎者们的茹毛饮血、肢解麋鹿的过程的描写中，并没有悲天悯人的超验姿态，但不乏作者的批判锋芒。作者摒弃了批判的简单化，因为真正客观的观察不会给任何事物贴上标签。这样的复杂性，甚至反讽意味，我以为是这部作品最具价值之处……在江浩的文本中，传统报告文学中高姿态的作者消失了，道德说教消失了，代之以具体可感的身份暧昧和评判双重性……报告文学是文学，不是法令。"第三，美国优秀文学新闻叙事大多具有极强的形式感，讲究讲故事的架构，给人一种艺术品的精致感。诺曼·梅勒1980年获普利策奖的著名纪实作品《刽子手之歌》就是精致架构的典型。该书叙事结构严谨周密，全书由上下两卷组成，分别题名"西部声音"和"东部声音"，两卷各分为7部，每部则由10至12页不等的若干章组成，每章又分为几节或十几节。这种极富逻辑和条理的布局使得整个故事阅读线索清晰，叙述流畅。相比之下，我国报告文学作者叙事手法单一，除了一些常见的倒叙，或者夹叙夹议之类手法外，基本上故事形式上简陋粗糙。第四，那就是对语言的掌控能力以及由此而来的风格问题。美国文学新闻作者群体文化素质相当高，或是专业的具备很好文字功底的资深记者，或者本来就是艺术修养甚强的作家。具体到我们，大凡从事这一领域的，要么是文学训练不够的记者，要么是长期浸淫于宣传工作的文字工作者，再加之报告文学长期以来尴尬的文体边缘身份，我们的报告文学文本现状首先是作者本身语言艺术感较差，文字粗糙，甚至很多存在语法瑕疵，让人觉得难以卒读，更无法奢谈甚艺术风格。比如单是从书名上就可见一斑，诸如什么史诗、中国什么什么忧思录、什么警告、什么悲剧、什么什么赞等等语言是叙事最基本也是最关键艺术因素，一种鲜明的语言风格胜似无数声嘶力竭的赞美或批判，可惜我们的报告文学作者无法抵达这一境界。这方面堪称伟大典范的是 1978 年普利策特稿奖的获奖作品《凯莉太太的怪物》。作者是美国《巴尔的摩太阳晚报》的记者乔恩·富兰克林，故事写的是一起常见的脑外科手术。57 岁的凯莉太太脑后先天生有畸形血管瘤，几十年疼痛折磨得她生不如死，终于下决心做手术。大学附属医院高级脑外科专家托马斯·巴比·达克儿给她主刀。手术从早上 9 点切开头皮正式开始一直到午后 1 点 43 分，凯利太太死在手术台上。这大概是天天发生在地球上无数医院的普通事件。首先，这样的事件一般不会进入我们记者的法眼。即使要报道，媒体报道议程设置的原则基本是医患纠纷了。但乔恩·富兰克林是这样叙述这个看似平常的新闻事件的。全文采取极其精练的短句子，大多一句话一自然段，最长的段落也不过几句话组成。用到最多的象声词是怦怦的心跳声，此外还有不断出现的准确报时。在不到一万字的故事中，手术室通过扩音器发出的怦怦心跳声如同贝多芬命运交响乐里的敲门声（有人把它比喻为拉威尔《波莱罗》里的军鼓），时而急促时而轻缓直至最后消失。强烈的报时的节奏感，和大量的严密冷静的，近乎无情的医学术语形成鲜明强烈的对照，就形成杨小滨所谓的"叙事张力"。

读者从这篇报道中似乎闻到了手术室消毒水的味道和血腥，听到了寒光闪闪的手术刀、止血钳等各种金属器械的丁吭碰撞声，医生的呼吸声，看到了托马斯和凯利太太的脑血管瘤这个怪物，搏斗过程中医生变幻的眼神……作者的笔、医生的刀、读者的心，都和凯利太太到底能不能活一样，纠结屏息，千钧一发。最后凯莉死了，托纳斯像摆开手术器械一样一样样摆开太太早上出门时带给他的简单午餐。这样一个在中国必然报道成医疗纠纷的"不确定的世界"（巴赫金语）在美国记者笔下给人们留下关于科学与人类的无尽思考。这就是叙事的力量。同样，诺曼·梅勒对杜鲁门·卡波特《冷血》的评价是"《冷血》韵律天成，字字如金"。说的就是卡波特那隐藏在冷峻文字背后悲悯沉郁的艺术风格。

下

　　政治以不断改进的民主建设为代表，经济以中国企业大量的海外投资为代表，文化以莫言的诺贝尔奖为代表，中国融入世界的潮流势不可挡。中国报告文学无论学术领域归属新闻或文学，似乎都应该有更理想表现，至少我们应在理论上承认这种"现代叙事形式"（哈索克语）是含义丰富的可变体，至少应该有更优秀的写作者在实践上勇于尝试改变半世纪来我们固有的写作方式。我们称之为报告文学的，研究归属到文学领域，其文本实质上并不文学，而美国人称之为文学新闻的，理论研究归属新闻领域，却因胜在文本的文学品质而在全球赢得读者。其实，叫什么或归属什么研究领域并不是关键问题。关键问题是我们有必要充分认识到强调叙事的报告文学在叙事本质上和美国文学新闻是合二为一的新闻文体。既然看到报告文学的叙事本质，那就有必要以现代叙事理论来剖析我们的报告文学现状了。中国报告文学最致命的弱点在于其创作是忽视或背离现代叙事逻辑的"摆拍式"创作。以前苏联思想家巴赫金为代表的现代叙事理论认为"对话"是人类生存之本来面目，现代世界是充满了"对话性"的"复调"世界。"复调"世界无所谓中心，它充满流动性、动态性和未完成性，我们都生活在普遍的相对性之中，"未完成"是历史发展的客观规律。巴赫金的叙事理论全面解构了所谓"全能叙述"的创作主体，而这是传统小说主流的叙事形式。对于以"表扬稿"或"批评稿"为主的中国报告文学，创作主题基本是以一个对世界全能全知的鼓手或上帝"告诉你"。这个全能全知的，给你或帮你规定世界的黑白对错。"什么什么悲剧"、"什么什么警告"无不在向读者明确一个价值观。有篇写贪官故事的报告文学，名字叫《没有家园的灵魂》。这是一个幽默到让人哑然失笑的题目。作者怎么知道这个灵魂没有家园呢？"灵魂家园"大家都有，就是看是怎样的了啊。在巴赫金看来，一个只允许一种观点、一种立场和一种意识形态的世界是反人性的世界。那么，照巴赫金看来，当下中国报告文学的世界（仅指报告文学的文本世界）基本就是"反人性的世界"了。这样的文本世界难怪要失去 99.9% 的读者（好在还有 0.01% 的评委）。

上世纪 80 年代常被怀旧的人看作是许多事物的黄金年代，尤其如文学和报告文学。1978 年先后发表的《歌德巴赫猜想》和《扬眉剑出鞘》，让全国人民感动，甚至轰动，至今仍有很大的影响力。许多人也会以此为中国报告文学曾经辉煌的证据。如今 30 多年过去，当年 11 月发表在《人民文学》第 1 期《哥德巴赫猜想》的作者徐迟和主人公陈景润皆已去世。人民文学原常务副主编的回忆说："党中央和邓小平同志花了很大气力拨乱反正，正确评价知识分子的地位和重要作用……科学的春天即将到来，编辑部同志们深受鼓舞，同时也想到自己应负的责任和使命：《人民文学》如能在此时组织一篇反映科学领域的报告文学，读者一定爱看，同时也可借此推动思想解放的大潮。然而，写谁好呢？又请谁来写呢？这两个问题在编辑部展开了讨论。"首先这就是现在新闻摄影所谓典型的摆拍之作，其二，离开了上述时代环境的需要，还可能有所谓轰动的影响？设想，用同样的叙事语气、叙事姿态及语言风格写一个比陈景润先生更有传奇的人物，今天一样未必有读者。

巴赫金思想的灵魂是把存在看作永不休止的行动，看作巨大的活力，在自身所驱使的各种力量下，永远处于创造过程中。承认这一点就意味着真正的报告文学是应该超越意识形态带来的各种规定性，对于极其看重文学形式的另一个俄罗斯作家纳博科夫来说文学甚至是无关道德的，作者应该以沉默而给读者一个"众声喧哗"（包括人物无声的内心对话）的世界。因为报告文学作者面对的正是巴赫金那"永远处于创造过程"存在（客观世界的真实新闻事件）。所以，在全美国作家们的书房里都挂着一句或看得见或看不见的话："Show, Not Tell！"（展示，不要告诉！）世界充满流动的不确定性，读者要的是作者展示就行，不要你告诉我，也就是不要你向我灌输对错是非，当作者以恰当的艺术风格叙述笔下的世界、故事人物的时候，一种类似价值的因素就会自然产生，打开结尾，要信任读者，要留给读者理解世界的空间。

当下的中国正处于社会急剧转型期，可能拥有比世界任何国家或民族都丰富的新闻资源。在我们的日常生活中，非虚构远远精彩过虚构。当网络浪费了人们的时间摧毁了人们对虚构艺术的欣赏耐心的时候，基于真实事件基础上的非虚构艺术正是应大展拳脚的时候，上世纪 60-80 年代美国新新闻流派的伟大业绩就是最好例证。1929 年，因参加一战而产生了政治热情并后来对报告文学这一写作形式有一定尝试和认识后，基希曾宣称：

"小说？不，报告文学！

如何看报告文学？我认为，它是文学的未来寄托。我肯定，只有高质量的报告文学。小说没有未来……意思是会不会再有包含虚构情节的书，小说是上世纪的文学……如此，已经有报告的特种作品出现了；我将称之为纯粹的报告文学，新闻报告本身。

还有，战后这种报告文学会成为普遍、重要的模式……那些心理见长的小说？不，报告文学！

未来属于真实、勇敢而有远见的报告文学。"

模仿基希的句式，今天我们是否应该说"小说？不，文学新闻！"

报告文学还是文学新闻并不重要，重要的是如何以最合适的叙事形式，将发生在真实世界的故事写给读者，从而带给他们对这个流动的、不确定的现象世界的些许启示和感动。

于坚：一个诗人的民间立场

> ……我用汉语写作
> 我准备从某些 含义不明的动词 开始
> 但响动 不是来自我的笔迹
> 而是来自玻璃窗外……

尽管年长 10 岁，生于 1954 年的于坚和诗人西川同时在上世纪 80 年代中期进入中国诗坛，因此人们也把他和当时兴起的后朦胧诗浪潮联系起来。他出生并成长在西南边陲云南省，后来又在云南的省会城市昆明生活。文化大革命中断了他的正规教育，在那个长达 10 年的时期内，他在工厂做铆工，还有其他杂工，一直到他 1980 年进入云南大学继续他的教育，并于 1984 年毕业于云南大学中文系。现在他已成为云南作家协会的成员，并在《云南文艺评论》做编辑。由于他丰富多彩的生活经历，包括在工厂工作的经历，他比西川拥有更多的与社会的学院外的个人联系。早在上世纪 70 年代，他就开始写诗，但那时只是一种个人追求。到了 80 年代成为一名大学生的时候，他开始了他的文学生涯，并在 1984 年与人共同创立了一本非官方的杂志《他们》。自从那时起，他已经成为一个对当时官方诗刊中主流诗歌直言不讳的批评家，他认为诗歌要有一个独立的空间，而且这个空间应突破各种类型的主流意识形态的限制，并且还认为这样的空间只存在于非官方的出版物中。

像西川一样，于坚也认识到在一个高速流转的社会，诗性是多变的，然而他的反应就截然不同于西川。不同于知识分子的诗歌那种与对庞大无趣的当下社会的反抗，于坚重写历史，创造了一个变化的传统，那就是真正的诗歌来自于"民间"，它就是这样根植于社会本身，而不是学院式的象牙塔。于坚的这种"民间"观点与胡适以及上世纪早期的五四作家是何曾相似。在于坚的重写中，这样的传统甚至从古代诗歌就开始了，这包括从李白到当时的《今天》和他自己办的《他们》所刊登的诗歌。这传统中的相关因素似乎完全处于与主流思想机器完全独立的地位，处于一个诗歌可以对日常生活和经验做出真实评价的地位。

作为这种传统中的一位诗人，于坚写作的原动力便是他窗外的世界，正如本文开头的引言中看到的。正像西川心中的窗外世界是模糊的，是被雾和雨变得面目全非的，于坚看世界的视线也是常常被阻隔的。但是西川对这混乱的外部世界的反应是使自己远离并深深地陷入自我的意识之中，并在外部的混乱所引起的问题中思考自身，而于坚却从来没有怀疑过自己在这个世界里的位置。他知道他身处何处也意识到那模糊景观的问题；因此，他努力去澄清它。如果他的视野被词语所遮挡，于坚会把想办法通过这个遮挡他的碎石看作是他的责任，因为他把描写生活经验当作是他的主要客体，而这些经验正是来自于我们生活的日常世界。作为一个诗人的于坚就是这样深深地把自己立足于巨大的社会和世界。他努力去看清他的世界的模式和每个细节，他们的美丽和衰败，并把他们用文字写下来，像他们的录音磁带和火光。

在本文以下部分，我首先要指出于坚是怎样从普遍意义上看待诗人的角色的，以及他自己在当代中国的特殊角色。然后，我将考察一下于坚是如何通过他的诗来体现他的这些观点的，诗中他采取了对当代社会所持的态度和描绘社会这样的形式，以及在这个社会中他自己的身份。最后，我将探讨在考虑这些因素之后，他的写作活动的意义。

民间立场：对知识分子立场的一个回应

许多人都把于坚和西川一样看作是一个相同组织——"后朦胧"诗人中的一部分，"后朦胧"诗人正是在对朦胧诗派浓厚的自我意识和使命感的怀疑中成长起来的一批诗人，正因如此，他们最终在上世纪80年代中期分道扬镳。于坚自己不同意这个看法。他归纳出"第三代"中国诗人和"后朦胧"诗人之间的明显区别，并且声称二者可互换应用。根据于坚的观点，两者的不同在于"对与第三代诗人而言，写作中的才能和创造性…………然而在"后朦胧"诗人中，他们首先是知识，然后才是诗人。"（此段话有原文，摘自1998年中国诗歌年鉴中于坚的文章"穿越汉语的诗歌之光"。请根据原文校对）正是在这一点上，所谓精英派和民间立场派的争论开始了。

争论是庞大而复杂的，但是这里，我们将只关注两大流派的诗人，无论是他们作为个人还是作为艺术家对社会的感知有所不同的那些方面。在1998年出版的中国新诗年鉴的开头中，和于坚相关的一组第三代诗人选择了一个新的名称：民间立场派。在首页他们大胆地宣称："我们从真实和永恒的民间立场开始艺术行动。"（有原文，请根据原文校对。）这个术语表明他们的立场是完全不同于业已存在的精英立场派的。正像我在前面第三章所讨论的，知识分子一直以来都模棱两可地坚持着一种对最广大的中国社会，农民群众的对立情绪。至于说到"minjian民间"这个名称，它就是指"民间"或"人民的"，而"lichang立场"就是指"位置"或"立场"，民间立场派诗人清楚地把自己与知识分子模糊而高傲的角色区别开来，广泛地把自己置身于"人民"之间。

然而，在这里"人民"不再是伟大的共产主义的农民群众——那个概念已经被长期用得枯燥无味，在迅速变化的社会政治背景下似乎已变得很不切题。的确，于坚是有意把这个"人民"从政治机器中分离出来。于坚强调了一个现象：当"民间"出版物成为"真正的"诗人出现的唯一选择时，"废话"和"平庸"之作正充斥着"公开"出版物。他这里没有明说的就是指那些在国家控制之下和国家控制之外的官方和非官方的出版物。在于坚看来，民间是一个完全属于人民的独立的空间，它和制度相对立，是一个具有更多跨国际吸引力的文化实体存在，他表述为"庞然大物"。他指责本和这个庞然大物处于同谋关系的知识分子立场派是一个"背叛者"，除了把他们的创作和他们自己都变成西方概念的"附庸品"之外再无其他，是一个转化中的意识形态的喉舌而已。这个看法导致他最终得出关于民间的论述："民间的意义就是独立的意义。"

　　但是民间并不简单地就是一个反制度的独立的存在。这个词语还包括日常生活和普通人的经验。正像我们在前面看到的于坚对于第三代诗人和后朦胧团体的区别，在上世纪90年代，于坚在他对历史的书写中，分别深入发展了民间立场和精英立场两大派的问题，写作的天才就来自对"日常语言承载生活经验的证明"（有原文，请根据原文校对）的运用。虽然他坚持诗作为"它自身存在"的独立价值，但他所提倡的并不是把诗从生活中分离出来，而只是把诗从抽象的哲学和意识形态中分离出来。以他的看法，诗的"根必须坚定地种植于当下生活的土壤"（有原文，请根据原文校对，原文在"于坚：60首诗的作者序言"）。这和西川的观点，即诗是一个深思冥想的空间，在那里生活只是在第二位置形成鲜明的对照。于坚和其他的民间诗人经常被批评家和其他（包括那些知识分子立场派的诗人）指责为"迎合大众口味，把庸常带入诗"（原文在"你想睡去的夜晚"），他们认为，从某种意义上来说，于坚的作品可称为"非诗"。这些责难大部分来源于这样一个事实：即于坚和其他民间立场派的诗人过重地利用了口语，无礼的措辞，都是在大街上听到的而不是在作品中读到的语言。这种语言显然是那种普通人民的语言而不是学院式的知识分子式的，因此是"民间"的。它一点都不罗曼蒂克而是直来直去的。于坚捍卫着它的使用，他说他坚持使用这种语言"因为这种语言是属于我的，于坚…我的生活."（原文在60首诗的序言里）。对于这种属于他的民间语言的坚持表明了他与上世纪早期民间文学运动的明显区别。那时，大部分作家都在持续以一种"知识分子"式的努力去发现"民间"的声音，然后代他们而言之；而于坚坚持以自己的声音说话，也只为自己而不是别人说话，于是于坚就是"民间"。他们的而非那些学究式的语言就是他的语言。

虽然于坚是这样的描述着他的写作和普通人有种紧密的精神联系，但无论如何他都不宣称其作品具有和这个词最紧密联系的通俗性。这个"民间"和以民间文学面目表现出来的"通俗"文学是没有一点关系的，那种东西确实在普通人群中流传甚广并拥有广大读者。他不像西川那样拥有较多的经济资本。于坚的作品之所以被称为"民间出版物"，就是因为这些诗作是由不依赖于政府的"人民"生产出来的这样一个事实，印数很少，所以极大地限制了诗歌爱好者和鉴赏家的范围。于坚谴责知识分子立场派的诗人以及那些经常在官方或"公开出版物"上发表作品的诗人，因为这样其实是从整体上限制了诗歌的欣赏面，他争论说因为读者只能接触到这样被圈定的东西，因此会以为这种"平庸之作"就是代表了当代诗歌。他感觉到时间会修正这种形势，因为通过已经开始的历史，"民间"已最终进入到了雅文化这个"庞然大物"，也因此有更广泛的人们终于接近了它。但是这个过程是漫长而沉闷的，甚至在有生之年都不可能发生。眼下，于坚还是要尽可能大声地继续奔走呼吁，用他的诗和散文，为他的文学价值在于扎根民间的观点赢得共识。他坚持认为最优秀的当代中国文学无一不是来源于民间传统，而且对文学批评中缺少这个观点表示不满。同时，他把自己摆在一个即不同于通俗文学又反抗高雅文学的这样一个边缘位置上。

对于于坚和民间立场派的"边缘"空间，于坚和西川有什么不同看法呢？包括西川在内的许多知识分子立场派成员经常都把诗人看成是"一个边缘人"。对于他们，这种边缘空间就是指主流社会的外围，人群中的大多数。然而，于坚完全不是这样看边缘的。以他的看法，知识分子位于中心。显然，他们并不是位于人民的中心，即使学者们也同意这个一点——但是，据于坚的说法，这其中存在着问题。他们确实位于中华民族的文化中心。地理上来说，他们在北京，政治和文化的首都。概念上来说，他们在庞然大物的中心，具有国际（读作：西方，至少在于坚看来）文化 / 知识背景，这一点现在来说至少是和中国政府所希望的"与国际接轨"是一致的。

另一方面，于坚相当有意地把自己安置在遥远的最南端的城市——昆明这样一个地理上的边缘，而且他丝毫没有表现出要向文化中心靠拢的意思。他认为自己是处在以范围广大的官方期刊所形成的诗坛的文化外围。他强调他自己以及其他民间立场派诗人的南部位置，称赞丰富的南方文化是培养独立精神的重要元素。有关南北文学流派的争论一直贯穿于中国文学史，但其中心一直分别是北京和上海。在遥远的昆明，于坚怎么都是边缘化的，但他把这种边缘转化成一种意味着独立和起源的积极因素。他把已被证实为和南方方言有着细微差别的"生动的汉语"和生硬的官话做比较。所谓官话就是普通话，也就是瞿秋白曾经提倡作为大众日常语言的那种话，它还是标志着努力达到全面理解的另一个转折点。这样无论是于坚还是西川都拥有了他们各自的边缘空间，以及各自作为一个真实的诗人在当代社会中无法回避的又是恰当的位置，但是他们关于边缘的含义却是相对的。西川宣称从广义的范围上和社会有个遥远的距离，而又明显地把自己和一个将所谓世界文学当作自己传统的艺术家圈子联系在一起。于坚宣称自己和主流的国内外知识分子圈子有个距离，而和普通人群完全彻底地联系在一起。

这两种边缘化的含义有相当大的区别。正如我在前边的章节中讨论的，西川从他的社会边缘化含义出发就引导他走向一个孤立的受难者的境界，确实，西川和其他知识分子立场派的诗人，看来都把海子的死作为一个为了诗人的理想所作的最后的牺牲。如此以来，尽管对朦胧诗的英雄的个人和希望持有怀疑，西川始终还是相信诗人的理想和诗人形象本身，并认为二者在当代的牺牲都是这个孤立的社会把他们逼进去的（压力造成）的。虽然"好诗"和"大师"的高度难以达到，当代诗坛也是遗憾地空缺着这两样位置，但有关"好诗"和"大师"的概念却是应该的和可能的。诗人的价值实际上取决于他与社会的距离，是站在它之上还是之下。然而，另一方面，于坚却反对有关大师的提法，并提醒有意识去形成所谓"诗坛"的危险性，因为这样的提法把诗歌中持续创造力的重要转移向了地位和名誉的重要。在一篇名为"诗的崇拜"

一文中，于坚反对崇拜，反对孤立的诗人受难者的形象，认为是乌托邦和毛泽东时代英雄概念的思想残余。他的诗作反映了他对诗人在宇宙空间中作庞大叙述的反对，正像他表达的"诗只开始并结束于语言。"诗是语言，诗人是语言的操作者，此外别无其他。一个诗人，他也许是被赋予了一种特殊技艺，但是他和其他人站在同一个水平线上，和社会的其他人肩并肩站在一起的。

顺着这个脉络，于坚坚持他自己的经验，"通过诗歌把我想说的说清楚。"到此为止，我已经研读了于坚通过他的散文和其他作品所表达的关于诗与社会的理论以及态度。那么这些看法是如何在他的诗歌里体现出来的呢？真如他说的那样，他的诗是对粗糙的日常经验和语言的挖掘，考察世界的内部以及任何一个当代中国社会中的人都自己认识到的那个世界的表面。而他自己并不是一抽身其中的远距离的观察者，而是站在这个世界的中心，承担各种角色，和他所观察的事物相互影响。

当前社会

虽然他为他的诗歌选择了这样一个坚定地扎根日常生活经验，站在普通人的中间，站在当代社会中间的位置，但这并不是说于坚赞成这个社会的各个方面。他之所以选择这样的位置因为它是"现实"，用以反对其他诗人的"乌托邦"和"虚构"的空间，一种评论说这似乎是含有西川的所建构的"语言现实"的意思。为了解释他对如此乌托邦主义的厌恶，他向我们讲述了一个所谓聪明摄影师的趣事：为了"美化"他的照片，拍照之前往树上挂假花儿。他们根据自己对美的意愿创造了一个世界，这样一个"被升华和遮蔽了的现实"。于坚说他就在他的周围看见这样的世界，无论它是美的还是不美的。

在他的最著名的标题为"零档案"的长诗中，社会远远不是美的。该诗描述了一份官方档案中的内容，那里详细记录着一个无名男人生活中的许多世俗事件。头儿们的政治机器经常性地修订着这些档案，把它牢牢地锁在他够不着的地方。虽然这政治机器的字眼从来没有被明说，却是永远呈现在他的诗中，是对于坚的散文中经常提到的"庞然大物"的强烈回应。这个男人的"30年"被浓缩到"1800个抽屉中的一袋 被一把钥匙掌握着"。档案里的词语将他的活动变成一种机械活动，如他"走进来 点头 他的嘴张开 他的嘴闭上 他的脸动了 他的手动了 他的脚动了。"他的所有物也变成了一个长长的缺少任何含义与意义目录单，他生活中的事件也被理所当然地摊开描绘着，以一种预设和期望好的方式。比如，在该长诗的"卷三 正文（恋爱期）"中，在他那可预想的恋爱故事中，每一句都被冠以"当然"这样的字眼，这就预示着从某种程度上来说，他的行为根本不可能偏离被机械社会所控制的秩序。这种机械化的原因在于和那个控制着档案的无形存在有着难以摆脱的联系。关键问题在于尽管依据了那些大量的详尽的细节，个人还是在这种机械化的撰写中迷失了。

在其他的诗歌中，他也描写过现代生活的机械化。在"事件：诞生"中一个焦虑的父亲在医院里等待他孩子的出生，那里是为生的也是为死的，"一样要挂号排队付款"。虽然这样的事件在他个人的生活中是非常重要，但社会中机械化的元素却把它当作了世界上最日常的事件，"远离乡村的接生婆"。这一行表达了一种对现代社会之前的那个时代的怀旧情绪，当时出生还是一个纯个人的事情。在"在钟楼上"一诗中，他表达了一种在当今社会里对美的消失的伤感。诗中写：

人类移动的路线 由郊外向市中心集中 心脏地带危险地高耸
只有在那儿 后工业的玻璃才对落日的光辉有所反映 在他们的下面
旧街区在阴暗中充满垃圾 派生着同样肮脏的黑话和日常用语
人们同样地感受着黄昏 这个词不是来自树林的缝隙或阳光的移动
而是来自晚报和时针 从前 人们判断黄昏是根据金色池塘 现在
这个词已经成为古代汉语 人们只说：这是吃晚饭的时间 七点钟 先生

构成城市中心的"后工业时代玻璃"塔楼象征着现代化和富裕，但代价也随之而来。那些生活在高楼大厦所制造出来的"阴暗中"的人，正生活在垃圾中，那些垃圾渗透进他们的日常生活。他们对黄昏的经验是那样的相同和不易觉察，他们判断时间的流失不是凭借日出和日落而是靠时钟的机械运动和每天必到的晚报。他们自己的语言也走向机械化，正如他们打招呼时说的"这是吃晚饭的时间 七点钟 先生"，这个短句在全诗中反复出现。从前，金色的日落就自然而非机械的方式标志着时间的段落。现代关于时间推进的概念显示了变化，甚至就连"黄昏"这个词都变成一个过时的"古代汉语"。

是什么力量站在高楼大厦的后边？"141"，一个系列短文中的一首诗描述了现代化生活，读来如下：

一道彩虹出现了

"建造了一辆通向天堂的火车"

那只是个幻觉

学校根据这个来教育孩子们

要努力学习

否则那车上将没你的座位

（诗刊 2000 年第二期）

这首诗看似在对一个主流意识形态进行质疑，与那永远存在的"庞然大物"有关，要求顺从和驯服的存在隐隐呈现，正像"零档案""在钟楼上"以及"事件：诞生"中所期望的那种模式。在这一例子中，我们可看到作者是在用自己的声音反驳官方语言。主流意识形态造就了一个乌托邦"幻想"，它就是在"建造一辆开往天堂的火车"这样的句子中歪曲了孩子们对未来的期望。这个幻想构筑了一个错误的社会，在那个社会，未来的真实的人生经验被驯服所机械化，而一味相信那个无形的巨大存在中所有的词语和意念。而这些孩子长大以后将应有的所谓"座位"也就正是"零档案"中那个无名人所应有的。官方语言歪曲了现实，误读了词语，要为机械化的当代社会负大部分责任，这个概念我将在题为"写作行为"部分中做进一步的讨论。

但是，不像西川，于坚并没有把自己从这个机械化的社会中分离出来，在这样的社会里，个人变的并不比一只虫子大多少。相反，他把自己更深地推进这样的日常生活内容，身在其中去看人类的经验，那经验就藏在机械化的下面或背后。在"在钟楼上"一诗中，于坚对"古玩店主人"这一形象的描绘就正是反映了一个真实的人类经验。于坚描绘了一个年长的男人，一个谨慎"收藏者"的形象。当其他人心不在焉地走向各自的生活时，他则收集整理着那些生活的证据："邮票""纸张""某次谋杀的一角"，还有更多抽象却更本质的生活元素，比如"造反者的青春""激情"，以及"乱伦的爱情"。这个由一个普通男人——一个古玩店主人所进行的收藏行动，正回应了于坚所坚持的，在文化大革命期间，正是"民间"才冒着巨大的危险收藏和保存着那些文化物品，而不是所谓的知识分子。诗歌的叙述者似乎在这样的事实中得到安慰，尽管社会表面上仍是机械化的，但毕竟有这样的"收藏者"存在其中，所以感激这样的收藏。以此看来，在社会的机械化下面——从这样的文字里面"养老院的地下室"——"永恒正在被收藏"，作为人类经验的生活正在向未来中继续。

另外，于坚还通过捕捉瞬间来把一个机械化表面之下的生活的真实面目呈现给我们，那个瞬间里诗人或主人公都完全清醒的，是和他的周围相关的。下面这首短诗就是这样一个例子：

早上起来刷牙

牙床发现水龙头里的水不再冰冷

水的温度刚刚好

你可以用它来直接漱口

于是你愉快地脱口而出

"春天来了"

（于坚：诗歌：短篇集）

这里，不是叙述者的头脑而是他本人身体的部分——牙齿，牙床，口——反应着春天里水的温暖这一真实现象。这个事件就来源于当今时代任何一个人的日常生活。它的描写是如此的细节化，以至于它看来似乎是一个细小的事情，而它又是那么平常的，平常到会发生在任何人身上。从叙述者嘴里蹦出来的并不是什么深刻的思想，而只是一个简单而愉悦的一声："春天来了。"于坚坚定地立足于日常生活的中心，在生活的机械化面具之下，他用敏锐的注意力和对庸常生活的警觉表现生活本身。描写的人与事都并不是模糊的无名者，诗中细节化的描写使得这些经验是那么真实可触，就像是和任何人都相关一样。

还有一首这样的诗：

一个老教授

在柏树下

打太极

用一种优雅的姿势

像一只

白鹤

刚刚舒展羽毛

突然他转过身来

就像一本杂志那样打开

于坚　让我告诉你点事

我儿子

想去美国

读者对这个年长的绅士留下两个截然不同的印象，一个他是优雅的沉稳的，而另一个他则是完全失态的。他轻松地打着太极，白鹤般的身体曲线是那样的简洁明了。然而，只是一眨眼，他的人就整个儿变了。"像杂志"那样打开的意象就是说我们突然看到了一个极为复杂的内部，带有各种各样合适却并不必要的内容，就像是一本杂志里有的许多篇文章一样。他对于坚说的话则进一步暗示了此人混合复杂的本质，他不知该对他儿子的离去做何反应，但只是觉得他必须与某个人分担。于坚就是这样抓住了这个人，同时也是所有人的一个细小的真实，将复杂通过简洁的画面反映出来。

于坚惯于用两种方式进行写作。在一种方式下，就像在上面两首诗中看到的，只给出一点细节，但它们是鲜明的，勾画出一个图象。于坚运用这些短文般的短诗，去捕捉生活中一些细小的瞬间。而在另一种方式下，他的诗句显得有些累赘。而他对生活画面和经验里所有细节的注意力也贯穿全诗。"0档案"和"在钟楼上"就是这样的作品。这些诗作企图反抗生活中的机械和陈腐，真正洞察周围事物间那些有联系的瞬间，诗的意义正是从此中迸发。正如在上面看到的，"在钟楼上"一诗即告诉读者受钟表和机械词语控制的社会运作，还有一个认识到这社会其中意味的"收藏者"。在"0档案"一诗中，有一个题为"恋爱史（青春期）"的章节，描写了主人公淫亵却十分真实的成长时期，叙述中的事件是他和他的同学看着男厕所墙上与性有关的涂鸦之作进行手淫。这是一个非道德的非官方的现实中的事件。官方的声音当然是要把它删掉，正如批复的那样："把以上的23行全部删去不得复印发表出版。"然而，官方的批复显然并不能禁止这一真实的生活经验，于是这种意识流风格式的事件记录继续成为档案的一部分。

"事件：谈话"给我们提供了另外一个例子，在那里明晰和关联的瞬间通过陈腐和机械向前推进。在他开始接待这个来访者的时候，叙述者评论到，"某人来访了 胖子或是瘦子 黑伞或是白伞 / 我不记得了 入侵者的脸 干还是湿 我们从来不去注意这些具体的事实。"尽管有了程序化的礼节式问候和握手，这些人还是没有认真看到对方或者给予"具体事实以足够的注意力"，以使彼此真正相关起来。然而当谈话开始后，这些最初的障碍都克服了。

万事万物　从聊天开始　我们的一生　都是这样
谈话　好显得屋里有人在　有世界　也有感情
素昧平生　这不要紧　谈话是构筑爱的工具
一杯茶的工夫　就串起一大群的名字　各种轶闻的
冰糖葫芦
我们发现　彼此是熟人　他不是认识李吗

而李是张的同学　张又是赵的母亲接生的
我们都吃过一种牌子的啤酒　上周还开过三瓶
伤了手
认识了　都是有来历的　有户口的　大家也就放
松了臀部

　　谈话具有了"好显得有人在　有世界　也有感情"这样的力量。谈话是我们认识周围的人和世界并对他们做出有感情反应的一种方法，这样就克服了最初因对具体事实的忽略而造成的距离。许多联系可建立在许多的根据之上——茶 奇闻轶事 朋友 啤酒——但最终总是落在"认识了"，一种熟人的感觉。但这种联系并不是经常性的，它就在诗中描写的那个晚上发生和结束。当一个特别令人厌倦的人说话时，一些耳朵"早已骑上摩托　溜得无影无踪。"出于礼貌，主人必须凭借一种僵硬的礼节给予回应，因为他"专心听讲　点头叹息　微笑　为他换水　表示正在接收"。但当所有在场的人都"笑得前仰后合"的时候，联系就再次发生了。虽然诗中所描写的那个晚上内容具体，但其情景却和任何一个有客来访的晚上相似。于坚就是这样用这类事件来考察当今社会人们的相互影响之间，僵硬礼节和真实关系是如何结合的。虽然前者是占主要地位的，但在某个时刻，后者还是有力地闪现出来了。而西川诗中的叙述者只是简单地邂逅他人，而且这样的邂逅相遇永远只能加深彼此的隔绝，而在于坚眼里相对的联系总是可能的，哪怕是眨眼而过的联系。

自我

　　那么在这发生联系的时刻，诗人自己是站在这个礼节化的机械化的社会里的什么位置呢？通常是身在其中的。在"事件：谈话"中，他是一个好客的主人。在"作品144"中，他是个踌躇满志的老教授。有时他在诗中就直接以"我"出现，而在另一些时候，比如在"0档案"中，主人公是否就代表作者本人并不是很清楚。无论诗人在具体的诗歌中处于什么位置，甚至自我总是在现场的时候，于坚也从不利用诗歌的空间过多地关注自我。这一点和西川的诗形成鲜明的对照，在西川的那些诗中，解说自我是具有推动意义的。确切地说，于坚认为他周围的世界以及自我所参与的活动都是值得尊重的。自我不经意地被这些活动阐释着，因为这些活动给他安置了各种社会角色，正是这些社会角色建立了他的身份。

开始的时候，于坚也就正像"零挡案"中那个无名的主人公，是个身份不明说话无趣的人。在诗中，于坚坚持用第三人称叙述，所以就很难判断于坚本人和这个人关系有多密切。第三人称的叙述加强了诗歌中人物的匿名性，因为和作者有关的"我"叙述者将会引入一种个人的声音。问题在于当个人变成"1800 个抽屉中的一袋"时，个人就消失了，而当这些抽屉都装满大致相同的袋子时，问题就扩展到了整个社会。于坚从没有说他不是那个社会的一部分，因此也像其他人一样是一个无名的袋子。在"事件：谈话"一诗中，于坚更多的是直接指出他就是社会的机械化的一名参与者。第一人称的叙述者陷入客套和虚假的话语，正像他的那些客人们经常做的一样，他们的谈话时间被那些"没有体积和重量的词"描画得走向枯燥乏味。几乎在他的所有诗歌中，只要有"我"这个客体被引见出来，他总是站在社会的中间，在一个普通的位置上。在"啤酒瓶盖"一诗中，他就坐在餐桌旁；在"我听说他们在谈论珠江的起源"一诗中，他则是一个在建设中的办公室里偷听一场谈话的人；在作品"148"中，他是一个在大街上找朋友的人。这一切都是极普通的位置或活动，它再一次强调了诗人是参与大社会其中而不是游离其外的——因此，无论从哪种程度来说，都参与了眼下的机械化社会。只是在仅有的几首诗中于坚是站在一个社会外的空间里活动的。其中一首，标题为"1987年 12 月 31 日"，读来如下：

晚间新闻：毒品　股票市场
美苏会谈　汽车大赛　癌
成千上万的黑人走过美国
一封信的内容：人生是无聊的

一间厨房正在讨论：邻居的围中
大年三十　中国围着圆桌吃喝
此时我沿着雨后发亮的道路
走向一处树林　脚踩在水洼里
鞋子湿透　树叶在黑暗中发光
并不是我比他们清高
只是我有这样的机遇
远离故乡　又不能及时赶回

　　Claire Huot 评论了这首诗中的空间模糊性和自我的移位，这的确是一个罕见的例子，在这里于坚发现他自己和他平常身处其中的社会拉开了距离。然而他的目的仍在于回"家"，并且诗的引导力还在于这样一个他"又不能及时赶回"的现实。他并没有抽身社会之外，他仍在努力地回到其中。社会有自己的弊病，比如毒品，癌，也有"人生是无聊的"这样的想法。但是，相比他发现自己身处又冷又湿的树林和湿透的鞋子，生活仍在那些人们围在一起"吃喝"的地方闪烁着温暖的光芒。无论如何，于坚也没有觉得这种距离使得他比社会上的其他人"清高"，也没有认为这种距离是永远的，因为他只是不能"及时"回去而已，而他终将是要回去的。这只是瞬间"正在发生"的事情，他用直白的方式把他正在做的和他想象中别人在此刻也正在做的事情写出来。他眼前的距离实际上只是引导他去思考社会中正在发生什么。

　　在"在钟楼上"一诗中也是这样，眼前的距离让诗中的"我"从一个更开阔的视野去看社会。叙述者爬上钟楼，从这个高度"我所见的城与群众所见的有所不同"。正是从这里，他才看见了有着"后工业的玻璃"的大厦赫然耸立着，遮蔽着那些在其阴影里"同样地感受着黄昏"的人们，正像我们前边讨论过的。再次，叙述者的距离也引导他更多地全面地反思社会本身。在这首诗的最后几行，叙述者"在黑暗中沿着钟楼的梯子下降"，下降到他刚还远距离审视过的社会中去了。所以他与社会的分离不是永恒的，或者甚至不是经常的、常态的；它只不过是从另一方面，给了他审视那个他身在其中社会机械化的一个视角，那个因他身在其中而不能看清楚的社会。这两个叙述者站在社会之外的视点上的例子，并没有把诗人置于"比其他人清高"的位置，因为叙述者也是那个同样经历着世界并总结"人生是无聊的"的人们中的一分子。

然而，于坚并不像社会中的许多人，他采取行动去打破这种机械化，和生活及世界发生更充实的联系。对于坚而言，行动的第一步就是观察。在许多诗作中，他观察大部分不值得怀疑的事物，并努力去分辨为他们的真实存在。在"啤酒瓶盖"一诗中所探讨的事物正是这样。叙述者首先考虑的就是当啤酒瓶盖嘭的一声从酒瓶上跳开并且它的用处也消失的时候，"不知道叫它什么才好"。他似乎被这件东西一旦完成了它的作用后就"不再有它的本义 引义和转义"迷住了。它躺在地上的烟头中间，"它是废品 它的白色只是它的白色 它的形状只是它的形状。"于是，这就成了一个只能从它自身的细节上来打量的东西了。对于叙述者来说，啤酒瓶盖子的无足轻重使它值得联系，于是经过许多关于盖子不再有意义的沉思之后，他最终想到了它与自己的关系。他解释说"是我把这瓶啤酒打开"，意识到这个关系之后——他使盖子回到它目前的状态，躺在地板上——当他不能"想象它那样'嘭'的一声"跳出去时，像盖子在几分钟前的样子，他似乎有种挫败感。他对周围事物疏于关注就导致他后边的活动，那就是对自己和瓶盖子的同时思考：

> 身为一本诗集的作者和一具六十公斤的躯体
> 我仅仅是弯下腰 把这个白色的小尤物拾起来
> 它那坚硬的 齿状的边缘 划破了我的手指
> 使我感受到某种与刀子无关的锋利

叙述者对自身的描述（在这里叙述者变得和于坚紧密地联系在一起，因为他诗里说了他是个诗人）看似来自那个酒瓶盖子的视角，或者至少是说出了一个酒瓶盖子是如何看他的那种想法。对于一个酒瓶盖子来说，这首先是一个有着"六十公斤"块头的"躯体"，庞大地在它面前耸立着。如果给这个具体的躯体以身份，它就变成了"一本诗集的作者"，一个清晰却简单的符号。在这一点上，这首诗的高峰，（假如这首关于酒瓶盖子的诗有个高峰的话），就在于叙述者和酒瓶盖子在外表的层次上相互看见并彼此认识的一瞬间，接着叙述者采取行动。虽然"我仅仅是弯下腰 把这个白色的尤物拾起来，"但这个却是一个把他们两者从身体到精神都联系起来的动作。现在叙述者已意识到那是一个酒瓶盖子，他已充分地感受到了它的坚硬和它齿状的边缘。行动强化了两者的联系，通过行动带来的详细观察，叙述者挽救了一个在人们的健忘中通常都被忽略的事物。他不能赞美它——或者他自己——更深层次的重要性或意义，但是他能从细节上意识到它是什么。凭借着认识它，他从而也在一种观照中认识到他自己。

在其他的诗作中也揭示了类似的意义。在"铁路附近的一堆油桶"一诗中，叙述者把诗的主题放在这些普通的东西在他眼中引起的变化上。在他看见这些油桶的"在此之前"，"我的眼睛正像火车一样盲目 / 沿着固定的路线"。他是盲的，看见窗外的一切不过是模糊的一团。但是就在那时，"我的视觉被某种表面挽救"，打破了固定的凝视并把他的眼睛拽回进行更进一步的考察。那些"所谓"东西并不是什么重要东西。正如叙述者在最后一行说的，"我意识到那不过是一堆汽油桶 是在后来。"重要的是叙述者在对事物细节认识的盲目中所产生的震动，这是在于坚的诗中一再发生的活动。类似的现象在"墙的发现"一诗中再次出现，当他注意到窗外那堵旧墙上的色块和线条后，突然叙述者就意识到"我画了一辈子没有画出的东西 正是这些图案"。

对日常事物以及它们与人自身联系的深层认识贯穿于其作品，尤其是对体力劳动的描写，在于坚的许多诗歌中集中体现了它与人周围事物的终极联系。以我的观点，这种对体力劳动的尊敬来自于于坚长时间身处他所宣称要占领的"民间"空间，很多时在他的诗中出现的忙于劳作的形象都是普通人。读这样的诗作，让人不能不想起于坚在工厂做了 10 年铆工的经历。于坚对体力劳动表示尊敬的诗作的最好例证就是那个直接以"赞美劳动"为标题的作品。

他肯定用不着这些链子

他也不想　他们将有什么用途
这是劳动　一个冶炼和浇铸的过程

重要就在于那些用劳动的事物和劳动本身把劳动者结合在一起的活动：

他只是一组被劳动牵引的肌肉
这些随着工具的运动而起伏的线条
唯一的含义　就是劳动

于是，在这里，人和事物和动作和世界——简而言之，就是和生活完全地成为一体。他不想费力地在这些事情中安置一些"更深刻"的意义，其最大的意义仅仅是劳动本身。这个男人的婚约似乎应该和"零档案"中那在官僚控制下的，空虚的，行动机械化的男人有多么的不同！在"事件：挖掘"中，也是这样，意义就在于洗窗人的劳作本身，虽然最终的产品并不属于他，"但他似乎并不在乎这些 活干好了 / 把废土弄走 把周围清除干净 就是这样。"彻底完成的手工劳动给他带来了满足感。

于坚在这类体力劳动和他作为一个作家的工作之间建立了一种强有力的联系。他宣称"诗人就是一个工厂的工人是一个语言操作者。"（棕皮手记：拒绝隐喻）西川也谈到写作就像做工一样，其用词与什么是做工这个概念不同。于坚所赞美并和自己紧密联系的是"劳动"，是和那些勇敢的普通人紧密相关的。而另一方面，西川所强调的则是写作是具有"专业化"性质的"工作"，作家正是因为这种专业性质工作和普通大众区别开来。对于于坚来说，写作的活儿是把他和周围环境完全化为一体的最后行动，包括人和事，这样也就使他从机械化的社会和"生活是无聊"的这样的说法中逃离出来，投入真正的生活之中。但是写作行动本身却是充满挑战的。

写作行动

像点灯的人　一块玻璃亮了　又擦另一块

他的工作意义明确　就是让真像　不再被遮蔽

就像我的工作　在一群陈腔滥调中

取舍　推敲　重组　最终把它们擦亮

让词的光辉　洞彻事物

　　于坚选择的工具就是书写的词语。然而词语是有缺陷的。它被"一群陈词滥调"所影响和污染。 词语并非物质的；他们只是代表真实的事物，他们并不是事物本身。在"零档案"中，第一章记录着那个男人的"起源和书写无关。"词语是后来的，是大人教他把"妈妈叫母亲"。通过词语他从一个混沌进入到清晰。

那黑暗的　那混沌的　那朦胧的　那血肉模糊的一团

清晰起来　明白起来　懂得了　进入一个个方格一页页稿纸

成为名词　虚词　音节　过去式　词组　被动语态

词缀　成为意思　意义　定义　本义　引义　歧义

成为疑问句　陈述句　并列复合句　语言修辞学　语义标记

词的寄生者　再也无法不听到词　不看到词　不碰到词

　　这些诗行里动词的主语一直是不明确的，但是如果我们追溯到引文的第一行，那就似乎是他——"那血肉模糊的一团"——实际上已变成了词语。词语在他的生活中占据了如此主要的地位，以至于他都成了词语中的"一个寄生者"，没有它们他就不能生存。他周围世界的一切都转变成了词语，因为他"再也无法不听到词　不看到词　不碰到词。"词语占据了他的生活——也占据了每个人的生活。然而，最终，尽管他们企图清晰起来，但是词语还是用一种把它们转变成"成为意思，意义，定义，本义，引义，歧义"的方式，遮蔽了事物的本来面目。啤酒瓶盖的吸引力就在于它正是缺乏隐藏其下的这些复杂意义，它就是一个因为是它而是它的原在的客体。那么反映在于坚的词语观念上，那就是"最终把他们擦亮"，让词语再一次能够"洞彻事物"——也就是说，使语言透明。

但是词语是怎样变成了这么意义复杂的杂乱的一堆的呢？词语在社会交流中其意义会不可避免地会产生缺陷。于坚并没建议说不要那些词语，因为作为一个诗人他正分明用词语在工作。问题并不在于词语本身，而在它们的被误用。误用词语的一个例子就是对一些有力的大句子的过分使用，比如李白诗里的一句，"天生我才必有用，"当这句诗成为"零档案"一诗中的长对话部分时，就已经变成了毫无意义的陈腔滥调。于坚看到"语言游戏变成生活游戏"的最阴险的性质，就在文化大革命中达到登峰造极的程度，在那个时期内，于坚回想起他的父亲"检查我们的日记"，以防有任何眼前的笔迹给家庭带来麻烦。一贯正确的官方措辞就是这样达到对词语误用的顶峰。

于坚还看到了在全球文化的主流意识形态中，或者"世界文学"的背景下，另一种对词语的误用，并且他还认为所谓的知识分子立场派正在参与到这主流意识形态中。下面的诗颇为幽默地表达了他的不满：

抒情诗的深度

在红玫瑰的舌头下面

戳进玻璃中的锄头

……

（引自"诗歌：短篇记"）

于坚就是这样表达了他对当代全球文化中过分信赖暗示和隐喻的烦恼。具有讽刺意味的是，就当于坚表达他对当前全球文化的反对的时候，这也正是导致胡适等五四作家反抗古典中国传统进而转向西方文学以寻求精神源泉的同样原因。问题在于暗示和隐喻的手段是将一个人们默认的意思镶嵌到了词语里，并且以此来命名这个客体，而这个意思并不是这个客体自己的意思。通过词语的媒介，某一客体，比如一朵玫瑰，就不能仅仅被称为它本身；它总是不言而喻地带着爱的含义。这种指称事物以及本身的无能只是问题之一。

运用暗示和隐喻带来的问题之二在于一种傲慢，就如所有的人都将客体和它相同的隐喻意义联系在一起，如果他们不这样做那他们就显得粗鄙或者"没文化"。于坚尤其反对这种高人一等的态度，他认为高人一等的优越感总是和语言的某种使用模式紧密地联系在一起。

在反对高人一等的说话方式的过程中，于坚将方向转向普通人的日常话语，并把它当作与现实联系更紧密的语言。正如在第一部分中所讨论的，于坚认为这种语言也是他自己的语言。"这些肮脏的黑话和日常用语"，正如他在"在钟楼上"一诗中所称的，虽然也有着陈词滥调的风险，但从它与真实生活的紧密联系来说，它是最好的一个点，由此，于坚开始了他的重建语言的计划。于坚总是在最口语化的措辞中，努力挖掘，如何通过词语"让真相不再被遮蔽"，并且让事物从外界的暗示中解放出来，回到事物本身。我们已经在许多例子中看到了这一点，比如在"啤酒瓶盖"和"铁道附近的一堆油桶"等诗中。在其他诗中，他更直接地表示出语言的用处。在"在丹麦遇见天鹅"一诗中，叙述者说他"不懂得如何去赞美一只天鹅"，因为他"不知道关于它 有哪些典故"。没有典故，他就不能赞美它作为一只天鹅以外的意义。在一个幽默的瞬间，叙述者已经思考了它尽可能的神性，然后他冥想到：

我还是无话可说　要说点什么的话
我只能说它长得比鸭子更肥些
如果烤一烤　加些盐巴　花椒　味道或许不错

在结尾处，叙述者说他虽然不烧烤天鹅了，但他还是得出结论，在他观察和沉思的过程中，他已经记住了天鹅的样子。正是缺乏所谓隐喻的联系，才让叙述者把天鹅当作一个真实的客体记住了，正与那个平面的"纸上的名词"形成对比。在"对一只乌鸦的命名"一诗中，于坚同样在努力打破人们对"乌鸦"的认识，使之远离这个词的隐喻意义："我要说的　不是它的象征 它的隐喻或神话 / 我要说的　只是一只乌鸦　正像当年。"他继而从各个角度努力考察乌鸦这个客体。这两首诗是代表于坚"拒绝隐喻"观点的具体例子，观点中于坚宣称"今天的诗拒绝隐喻／这样才能恢复诗的命名力量。"这样，诗人的工作就不仅是从个人的层面上联系生活，像标题"自我"的上部分看到的，诗人的工作还要为社会中的其他人去"最终把它（词语）擦亮／让词的光辉洞彻事物"，就像那个擦窗子的人为他把视线擦亮一样。这是他的研究对矫正当今社会的机械化的贡献，因为导致这种机械化的原因正在于那个"庞然大物"对语言的误用和其中的陈词滥调，它就是政治机器或者主流的全球文化，对两者都是有影响的。

在"对一只乌鸦的命名"一诗中，短语"正像当年"是暗指远在当代环境之前的一个怀旧的时代，那的确是一个语言和事物和谐一致的时代。类似的怀旧情绪也出现在"在钟楼上"一诗中，叙述者仍记得那个黄昏真正被欣赏的时期，那时"收藏者"正努力记录下那些即将被遗忘的东西。这也指出了于坚诗歌的另一个用途——保存和记录下那些行将丢失的生活经验。一旦"诗歌命名的力量"被恢复，它就能回到那个目的——"提供个人生活经验的证言"，正如于坚在前边最初提出的第三代诗人的创作目的就是这样。

无论是于坚还是西川，他们都意识到了当代社会中一个诗人所面临的一系列的挑战。对西川而言，最大的问题莫过于面对诗人在社会中的处境不断边缘化而产生的身份危机。所以他在一个疏远的空间里寻找自我，距自己遥远的社会只是在作品中有所反响。他认为语言正像是自我的内心一样复杂，而且也就应该是混乱的，尽管不断地想努力使其再清晰。而于坚却看到诗人最大的挑战就是重建语言，面对被主流意识形态误用了的词语，使之重获命名的力量。他发现他这重建计划的基础还在社会里，就在日常的语言和体力劳动，这两者都和于坚真实的生活经历紧密联系。这样他希望"民间"将会对改革"庞然大物"有所贡献，尽管这只仅仅是遥远的未来或者是他的重写传统中的一个向往。但对两个诗人而言，那个在毛泽东时代占主要地位的"诗人服务于社会"的直接关系，以及朦胧诗人是对抗的个人自由主义的时代已显然不再存在了。

（此为译文，原作者系美国哈佛大学吉莉安·舒尔曼）

文学·爱情·女性美

——和饶芃子先生的对话

今天的文学世象

李　梅：老师，您也许不知道，我上课时很爱发呆，尤其是课间休息的时候。我一时沉浸在您给我们营造的艺术世界里，难以清醒过来。从我坐的位置望出去，刚好可以看到暨大门口那棵高大的桉树，树形非常优美挺拔。我有时想，那绿树的外面就是车水马龙的黄埔大道，每天每时，无数的人们在道路上东来西往，步履匆匆。像我们这样在那里几个小时地谈论文学，细读文本，是奢侈呢还是无聊，我的意思是说，在当今这个物质化的、浮华喧嚣的消费时代，真正的文学其实是很寂寞的。我经常给朋友说，您是个可爱的文学老人，拥有了近半个世纪的文学生涯，对于今天的文学现状，您肯定有自己的看法。

饶芃子：我认为，对于文学在社会中的地位，各个时代的人有不同的看法。
就我这一代人来说，选择文学纯粹是自己的理想和追求。在某些时候，
它甚至是我灾难岁月里的守护神，是不可放弃的东西。比如在艰难
的"文革"时期，文学就成了支撑我生存下去的一种力量。半个多
世纪来，文学和我的人生交织在一起，它渗透进我的灵魂，是我愿
意倾尽身心去做的事业。虽然至今我还没能很好地实现我的文学理
想，但我会永远地追求它。

今天是个开放的、丰富多样的社会里，诱惑人的东西实在太多了。
人们可以把文学仅仅当做一种谋生盈利的职业，但只要他们能敬业，
把工作做好，我个人认为这是无可厚非的。我并不把自己的文学观
念强加于人，也不可能让人人都像我这样对待文学。

文学也是一种艺术，一个人的艺术感觉或者文学气质是与生俱
来的。有人读了一部好作品就久久沉浸其中，有许多的读后感想和
人去说；而有的人并不喜欢文学，根本不看文学作品，当然就难以
要求他（她）有这种感觉。这同每个人的人生旨趣和心志有关。

李　梅：我相信有文学气质的人还是很多的，但在这样一个浮躁的时代，如
何赚钱和消费已经成了大部分人的生活主题，手捧一本书在灯下静
读的画面可真是越来越少见了。更多的人在上网，在听歌，在看电视。
与文字接触最多的恐怕还是广告、报纸，对文字还有点怀恋的人最
多也就是每天翻看一下报纸，或者自己喜欢的杂志。

饶芃子：现代社会传媒发达，被称为第四媒体的网络更具有强大的传播功能。
但我还是习惯用字和笔，我写文章只能面对笔和纸，我觉得电脑阻
碍了我的思绪。这不是说我排斥现代化，只是我个人书写和生活的
习惯。一代人和一代人所处的文化背景、社会环境不同，书写习惯
也不同。

李　梅：在这个传媒发达的时代，说没有文学似乎也是不对的。你看现在的
流行歌曲、电视连续剧，还有那些铺天盖地的无比煽情的广告词，
其实都很有文学性的。所以有人总结现在是一个"泛文学"的时代，

175

我觉得也有道理呢。

饶芃子：这有一个从笔头到镜头的问题。承载于文字的文学作品是必须通过读者的想象才发挥其审美效果的，但镜头里的作品是靠图像传达故事。看图像的人的想象空间要小得多，文学作品被改编为戏剧之后，原先那种无限丰富的想象空间就被具体到演员身上。比如没看过小说《红楼梦》，第一次就是从看电视连续剧了解《红楼梦》的观众，他（她）头脑中的林黛玉就是那个演员所扮的林黛玉的样子。这就大大消解了文学的审美意识和审美空间。

　　但业余文学欣赏者是文化市场的主要消费者，他们喜欢选择镜头，因为镜头下的故事更具轻松性、娱乐性。这样一来，更看重自己作品市场效果的文学作者，创作中就会自觉不自觉地迎合读者的口味，看重所谓卖点，制造紧张情节，这种大众文学实际上是给人愉悦和快乐的消费品。在这些作品里，文学所应有的启迪人们心灵、净化读者情感，浑厚的文化意蕴以及深深的忧思感就没有了，或者淡化了。

李　梅：我发现在学术界，有的学者对通俗文学嗤之以鼻，然又有人乐此不疲。有人把那些编来改去甚至是胡编乱造的历史剧看做"垃圾"，有人却把它当做了解历史的窗口，说它好看还长知识。去年国家组织了一批专家学者重编清史，就是因为这些演绎清史的电视连续剧对历史面目太"改编"的缘故。

饶芃子：作为一个文学研究者，应该站在不同审美主体的角度去看这个问题，就是说要考虑到文学审美的双重主体。比如一个作品从原来的小说到电视剧本，原作者是它的第一审美主体，而剧本的改编者就是它的第二审美主体，呈现在镜头前的编剧并不是第一主体单纯的传声筒，他会尽量按照观众的口味改编原作，以期达到最好的收视效果。比如《大话西游》就是借中国古典名著《西游记》这个壳，来充分延伸第二审美主体自己的审美观和价值观，同时也取悦大众消费的口味。"文""俗"两种不同的文化现象，不大具有可比性，要对具体作品作具体分析。我们不能一般地论说孰好孰坏，孰高孰低。

李　梅：说道对纯文学的热情，我想到上世纪80年代中期我刚刚跨进大学校门，觉得那时校园的文学气氛可真是浓厚，我不仅一下就被吸引，也被西方各种的文学理论搅得晕头转向。学校图书馆里，经常有人趴在桌上废寝忘食地写小说。记得还有高年级同学抓我的差，叫帮他抄手稿（那时当然还没听说更没见过电脑）。显然，那时的文学被人们看重，文学不仅是艺术而且在承担启蒙思想的重任。在今天的社会生活中，文学显然是辉煌不再了，甚至走向了边缘。

饶芃子：确实，当今社会无论是从物质到精神，能吸引人们的东西太多了。也许在别人那里，文学被冲到了边缘，但在我们这里，文学永远是我的中心。

李　梅：我想，文学毕竟是人类灵魂中一样不可或缺的需求。人们之所以放不下文学，也许就是为了给自己的灵魂保留一份自由呼吸的空间，就像那棵桉树，不惧风雨，只是努力着，向上，伸向无限蔚蓝天空。就拿代表时代声音的媒体来说，《南方都市报》曾在去年冬和今年举办诗歌朗诵会以及颁发传媒文学大奖，两样活动都在社会上造成很大影响。这说明，我们还在倡导文学，时代还是需要文学的。

饶芃子：传媒应在倡导文学方面有所作为，30年代上海报纸副刊就是文学的重要阵地。

我的治学之道

李　梅：从性别角度来说，您是女博导，我是女博士研究生。一般来说，人们普遍认为女性缺乏理性思辨能力。您看全国文学理论专业的女博导也是寥寥无几。说真的，我硕士研究生时修的是先秦两汉文学史，当初决定报考文艺学还真的对自己信心不足。

自从80年代中期以来，随着西方各种文学理论和思潮的引进，我们的文学研究很快地便形成了一种默契，大家都在用听不懂看不明白的话谈论文学，研究文学的文字成了介于文学与哲学之间的一种东西。您谈文学没有说一连串的外国哲学家的名字，没有一堆含义不清的外来名词，你的文章就不够唬人。这也许是一个学术思想的问题。很显然，时代在发展社会在变化，作为人类精神产品的文学也在随着时代变化而与过去有了很大的区别。那么，中国的文学批评怎样才能找到自己的批评语言呢？

饶芃子：从事文学理论研究的女学者确实不算多，但从文学批评的方式来说，中国古典文学批评本是很感性的诗化批评，其实是最靠近女性思维特点的。我早期也是研究中国古典文学的，当年转向文学理论方面研究的时候自己也一样信心不足。当时我的导师、著名批评家肖殷先生说，纯粹的理论太形而上，你"抱它不住，摸它不着"，是很难进入而且做不来的。肖老认为，研究文学，只有从创作实践和创作现象中归纳出来的理论才是真正对读者有意义的，也是文学研究有意义的理论。所以，只要你对文学艺术有感觉，读了有话可说，能从作品中生发出来自己的审美经验，你就能够从事理论工作。正是他的这些话给了我信心。你看，西方文艺理论的鼻祖亚里士多德的《诗学》，不正是从一系列古希腊作品，特别是古希腊悲剧中总结出来的吗？所以，理论并不是腾云驾雾的东西，实实在在的作品应是文学理论研究的重要资源。

李　梅：怪不得那天在湖边散步时您吟诵的还是那些古典诗词。看来我们必须坚持自己的阅读文本的习惯。

饶芃子：细读文本是我的习惯。从事文学理论研究的人一定要有自己的阅读根基，没有这一点，你的理论就是空的，你介入文学批评更是没有力度的。我从来都不赞赏那种"买空卖空"的理论，而倡导从作品实际出发，分析问题。如从人物的性格、心灵、命运变化中去体验、分析、总结，从而达到对作品真正的解读。

李　梅：这样看来，文学理论和文学创作本是一个没有高下的问题，应该是相辅相成的。文学理论研究或批评既不是跟在创作后面团团转，也不是居高临下地处处扮演作家的指引者。

饶芃子：这就正如张爱玲说的："在文学的发展过程中，作品与理论乃如马之两骖，或前或后，相互推进，理论并非高高坐在上头，手执鞭子的御者。"张爱玲是我很喜欢的一个作家。

李　梅：我们博士生课程一开始，您就布置我们研读宗白华的《美学散步》。看得出您一生的文学研究承继的正是宗白华先生那种中国诗化批评的思路。

饶芃子：我确实受宗白华的影响很大。记得我第一次读他的著作时，所感到的就是心灵的震惊。我认为他的文学批评既蕴涵中国诗学的精髓，又深入浅出，有雅俗共赏之特点。朱自清、王元化先生的文章我也是很喜欢读的，他们的文章就是既有思想又有艺术的审美的东西在里面。

李　梅：但您的几部著作，比如《中外比较戏剧研究》《比较诗学》等，都还是很有自己的创新的。

饶芃子：我比较注重文学研究中的问题意识。对于各种流派的当代西方文学或社会学方面的思想我并不拒绝，而是积极了解，但我反对"理论的平移"。主张从一个中国学者的角度去看外国文学理论。我并不追求鸿篇巨制，我更愿意在边缘和交叉地带发展自己，用自己的语言说理论，不脱离文本、个案去说理论。比如在比较文学和海外华文文学研究方面的开拓就是这样的实践。

李　梅：这显然就是您经常给我们说的治学之"八说"吧。

饶芃子：从治学方法上归纳起来，无非就是要吃透"四说"。那就是你要"说什么""怎么说""为何说"以及"何以说"，要言之有物，言之有理，而在治学的态度上我提出"四说"，那就是"接着说""对着说""从头说"以及"重新说"。这八说虽然不是什么金科玉律却是我多年的治学经验，希望对你们有所启发。

李　梅：又说回当前的文学创作，去书店看看，比较多的还是那些比较浅白的、休闲的、"身体的"作品，真正优秀的作品不多。

饶芃子：文学流于休闲是当今文学创作的一个趋向。就像我上面谈到的，文学的审美趣味也是多样的，像衣服的款式一样，我并不一定要抨击或反对它，但我可以不选择它。那些作品自有它们的读者群。我个人来说，怎么阅读都是有限的，多数情况下，我还是选择和自己的学术研究比较相关的作品来读。我觉得对当代作品细读不多是我的遗憾呢，但没办法，时间有限。就我了解的来说，类似你上面所谈到的那些"流于休闲"的文学作品，我认为它最多也就是时尚的，流行的味道重些。有味道但是表面的味道，没有回味，不是我所推崇的"陈年老酒"的味道。

李　梅：这些书大多有一个基本雷同的主题和结构，那就是先从童年写起，然后是自己的身体，是性意识的觉醒，然后就是没完没了地唠叨自己对性很 enjoy，很 happy 的生活。实际上这样的书一本也就够了。

饶芃子：这是典型的对"小我"心情和欲望的宣泄。描写"小我"并不是不可以，中国文学从新文学时期就有这样的现象。但这样的创作要想取得突破只有一条道路：那就是必须从"小我"走向"大我"。作为我个人来说，我崇尚悲剧，主张文学作品对读者心灵的震撼作用，使读者读后心灵得到"净化"，也就是亚里士多德在他的《诗学》里说的，悲剧是"借引起的怜悯与恐惧来使这种情感得到陶冶"。显然，这些"流于休闲的"、"身体的文学"是达不到这个高度的。

李　梅：不仅如此，还有美女作家和美女文学呢。

饶芃子：那纯粹是媒体的命名。我认为能不能称为好作家跟是不是美女没有关系，作品好不好也和作家美不美没有关系。好的作品无不充满对人性的思考，而作为女性作家，只不过是说她有了一个审视、考察人性的性别视角，女性作家从这个特别的角度去发现新的文学表达方法，去挖掘人物新的深度，发现人性方方面面的东西。

李　梅：这方面有几个混了些"文名"呢，您有没有印象？

饶芃子：没有。我不大关注，我也不懂她们。有机会我会去了解，我不附和也不拒绝，这也正如我对各种流行时尚的态度一样。

李　梅：我看身体是表面，内在的动力恐怕还是对市场的迎合。我认为作为一门艺术，美仍然是也永远是文学的灵魂。所以人类文学史上真正美的作品总是永远的。比如当我读到林徽因"你是风是暖是人间的四月天"这样的句子时，我眼睛都是湿的。对北方的四月天有过体验的人来说，尤其感动。

有"爱"的"家"是女人的根

李　梅：我曾经在报纸上写过一篇做幸福女人还是成功女人的文章，认为女人其实是很难的。如果你想努力做点什么，马上就会有一个女强人的头衔等着你，比如读博士，人们想到的女博士就是身穿古板的衣服，出口引经据典，一天到晚埋头做着"没有体温"（即没有个性）的学术的女学究。但如果你平平庸庸过日子，你也会很快湮没到日子的各种琐碎和无奈之中。我时常想，如果我们是处在"红楼梦"的时代就好了，比如贾母的身份，一辈子生一大堆儿女就是成就，老来德高望重备受孝敬。但现在一个女人只能生一个孩子，一个孩子很快就大了，有了自己的生活，所以现在的女人是难以在自己的母性本能上找到成就感的。而感情又往往是靠不住的，事实上也是，要把自己一生的幸福寄托于一个人的感情本身就是件很悬的一件事，尤其是现在。就在前不久，金庸老先生来浙江大学讲演，其间就接受了中央电视台的采访。就他这次对许多作品的改动，他的解释是，他认为一个人一辈子爱一个人是很难的，所以改动后书里的人物关系方面都有较大变化。这可是他老人家八十多岁的人生思考。但是，老师，您的一生在我们看来确实是成功又幸福。

饶芃子：其实这两方面对于女人的一生来讲是不矛盾的。我并不认为自己成功又幸福，我只是一生都不放弃努力。我觉得家是一个女人的根，女人这棵树只有根植于家的沃土，她的枝叶才能嫩绿茂盛，然后才能把这样的生命风采展示到她的职业里和社会上。在事业追求方面，只要你一生执着追求一样自己喜欢的事情，我相信终会有成就的。就是说一个稳定的有爱的家庭是女人的根。当然这个有爱的家庭也要靠女人自己的努力经营。

李　梅：但我看周围太多破碎的感情，或明碎或暗碎。爱情洋溢的美满婚姻太少了。

饶芃子：这就是个爱情观的问题了。古典的爱情是更多地为对方着想，时时处处看自己能给对方多少，能给得越多自己就感觉越是幸福。而现在的爱情似乎是只看对方能给我什么，能给我多少，没得给或者能给得不多就没得谈，更多是为自己着想。这样就容易破碎了。

李　梅：说白了，我看现在这些"精刮"的城市男女，即使有爱也是爱自己多过爱别人，到了最紧要的关头实质上是谁都不爱，只爱自己。

饶芃子：没有哪个幸福的家庭是一帆风顺的。两个人总会有各种各样大大小小的矛盾、摩擦甚至碰撞。关键是看你如何去努力，消极的态度或积极的态度其结果就大相径庭。只要有感情基础，一起往好的方面努力，破碎总是可以避免的。之所以有那么多的破碎感情，一是彼此了解不够，感情基础本来就差。二是双方没有共同进步，一方有见识而另一方没什么见识，少见识的一方对高的一方有了解而没理解。了解是因为生活在一起，你可能知道他会怎么做，但理解确是知道他为什么这么做，尤其是在知识分子家庭特别讲究个理解。三就是双方都不愿从积极的方面去努力，破就破了，散就散了，留给双方的是解脱也是创伤。

李　梅：即便是有感情，但一辈子就靠当初的一点感情去维持显然是太艰难了。记得有一句话说：因为粗浅的了解而结婚，因为深刻的了解而离婚。这句话延伸的另一个表达就是因为一点爱而结婚，最终因为没有了爱而离婚。

饶芃子：我经常说，这爱情就好像是一碗水或一堆火，两人都渴了，冷了，就一起走到这碗水、这堆火跟前，大家你一勺我一勺地喝了起来，身子也慢慢烤暖了。可你看碗里的水越喝越少，火堆也渐渐成灰堆了。

这时两人想的就是要赶紧往这碗里加水往火堆上拾柴，要不水干了火灭了，见了底见了灰，只有大眼瞪小眼，相互怨恨。当然，婚姻中想要不断有新火花新亮点新情趣，也是必须两人的学识、见识、才情、志趣相当才行。

生命的美丽与幸福

李　梅： 但幸福始终是难的。去费力地拾柴加水得来的幸福总比不上那种从天而降的大欢喜来得痛快，更何况茫茫人海能得到大欢喜的人又有几个，所以我觉得人生总是悲观的。

饶芃子： 有部叫《两兄弟》的作品，写到两兄弟一个聪明一个傻，聪明的那个觉得生活处处都是苦的，而傻点的那个觉得生活到处都是幸福。这里面寓示的其实也是人生的道理。人要有平常心，看得开就是幸福。对于自己想要的目标，只要是努力了，就无愧无悔了。达不到不是自己努力不够，自己认为已经尽了力，就不要给自己太大压力。死抱着不放容易走极端也难得幸福。

李　梅： 看您现在年过花甲，依然神采奕奕。您优雅的风度一直为学界内外所称道，您认为女人打扮有什么秘密吗？

饶芃子： 我一直认为人应该讲究点仪表。怎么穿着可套用亚里士多德的"合适原理"，适度就是美。所谓适度就是和你自己的身份、年龄、气质、环境以及要出现的场合等等相适合。千万不要盲目赶时髦，盲目赶时髦是一个女人在穿着打扮上最大的失误。

李　梅： 就像现在偶尔还能在街上看到有穿圆规式健美裤的女人一样，有人嘲之为"时代弃妇"。现在时髦的字眼是"性感"。

饶芃子： 呵呵，那我是不考虑的了。所谓"性感"其实是男人对女人的要求和标准，我更主张女人为自己打扮，愉悦自己，同时给周围人带来愉悦。所以我对衣服色彩款式的基础审美原则是：淡雅。黑色、银灰、铁锈红、蓝黑等也都是我比较喜欢的颜色。

李　梅：您对人的衰老怎么看？尤其是女人，美人迟暮。

饶芃子：衰老对女人来说当然是可怕的字眼。但是生命都会老去，死亡是所有生命最公平的待遇。年轻时当然追求的是内外都美，但老了也自有老者的风度，智慧和内涵难道不比外表更有意义？所以不如"适兴"做个智者。青年热情，中年执着，老年智慧，都是生命的财富。再说人是有精神有思想的，身体老并不是说精神、思想都老，所以一样要不断学习，追求完美，保持自己思维的活跃和灵性的跳动，有安慰有寄托，老来自然也是一番自在心头。

李　梅：我记得曾经有媒体采访过您，用的标题是从"根部璀璨到末梢"，我觉得这编辑还挺有水平的。我把这句话当做对您的祝福，也当做我和我的同学们的人生目标。